Christine Barbara Philipp

Shivas
zweites Gesicht

Krimi aus Bali

2. Auflage 2017
© Edition Aura Mundi by Christine Barbara Philipp, 2016
82347 Bernried / Germany
Weilheimer Straße 19
Christine.Philipp@t-online.de

Umschlaggestaltung: Christine Barbara Philipp

ISBN: 978-3-924699-18-5
ISBN eBook: 978-3-924699-19-2

EDITION
AURA MUNDI

Inhaltsverzeichnis

1. Kapitel

Eva Larson öffnete im Schlafanzug und Morgenmantel die Wohnungstür und schaute irritiert auf ihren Schwiegervater, der vollkommen unerwartet vor ihr stand.

„Was für eine Überraschung!"

Nils Larson lächelte sie an.

„Darf ich eintreten?"

„Ja, natürlich."

Eva trat einen Schritt zur Seite und winkte den grauhaarigen, schlanken Mann an sich vorbei in den schmalen Korridor ihrer Münchener Wohnung. Sie fuhr sich mit den Fingern durch ihre langen, dunkelblonden Haare, um einen ansatzweise gekämmten Eindruck zu machen.

„Opa!" Raoul hatte wohl auch das Läuten gehört und kam aus seinem Zimmer. „Das finde ich ja toll, dass du uns besuchen kommst!"

„Ja, ganz toll", murmelte Eva, die sich auf einen gemütlichen Sonntag mit einem guten Buch auf der Couch gefreut hatte.

„Seit wir hier wohnen warst du erst zweimal zu Besuch", stellte sie fest. In ihrer Stimme schwang ein leichter Vorwurf. Sie musterte ihren Gast aufmerksam. „Das letzte Mal zum zwanzigsten Geburtstag deines Enkels. Und das ist nun auch schon wieder fünf Jahre her."

Nils Larson hatte in einem breiten Sessel mit großem rosa Rosen-Muster Platz genommen und räusperte sich.

„Ja, das stimmt. Glaubst du mir, wenn ich sagen würde, ich habe Sehnsucht nach euch gehabt?"

Seine Schwiegertochter lachte auf. Sie wusste zwar, wie gerne er sie hatte und wie sehr er Raoul liebte, doch er bevorzugte es, sich auf seinem Landsitz, einem „Schlösschen" im Dithmarscher Nordermarsch in der Nähe von Sankt Peter Ording, besuchen zu lassen.

Diese wunderschöne Jugendstilvilla, die umgeben war von einem zauberhaften Garten, war sein ganzer Stolz. Mit großer Begeisterung zelebrierte er Familienzusammenkünfte und wenn sie ehrlich war, gab es dafür auch keinen besseren Ort.

Eva erinnerte sich, wie sie zum ersten Mal mit ihrem Verlobten Peer durch das schmiedeeiserne Tor gefahren war. Ihre zukünftigen Schwiegereltern, Nils und Ylvie Larson, erwarteten sie auf der geschwungenen Treppe. Wie aus einem Buch von Jane Austen, hatte sie sich damals gedacht. Nur fehlten die Dienstboten – die Frauen mit gestärkten weißen Blusen und Schürzen, die Männer in Livree.

Nach der Hochzeit folgten schöne Jahre. Peer und sie hatten anspruchsvolle Stellen bei der Polizei. Als Raoul auf die Welt kam, schien das Glück perfekt.

Dann war Ylvie gestorben. Ein großer Schock für die Familie. Sie fehlte dem Haus, war sein guter Geist, der überall seine Handschrift hinterlassen hatte. Und fünf Jahre später kam die Trennung mit Peer. Fortan hatte Eva meist auf Familienfeiern verzichtet. Zu schmerzlich war für sie die Erinnerung an die schöne Zeit, die sie dort zusammen mit ihrem Mann verbracht hatte.

Eva hatte einen Tee aufgebrüht, eine starke und dunkle friesische Mischung. Sie reichte Nils Larson seine Tasse über den Tisch.

„Also, wie kommen wir zu dieser Ehre?"

Raoul hatte sich zu seiner Mutter auf die Couch gesetzt und hakte nach.

„Ja, das würde mich auch interessieren. Ist was passiert? Du bist doch nicht etwa krank?"

Sein Großvater ließ zwei Zuckerwürfel in die Tasse fallen und rührte um.

„Nein, ich bin nicht krank", sagte er langsam. „Aber es ist etwas passiert."

Er seufzte und fing an zu erzählen.

Wie Eva aus früheren Erzählungen bereits wusste, hatte Nils Schwester Marja seiner Zeit gegen den Widerstand ihrer vermögenden Eltern den verarmten Landadligen Wilhelm von Wolfsberg geheiratet und war zusammen mit ihm nach Amerika ausgewandert. Jahrelang hatte Funkstille geherrscht. Erst als der Sohn, Alexander, geboren wurde, gab es wieder eine Annäherung an die Familie. Nils Larson besuchte schließlich zur Feier der Taufe seines Neffen seine Schwester und deren Mann in Los Angeles und knüpfte die Familienbande wieder.

„Während sich mein Schwager Wilhelm, Gott hab ihn selig, gerade mal so über Wasser hielt, legte mein Neffe Alexander im Laufe der Zeit eine steile Karriere hin. Heute verkauft er Luxusimmobilien in Kalifornien und auf Hawai'i. Scheinbar so erfolgreich, dass er heute zu den oberen Zehntausend gehört. Behauptet er selbst zumindest."

„Ich begreife immer noch nicht, worauf du hinaus willst", unterbrach Eva ungeduldig.

„Ich versuche es ja zu erklären. Mein Neffe ist in zweiter Ehe mit Charlotte verheiratet, einer bekannten Modedesignerin. Seine erste Frau lebt nicht mehr. Überdosis Amphetamin, hieß es. Aus dieser ersten Ehe hat er aber eine Tochter. Sie heißt Carina. Und um die geht es. Meine Schwester rief gestern völlig aufgelöst an und erzählte mir, dass eben diese Enkelin auf Bali im Koma liegt."

„Um Gottes Willen, was ist denn passiert?"

„Darum geht es ja. Marja weiß nicht, was passiert ist. Sie weiß nur, dass Carina ein Auslandssemester auf Bali absolviert hat und Charlotte und Alexander zu ihr geflogen waren, um noch zwei Wochen gemeinsam Urlaub mit ihr zu verbringen. Als sie auf der Insel landeten, bekamen sie die schreckliche Nachricht, ihre Tochter läge im Krankenhaus ohne Bewusstsein. Sie war unter dubiosen Umständen dort eingeliefert worden. Ihr Vater und ihre Stiefmutter sind vollkommen ratlos und wissen nicht, was geschehen ist. Es wird wohl eine polizeiliche Ermittlung geben. Es soll sogar ein Polizist vor ihrer Tür stehen. Und jetzt macht sie sich die größten Sorgen."

„Kann ich mir vorstellen", sagte Raoul. „Klingt alles etwas diffus."

„Ja, allerdings."

Nils Larson machte eine kurze Pause, bevor er weitersprach.

„Eva, ich hatte bei einem meiner letzten Gespräche mit Marja erwähnt, dass du bei der Polizei aufgehört hast und nun deine eigene Privat-Detektei betreibst. Und nun bat sie mich, dich zu fragen, ob du nicht den Auftrag übernehmen und nachforschen willst, was mit Carina passiert ist. Die Bezahlung ist außerordentlich gut und du könntest morgen bereits 1. Klasse nach Bali fliegen. Der Flug ist gebucht und bezahlt. Kann ich auf dich zählen?"

„Natürlich kannst du das, Opa", kam Raoul seiner Mutter zuvor. „Und ich komme mit."

2. Kapitel

Auch wenn der Flug in der Ersten Klasse mit Singapore Airlines äußerst komfortabel gewesen war, so konnte Eva den Luxus des Liegesitzes und des Gourmet-Menüs nur schwer genießen. Zu viele Dinge gingen ihr durch den Kopf.

Wie konnte sie es zulassen, dass ihr Sohn sie begleitete? Wo sie doch besonders auf konzentriertes Arbeiten ohne jede Ablenkung Wert legte? Nur weil er Semesterferien hatte und sein Großvater den Flug bezahlte?

Und dann war da noch dieser Traum in der Nacht vor dem Abflug. Sie sah ihren Sohn vor einem großen Tempel stehen und er breitete die Arme aus, um sie zu begrüßen. Doch noch bevor sie ihn erreichte, senkte sich ein tiefschwarzer Schatten über ihn und löschte seinen Körper vor ihren Augen aus. Schweiß gebadet war Eva erwacht und hatte beim Frühstück versucht, Raoul davon zu überzeugen, zuhause zu bleiben. Doch er hatte nur gelacht.

Unangenehm war es gewesen, mit ihrem Mann Peer zu sprechen, der nach einem Bombenanschlag in einer Diskothek in Kuta drei Jahre zuvor zu einem Auslandseinsatz auf Bali gewesen war und ihr nun den Kontakt zur balinesischen Polizei knüpfte. Der es bei dem Telefonat wieder nicht lassen konnte, sie um eine persönliche Aussprache zu bitten. Die sie wie immer ablehnte. Was hatte sie einem Mann zu sagen, der sie mit einer Frau betrogen hatte, die locker seine Tochter sein konnte. Nichts. Das war ihre Art, die eigene Würde zu bewahren.

Die Maschine setzte zum Landeanflug an und Eva schaute aus dem kleinen Fenster hinunter auf das tiefblaue Meer.

Dann tauchte die Insel auf. Zuerst ein schemenhafter Küstensaum, dann die Hauptstadt Denpasar und die Touristenhochburgen Kuta und Sanur, die mit nahezu flächendeckender Bebauung wenig Muttererde durchscheinen ließen. Nur im Süden konnte man das Grün des Garuda Wisnu Kencana Cultural Park ahnen, den sie das letzte Mal noch vor ihrem Abflug besucht hatte.

„Nun bin ich also wieder da," flüsterte sie leise. Ihr Herz verkrampfte sich. Sie erinnerte sich an ihren ersten Besuch auf Bali mit Peer vor so langer Zeit.

Es war ihre Hochzeitsreise gewesen. Sie wohnten damals in einem kleinen Homestay in Ubud und fühlten sich wie Kinder, die ein Märchenreich entdeckten. Ihr Zimmer war so groß wie eine Schuhschachtel, möbliert mit einem Bett, über dem ein Moskitonetz hing. Der Boden war weiß gefliest, so dass Eva zu ihrer Begeisterung alles entdecken konnte, was da kreuchte und fleuchte. Die verglaste Tür führte direkt in einen kleinen Garten, der von hohen Mauern umgeben war. Damals herrschte Regenzeit und wenn sie sich ins Bett kuschelten, konnten sie draußen beobachten, wie dicke Tropfen die tropischen Pflanzen duschten. Am Rande des Grundstücks lag der gepflegte Haustempel, der immer mit frischen Opfergaben geschmückt wurde, und der betörende Geruch der Räucherstäbchen wehte hinein bis in ihr Zimmer. Putu und Made, das Ehepaar, das sie bei sich aufgenommen hatte, kümmerten sich um sie wie um eigene Kinder.

Ein Zauber lag damals über der Insel, der sie sofort in ihren Bann gezogen hatte. Selbst Peer, der an sich vollkommen unempfänglich für Götter und Dämonen war, ließ sich mitreißen von den alles durchdringenden Klängen der Tempelglocken, von dem Rhythmus der Gamelan-Musik, der faszinierenden Tanzvorführung vor der Kulisse des alten Palastes.

Der Markt war laut und bunt, die Händler geschickt und freundlich. Eva besaß sogar noch einen der fünf Sarongs, die sie sich damals gekauft hatte. Er war in einem tiefen Lila gefärbt und mit goldenen Ornamenten bedruckt. Zuhause zierte er einen kleinen Tisch in ihrem Schlafzimmer.

Zwanzig Jahre später war sie das zweite Mal nach Bali gereist. Dieses Mal alleine nach der Trennung von ihrem Mann. Um sich die Wunden zu lecken. Sie wohnte in einem abgelegenen Yoga-Retreat hinter Amed im Osten der Insel und verließ ihre Rückzugsoase nur, um kurze Ausflüge mit einem gemieteten Motorroller zu machen. Ubud mied sie wie der Teufel das Weihwasser.

Und dennoch konnte sie auf ihren Exkursionen erahnen, wie sehr sich die Insel geändert hatte. Es schienen nun mehr Taxifahrer als Touristen zu geben. Die zurückhaltende Art der Bevölkerung war oft einem aggressiven Ansprechen gewichen. Es war nahezu unmöglich, sich irgendwo in Ruhe in einem kleinen Laden oder auf einem Markt umzusehen, ohne gleich von einer Traube von Dienstleistern umgeben zu sein, die ihr für ihren Geschmack zu nahe auf die Pelle rückten. Also besuchte sie lieber die Kurse des Retreats, aß vegetarisch und ließ sich die Gifte aus ihrem Körper massieren. Das tat gut. Ihre vergifteten Gedanken hingegen heilten nur langsam.

An der Passkontrolle traf sie Raoul wieder, der nach dem Flug in der Touristenklasse etwas unausgeschlafen aussah.

„Wurde ich eigentlich hier auf Bali gezeugt?", fragte er beim Warten in der Schlange seine Mutter lauter, als ihr lieb war. Einige Mitreisende grinsten unverschämt, andere tuschelten und lachten.

Doch auch Eva konnte sich ein Lächeln nicht verkneifen.

„Höchstwahrscheinlich."

„Und wo genau?"

„Raoul! Das geht dich nichts an!"

Eva war froh, dass sie in diesem Moment von dem Beamten an den Schalter gewunken wurden.

Als sie aus dem Flughafengebäude hinaustraten, traf sie die ganze Wucht des feuchtheißen Klimas. Ein Schwarm von Fahrern bot feilschend seine Dienste an und vorwitzige Hände griffen nach ihrem Gepäck und wollten es zu ihren Fahrzeugen tragen.

„Das nervt etwas."

Raoul sah seine Mutter ratlos an.

Eva Larson blickte sich kurz um. Dann rollte sie ihren Koffer an die Spitze der Wagenkolonne und blieb dort stehen. Es vergingen nur Sekunden, dann tauchte der Fahrer auf.

Wenig später saßen sie in einem blauen Taxi mit Taxameter, das sie direkt ins Krankenhaus bringen sollte. Das Bali International Medical Centre lag nur wenige Kilometer vom Flughafen entfernt und war eigentlich gut auf einer Art Schnellstraße zu erreichen. Doch der Verkehr war dicht und staute sich.

Eva schaute nachdenklich aus dem Fenster. Die Insel schien seit ihrem letzten Besuch noch voller geworden zu sein. Aus einem großen Reisebus, der ihnen entgegen kam, schauten chinesische Touristen. Hunderte von Moped- und Motorradfahrern schlängelten sich an den Autos vorbei, so knapp, dass sie manchmal die Luft anhielt. Gerade überholten sie eine Droschke, in der zwei äußerst beleibte Männer saßen. Ihre ehemals weißen Gesichter waren von der Sonne krebsrot gefärbt. Das zierliche Pferd, dem man eine bestickte Kappe als Scheuklappe übergestülpt hatte, wurde mit leichten Peitschenschlägen von dem Kutscher angetrieben, die menschliche Last durch die abgasgeschwängerte Stadt zu ziehen.

Raoul hatte sich nach vorne zum Fahrer gesetzt und Eva hörte von der Rückbank aus die übliche Konversation: Wie heißt du, wo kommst du her, bist du das erste Mal auf Bali, bist du verheiratet, brauchst du die nächsten Tage einen Fahrer, ich mache dir einen guten Preis …

Doch noch bevor Raoul all diese Fragen beantworten konnte, hielt der Wagen vor dem Hospital.

An der Rezeption saß ganz in weiß gekleidet ein älterer Balinese. Eva steuerte geradewegs auf ihn zu. Ihren Sohn hatte sie angewiesen, im Empfangsbereich mit den Koffern auf sie zu warten.

„Ich komme aus Deutschland. Ich möchte zu Carina von Wolfsberg," sagte sie auf Englisch.

Der Mann zuckte nur mit den Schultern.

„Aku datang dari Jerman. Saya mencari pasien Carina von Wolfsberg."

Nun blickte der Mann auf. Er schaute sofort in seine Liste.

„Stasiun 4, kamar 145."

„Terima kasih. Danke".

Der kleine Sprachkurs, den sie vor fünf Jahren gemacht hatte, zeigte Wirkung.

Eva Larson sah einen uniformierten Polizisten und wusste, dass sie das richtige Zimmer erreicht hatte. Sie zeigte ihm ihre Papiere, die sie vorab per Fax von der balinesischen Polizei bekommen hatte.

Nach dem Anklopfen betrat sie das Zimmer 145 und ging auf eine schlanke Frau mit kurzen blonden Haaren zu, die auf einem Stuhl neben dem Krankenbett saß. Sie machte einen sehr gepflegten Eindruck, trug ein legeres, hellblaues Seidenkostüm und hohe Schuhe in der passenden Farbe. Alles vom Feinsten, stellte Eva auf den ersten Blick fest. Aber geschmackvoll.

„Frau von Wolfsberg?"

„Ja. Sie sind sicher Eva Larson," antwortete sie leise und stand auf, um der Detektivin die Hand zu reichen. „Und das hier ist unsere Carina."

Sie deutete auf das Bett, in dem eine junge Frau lag. Viel war nicht von ihr zu erkennen. Schwarze, halblange Haare lugten unter einem großen Kopfverband hervor. Ihre Augen waren geschlossen. Sie war intubiert und wurde künstlich beatmet. Aus einem Tropf, der neben dem Bett stand, ging ein Schlauch in eine Kanüle, die an ihrer Hand befestigt war. Die Ausbuchtung unter der dünnen Decke an ihrem Bauch ließ Eva schließen, dass man ihr auch einen Blasenkatheter gesetzt hatte. Die gleichmäßigen Herztöne der Patientin waren über ein Gerät zu hören, das neben dem Bett stand.

Das volle Programm also, dachte sich Eva und seufzte. Carina von Wolfsberg war nicht der erste junge Mensch, den Eva in ihrer langen Laufbahn als Kommissarin in diesem Zustand nach dem Konsum von Liquid Ecstacy so gesehen hatte.

Koma durch GHB – so stand es unmissverständlich im medizinischen Bericht, den Eva noch kurz vor ihrem Abflug per Email zugeschickt bekommen hatte.

Gamma-Hydroxy-Buttersäure, kurz GHB, war die wissenschaftliche Bezeichnung für das Mittel, das früher als Narkosemittel eingesetzt worden war. Später dann sorgte es als sogenannte K.O.-Tropfen und als Vergewaltigungsdroge für Schlagzeilen.

Seltsamerweise wurde in dem Bericht aber auch erwähnt, dass auch THC, also Tetrahydrocannabinol, die bekannte psychoaktive Substanz in Marihuana, im Blut von Carina von Wolfsberg nachgewiesen worden war. Die Einnahme von zwei so unterschiedlichen Rauschmitteln war ungewöhnlich. Und Alkohol spielte wohl auch eine Rolle.

Eva Larson trat an das Bett und betrachtete die junge Frau, deren Seele irgendwo in einem Reich zwischen Leben und Tod schwebte. Dann schaute sie auf, wobei ihr Blick auf das große Gemälde fiel, das über dem Kopfende hing.

Es zeigte die Gottheit Shiva. Sein Körper war in bläulicher Aschefarbe gemalt, aus seinem Kopf entsprang der heilige Fluss Ganges und um seinen Hals schlang sich eine Kobra. Im Hintergrund lag sein Göttersitz, der heilige Berg Kailash. Die Augen hatte er halb geöffnet, in zwei seiner vier Hände hielt er eine Trommel und einen Dreizack. In den beiden anderen erkannte Eva Mudras, Handgesten, die Schutz und Wunscherfüllung symbolisierten.

Die Tür öffnete sich und ein Arzt und eine Kranken-schwester betraten den Raum.

„Ich warte draußen", sagte Eva.

„Ich komme mit Ihnen."

Am hellen Gang, der von Neonröhren beleuchtet war, standen mehrere Stühle und die beiden Frauen setzten sich.

„Ich bin noch nicht ganz im Bilde über die Vorkomm-nisse, die zum Zustand Ihrer Stieftochter führten, Frau von Wolfsberg."

„Bitte nennen Sie mich Charlotte," sagte die blonde Frau.

„Ich heiße Eva."

Es entstand eine kurze Pause.

Gerade wollte Eva Larson damit beginnen, Charlotte zu befragen, da ertönte vom anderen Ende des Ganges die Stimme ihres Sohnes.

„Da bist du ja, Mama."

Er hatte seinen kleinen Rucksack am Rücken und zog ihre beiden Rollenkoffer hinter sich her. Sie machten einen Lärm, als würde ein Güterzug durch das Krankenhaus fahren.

„Das ist mein Sohn Raoul." Sie schaute Charlotte von Wolfsberg an. „Er wird mir bei diesem Fall assistieren."

„Ach so? Ich dachte, Sie würden alleine kommen."

„Nein, ich hielt es für eine gute Idee, ihn zu meiner Unterstützung mitzunehmen. Er ist so ziemlich im gleichen Alter wie Ihre Stieftochter und dieser Umstand kann sicherlich hilfreich sein, die Kommilitonen von Carina zu befragen."

Innerlich schüttelte Eva den Kopf. Was für einen Unsinn hatte sie da gerade erzählt.

„Wegen der Kosten machen Sie sich keine Gedanken. Er ist in meinem Honorar inbegriffen."

Sie stand auf und ging einige Schritte auf ihren Sohn zu.

„Sagte ich nicht, du solltest unten warten?" zischte sie ihn an.

„Ja, schon. Aber Papa hat angerufen und mit dem hiesigen Superintendant – ich habe den Namen vergessen – gleich nachher einen Termin ausgemacht."

„Ach, hat er?"

„Er kommt ins Krankenhaus und holt dich ab."

Eva Larson hatte zwar gehofft, schnell mit dem ermittelnden Superintendant Kontakt aufnehmen zu können – aber so ganz über ihren Kopf hinweg gefiel es ihr nicht so gut.

Sie wollte gerade noch etwas zu ihrem Sohn sagen, da

kam der Arzt zusammen mit der Schwester aus dem Krankenzimmer.

Er sprach einige Worte zu Charlotte von Wolfsberg, als
Eva herantrat und sich vorstellte.

„Angenehm. Wie ich schon Frau von Wolfsberg sagte,
gibt es keine Fortschritte", sagte er in bestem Deutsch. „Ich
bin Dr. Verhofen, Neurologe aus Hamburg. Herr von Wolfsberg hat mich einfliegen lassen, um den Gesundheitszustand
seiner Tochter zu beurteilen und sie hier zu betreuen. Bitte
folgen Sie mir."

Die kleine Gruppe bewegte sich den Gang entlang hin
zu einem Besprechungsraum. Rund um einen kleinen Tisch,
auf dem verstreut Zeitschriften lagen, nahmen sie auf weißen Stühlen Platz.

„Ich kann vorläufig feststellen, dass die Droge GHB in
einer Überdosis eingenommen oder verabreicht wurde. Ob
die junge Frau das freiwillig getan hat, dazu kann ich nichts
sagen. Leider muss ich Ihnen mitteilen", und mit diesem
Satz drehte er seinen Kopf Charlotte zu, „dass wir es hier
meiner Einschätzung nach mit einem Komagrad der 4. Stufe
zu tun haben. Ich befürchte, dass durch die Überdosis der
Droge die Großhirnfunktion schwer geschädigt sein könnte.
Es tut mir leid."

„Sie glauben also, dass Carina nicht mehr zu retten ist?"

Tränenerstickt kamen Charlotte nur mühsam die Worte
über die Lippen.

„Natürlich gibt es immer Hoffnung und manchmal geschehen auch Wunder. Aber ich bin in diesem Fall nicht sehr
optimistisch."

Der Arzt war aufgestanden und verabschiedete sich.

„Ich hatte vor, morgen nach Deutschland zurückzuflie-
gen. Herr von Wolfsberg bat mich allerdings, meinen Auf-

enthalt noch zu verlängern, bis wir zu einer abschließenden Beurteilung gelangen. Sie können mich also jederzeit kontaktieren. Ich wünsche Ihnen aufrichtig das Beste."

Das klang in Evas Ohren fast wie ein 'aufrichtiges Beileid'.

„Danke, Doktor."

Charlotte von Wolfsberg kramte umständlich in ihrer Handtasche und fischte schließlich ein Taschentuch heraus, um ihre Tränen zu trocknen.

Eva Larson sah ihren Sohn an, der blass am Ende des Tisches saß und schwer schluckte. Er fuhr mit einer Hand durch seine lockigen Haare, so als wolle er die Traurigkeit, die über dem Raum lag, einfach wegwischen.

Eva hatte nicht gewollt, dass er in diese Sache hineingezogen wurde. Sie wünschte, dass er ein frohes, unbeschwertes Leben eines jungen Menschen lebte.

„Warum ist niemand bei Carina?"

Eine herrische und scharfe Stimme durchschnitt die Stille, die Eva, Raoul und Charlotte für einen Moment umgeben hatte.

Alexander von Wolfsberg war in den Besprechungsraum getreten und knallte seine Aktentasche auf den Tisch.

„Ist das deine Art, dich um meine Tochter zu kümmern?"

„Wir waren nur kurz zu einer Besprechung mit Dr. Verhofen hier …"

Doch weiter kam sie nicht. Er schnitt ihr das Wort ab.

„Und Sie sind also Frau Larson? Die Schwiegertochter meines Onkels? Privat-Detektivin. Nun, wenn das auch ein Beruf ist. Aber sie waren einmal Kommissarin, habe ich recht?"

Eva konnte nur mit dem Kopf nicken. Der Auftritt dieses großen Mannes mit kurz geschnittenen, graumelierten Haaren hatte ihr die Sprache verschlagen. Die Härte seiner Gesichtszüge, die Augen, die sich zu Schlitzen verengten und der zusammengepresste Mund, der nur schmale Lippen erahnen ließ, passte zu der sicherlich gut durchtrainierten, aber ausgezehrt wirkenden Gestalt, die in einem silbergrauen Anzug steckte, der besser in ein Meeting mit seinen Luxuskunden als zu dem Outfit eines Krankenhausbesuchers passte.

„Die Bezahlungsmodalitäten habe ich ja bereits vorab geklärt. Sie können bei mir wohnen. Ich habe eine große Villa gemietet. Besser gesagt, Carina hat sie für das Auslandssemester gemietet. Und wer ist das?"

Mit dem Kopf deutete er auf Raoul.

„Das ist mein Sohn. Er wird mich bei dem Fall unterstützen."

„Gut. Aber sobald ich merke, dass er hier Urlaub auf meine Kosten macht, verschwindet er von der Bildfläche. Haben wir uns verstanden?"

Eva Larson war aufgestanden und stellte sich vor Alexander von Wolfsberg. Ihr Kopf reichte gerade bis zu seinem Hals. Das war keine günstige Ausgangslage für eine verbale Konfrontation. Also plusterte sie sich auf, indem sie ihre Arme in die Hüften stemmte und ihn aus zornigen Augen anfunkelte.

„Ich habe das verstanden. Und damit wir uns auch beiderseits verstehen, Herr von und zu. Wenn Sie wollen, dass ich für Sie arbeite, werden Sie sich mir und meinem Sohn gegenüber wenn nicht freundlich, dann wenigstens sachlich verhalten. Wenn Ihnen das nicht möglich sein sollte, dann sagen Sie es mir jetzt und hier. Es gibt einen Flug gleich morgen zurück nach Deutschland für uns. Ich bin kein Dienstbote von Ihnen. Ich tue der Schwester meines Schwiegervaters, also Ihrer Frau Mutter, einen Gefallen. Was ist nun? Können wir uns auf respektvollen Umgang miteinander verständigen?"

Eva Larson atmete tief durch.

Der Immobilienmakler schnappte nach Luft. Eine Zornesader trat deutlich auf seiner Stirn zutage. Doch er antwortete nicht sofort.

Ein Balinese in Uniform hatte den Raum betreten und sprach sie auf Englisch an.

„Eva Larson?"

„Ja, das bin ich. Sind Sie der Superintendant?"

„Ja. Mein Name ist Nyoman Sedeng. Peer hat mir gesagt, dass ich Sie hier finde. Ich würde Sie bitten, mich auf die Polizeistation zu begleiten. Ist das möglich?"

„Ja, gerne. Das ist übrigens unser Sohn Raoul. Kann er mitkommen?"

„Natürlich."

An Alexander von Wolfsberg gerichtet, fragte Eva: „Und, wie lautet Ihre Antwort?"

„Ich bin einverstanden", knirschte es zwischen seinen künstlich gebleichten Zähnen hervor.

„Würden Sie unser Gepäck bitte mitnehmen?" fragte Eva Charlotte.

„Aber gerne."

Sie lächelte unsicher.

3. Kapitel

„Das ist wirklich seltsam!"

Eva Larson hatte die Tatortfotos vor sich auf einem großen Tisch in Nyoman Sedengs Büro ausgebreitet. Sie stützte sich mit den Händen auf und ihr Blick schweifte über die Bilder.

„Wer macht denn so was?"

Auch Raoul hatte die Aufnahmen betrachtet und zeigte sich betroffen. Zwei junge Leute in seinem Alter in so einer merkwürdigen Situation.

Superintendant Nyoman Sedeng zuckte ratlos mit den Schultern.

„Ich bin seit über zwanzig Jahren hier bei der Polizei. Aber in all dieser Zeit ist mir nichts Vergleichbares untergekommen."

Das erste Foto zeigte Carina bekleidet mit einem kurzen Jeans-Rock und einer Rüschenbluse auf einem Lehmboden liegen. Auf dem zweiten war ein junger Mann zu sehen, dessen nackter Oberkörper mit Tätowierungen überzogen war. Er war an Händen und Füßen gefesselt. Auf einem weiteren Bild sah Eva, dass sein Kopf eine große Wunde aufwies.

„Wer ist das?"

„Das ist Brian Seldrigde, ein australischer Student. Er wurde zusammen mit Carina von Wolfsberg gefunden. In seiner Hosentasche befand sich ein Fläschchen Liquid Ecstacy."

„Und wo hat man die beiden entdeckt?"

„Im Pura Panca Mahabuta, einem unserer heiligsten Tempel."

„Bitte?"

„Ein Pemangku, ein Tempelpriester, hatte sie morgens so vorgefunden und sofort die Polizei benachrichtigt."

„Hat der Australier überlebt?"

„O ja. Brian Seldridge war nicht schwer verwundet, obwohl er niedergeschlagen worden war. Man hat ihn im Krankenhaus versorgt und anschließend sofort ins Gefängnis gesperrt. Mit Rauschgift-Händlern macht die balinesische Justiz kurzen Prozess."

„Wie kommen Sie darauf, dass der junge Mann ein Rauschgift-Händler ist?"

„Sein Wagen parkte in einem kleinen Fischerdorf, von dem aus die beiden den Weg zum Tempel genommen haben. Im Kofferraum wurden zwei Kilo Marihuana in einer Sporttasche sichergestellt."

„Ja. Das klingt tatsächlich nicht nach kleiner Dosis für den Eigengebrauch."

Außerdem lag wohl schon eine etwas ältere Anzeige wegen Drogenhandels gegen den Australier vor. Doch nachweisen konnte man ihm damals nichts.

„Gibt es Zeugen für den Tathergang?"

„Nein, leider nicht. Es scheint alles etwas seltsam. Zunächst hatten wir angenommen, dass vielleicht Carina von Wolfsberg Brian Seldridge niedergeschlagen hatte. Doch er bestreitet das. Hätte ehrlich gesagt auch nicht viel Sinn ergeben, denn sie hätte ihn auch noch fesseln müssen, bevor sie zusammengebrochen ist."

„Hat er etwas darüber ausgesagt, warum er nur mit einer Hose bekleidet in einem Tempel war?"

„Ja, er hatte sein T-Shirt ausgezogen, weil es klitschnass war. Wir haben es vor dem Tempel gefunden. Zusammen mit einer Jacke, die Carina gehört. In der Tatnacht hatte es stark geregnet. So viel steht jedenfalls fest."

„Also gibt es keine Hinweise darauf, von wem der Australier niedergeschlagen wurde."

„Nein, keine. Er leugnet zudem vehement, Carina von Wolfsberg mit einer Überdosis GHB betäubt zu haben. Genau mit dem Mittel, das wir in seiner Hosentasche fanden. Aber an dem Fläschchen sind nur seine Fingerabdrücke. Er bestreitet auch den Besitz des Marihuanas in seinem Auto, sagt, das sei ihm alles untergeschoben worden. Die Sporttasche kenne er nicht. Doch auf den Päckchen mit dem Rauschgift waren eindeutig seine Fingerabdrücke. Und noch weitere, die wir allerdings noch nicht identifiziert haben."

„Wie schnell wirkt Liquid Ecstasy eigentlich?" Raoul betrachtete das Foto, auf dem die kleine sichergestellte Flasche zu sehen war.

„Gute Frage. Aber schwer zu beantworten. Die Wirkung setzt nach 15 Minuten und bis zu einer Stunde ein. Kommt auch darauf an, ob Alkohol oder andere Drogen mit im Spiel sind."

„Und?"

„Im Fall von Carina von Wolfsberg wurden sowohl Marihuana als auch Alkohol nachgewiesen. Wir gehen davon aus, dass ihr die Tropfen in einem Cocktail, Bier oder Wein verabreicht worden sind."

„Cocktail, Bier oder Wein?" Eva Larson sah den balinesischen Superintendant ungläubig an. „Klingt eher nach dem Besuch einer Party als nach dem Besuch eines Tempels."

„Stimmt. Bislang konnten wir ermitteln, dass die beiden auf einer Strandparty gewesen waren. Semesterabschluss, wie man uns sagte. Von dort aus sah man sie zusammen weggehen. Das war so eine Stunde vor Mitternacht. Allerdings sind die Aussagen der anderen Studenten relativ verworren. Ich habe Ihnen eine Kopie davon gemacht, die Sie gerne mitnehmen können."

„Danke, Superintendant."

„Nennen Sie mich bitte Nyoman. Ich bin mit Ihrem Mann befreundet."

„Aha. Ja, dann also, Nyoman", sie streckte ihm die Hand hin, „ich heiße Eva."

Der balinesische Ermittlungsbeamte hatte noch zu tun und schlug Eva und Raoul vor, sie in der Jalan Kartika vor dem Discovery Shopping Centre abzusetzen und nach zwei Stunden dort wieder abzuholen.

Raoul sah es als vergnügliche Abwechslung an, Eva wäre lieber gleich in die Ferien-Villa der von Wolfsbergs gefahren und hätte sich zurückgezogen, um in Ruhe über diesen seltsamen Fall nachzudenken.

Stattdessen fand sie sich vor einem riesigen Gebäudekomplex wieder, der sie alles andere als zum Shopping einlud.

„Du kannst da gerne reingehen", sagte sie zu ihrem Sohn, „ich werde ein wenig am Strand entlang schlendern und versuchen, etwas bessere Luft zu inhalieren."

„Strand? Das klingt gut."

Er hakte sich bei seiner Mutter unter und gemeinsam bogen sie hinter dem Einkaufszentrum Richtung Strand ab. Ein kleiner Weg verlief geradewegs zum Meer und sie folgten ihm, bis er im Sand endete. Straßenhändler hatten ihre Zeltplanen zwischen großen Bäumen aufgespannt und verkauften Getränke, Gürtel, Sarongs oder vermieteten Plastikstühle, von denen aus man mehr oder weniger gemütlich den Surfern bei ihrem Ritt über die Wellen zuschauen konnte.

Eine Schulklasse mit bunt gekleideten Kindern versperrte ihnen den Weg. Lachend schauten sie in ihre Handys und machten ‚Selfies' ohne Ende. Ein paar Mädchen hatten Raoul entdeckt und ließen sich der Reihe nach mit ihm unter großem Gekichere fotografieren.

Eva kaufte an einem Stand zwei Kokosnüsse. Sie setzten sich in den warmen Sand und tranken den Saft mit Strohhalmen.

„So voll habe ich es mir ehrlich gesagt nicht vorgestellt", gestand Raoul. „Und dieses Angequatsche kann ich auch nicht leiden."

Wie aufs Stichwort hatte sich ein Balinese zu ihnen gesetzt und bot von „Taksi" bis hin zu Übernachtung oder einen Ausflug in den Safari-Park praktisch alles an, was seiner Meinung nach ein Tourist dringend brauchte. Er ließ sich nicht abwimmeln.

„Deutschland gut. Bayern Munchen, Tommas Muller, olé, olé …"

Eva und ihr Sohn mussten lachen.

An der Segara Beach gingen sie durch ein prachtvolles, steinernes Tor zurück zur Straße. Der Verkehr war höllisch. Selbst über einen Zebrastreifen konnten sie die Fahrbahn nur nach mehreren vergeblichen Versuchen und einem Hupkonzert anhaltender Fahrzeuge überqueren. Eine schmalere Gasse bot eine Alternative und sie bogen optimistisch ein.

Sie waren vom Regen in die Traufe gekommen, fanden sie sich doch wieder in einem Hexenkessel aus Mopedfahrern, die einander überholten, als seien sie auf einer Rennstrecke, und Autos, die eigentlich viel zu breit für die Fahrbahn schienen. Eine Heerschar Touristen flanierten an Geschäften entlang, die sich nahezu nahtlos aneinander reihten. Tiefe Pfützen zogen sich über die gesamte Fahrbahnbreite und schon bald hatten sie nasse Schuhe an den Füßen. Von einem

Händler zum anderen zu gehen, glich einem Spießrutenlauf.

„Massage, Madam?"

„Taksi, Boss?"

„Good Sarong, best price."

„Transport?"

„Maniküre?"

„Pediküre?"

„Massage?"

Ein Autospiegel streifte Evas Oberarm. Sie hörte Raoul mit der flachen Hand auf das Dach patschen.

„Geht's noch?"

Genervt zog sie ihren Sohn in einen Warung. Das kleine Esslokal lag wie eine Oase in der Wüste des Kommerzes.

„Lass uns hier mal in Ruhe einen Kaffee trinken. Wir sind ein bisschen übermüdet."

Es war noch ein Platz frei am Fenster, von dem aus sie gut das Treiben auf der Straße in sicherem Abstand beobachten konnten. Neben ihnen saßen drei junge Männer, die gebannt auf ihre Handys starrten.

Raoul gähnte und streckte die Arme nach oben, um sich zu dehnen. Dabei drehte er seinen Kopf von links nach rechts. Mitten in der Bewegung hielt er plötzlich inne.

„Mama, schau mal."

Er deutete mit seinen Augen auf den Boden neben sich.

„Ist das nicht genau dieselbe Tasche, die man im Auto von Brian Seldridge gefunden hat?"

„Wie kommst du denn darauf?"

„Ja, schau doch mal genau hin!"

Eva Larson musste zugeben, dass sie auf den Fotos, die sie im Kommissariat gesehen hatten, der Tasche keine besondere Aufmerksamkeit gewidmet hatte. Vage konnte sie sich an die Farben erinnern. Oben Rot, unten weiß. Die Nationalfarben Indonesiens. Allerdings hatte sie kurz überlegt, warum man eine Sporttasche, die man oft auf den Boden stellte, ausgerechnet unten hell machte.

„Siehst du das kreisrunde Ding da? Das ist mir gleich aufgefallen."

Eva entdeckte ein Emblem in blau und goldgelb, das aufgestickt war und wie ein Mandala aussah.

„Und das war auf der Tasche, in dem das Rauschgift gefunden wurde, auch drauf? Bist du dir da ganz sicher?"

„Hundert Prozent!"

Eva überlegte kurz. Dann stand sie auf und ging zum Nachbartisch.

„Selemat sore", begrüßte sie die drei jungen Leute, die erstaunt von ihren Smartphones aufschauten. „Darf ich euch etwas fragen?"

Auch Raoul war dazugekommen. Er wollte sich die Unterhaltung nicht entgehen lassen.

„Ja, bitte", sagte einer von ihnen, „wie kann ich Ihnen helfen?"

„Ich interessiere mich für diese Tasche hier. Gerade vorhin habe ich genau so eine gesehen und würde gerne wissen, woher sie kommt und ob das Emblem eine Bedeutung hat."

„Das ist meine Tasche", meldete sich der offenbar Älteste der drei und fuhr sich mit der Hand durch seine langen, schwarzen Haare. „Das Emblem gehört zu unserer Universität, der Udayana University, in Denpasar. Ich habe sie von unserem Direktor persönlich geschenkt bekommen."

„Gibt es diese Art von Sporttasche auch zu kaufen?"

„Nein, ganz sicherlich nicht. Diese Tasche ließ unser Direktor extra nur für unser Football-Team anfertigen, das letztes Jahr die indonesische Meisterschaft der Universitäten in Jakarta gewonnen hat."

„Und wie viele dieser Taschen wurden verschenkt?" Raoul meldete sich aufgeregt zu Wort.

„Kann ich nicht genau sagen. So um die zwanzig oder fünfundzwanzig schätze ich. Neben den Spielern haben die Taschen auch die Ersatzspieler, der Trainer und einige Betreuer bekommen. Warum fragen Sie?"

„Mmh", die Detektivin zögerte mit einer Antwort. „Eine dieser Taschen ist bei einer polizeilichen Untersuchung aufgetaucht. Würdest du mir bitte deinen Namen und deine Telefonnummer aufschreiben. Ich denke, in den nächsten Tagen wird sich Superintendant Nyoman Sedeng bei dir melden. Du könntest der Polizei sicherlich mit deiner Aussage sehr behilflich sein."

Eva Larson kramte in ihrer Tasche und fischte ein kleines, blaues Notizbuch heraus, an dem ein Kugelschreiber klemmte.

„Ganjar Kristanto?" Eva wiederholte vorsichtshalber den Namen und las auch noch einmal die Telefonnummer vor.

„Noch eine letzte Frage: Kennst du einen Brian Seldridge? War der im Team?"

„Habe den Namen noch nie gehört."

4. Kapitel

Die Sonne war bereits untergegangen, als der Superintendant mit seinen beiden Fahrgästen vor einem riesigen, schmiedeeisernen Tor hielt. Er schob seinen Arm durch das Autofenster und drückte einen Knopf in einem weißen Sockel. Wie von Geisterhand schob sich das Tor zur Seite und vor ihnen tauchte ein Wachmann auf, der die Wagennummer aufschrieb und Nyoman Sedeng Fragen stellte. Dann erst durften sie passieren. Der Weg ging in einen grün umsäumten, terracottafarbenen, gepflasterten Weg über. Er führte durch eine Palmenallee in einem Halbkreis zu einem großen Haus. Fackeln brannten vor dem Eingang.

„Das nenn' ich mal eine Hütte!" Raoul hatte das Fenster heruntergelassen und streckte seinen Kopf in den Abendwind, der gleich seine Locken zerzauste.

Wie aus dem Nichts waren drei weiß gekleidete Männer erschienen, die die Autotüren aufrissen.

„Selamat malam" begrüßte Nyoman Sedeng die drei, die sogleich ihre Köpfe, auf denen ein Udeng, eine weiße Kopfbedeckung saß, verneigten.

„Selamat datang", sagte einer von ihnen.

„Das heißt 'herzlich willkommen'", flüsterte Eva Larson beim Aussteigen ihrem Sohn zu.

„Ah, da sind Sie ja endlich. Wir warten bereits mit dem Abendessen auf Sie."

Alexander von Wolfsberg schritt die Eingangsstufen hinab und ging auf Superintendant Sedeng zu, ohne Eva und Raoul zu beachten.

„Das heißt wohl nicht gerade 'herzlich willkommen'," raunte Raoul nicht gerade leise seiner Mutter zurück.

„Gibt es endlich etwas Neues?" Die Stimme von Alexander von Wolfsberg klang unfreundlich genervt.

„Wie ich schon Frau Larson sagte, sind die Verhöre mit den anderen Studenten auf der Strandparty nun abgeschlossen."

Eva und Raoul Larson waren den drei Bediensteten gefolgt, die ihr Gepäck trugen.

Der Innenraum des Hauses glich dem eines Palastes. Durch eine Art Spiegelkabinett, in dem sich Tausende von Lichtern reflektierten, gingen sie auf einen Indoor-Pool zu. Kerzen schwammen auf Lotusblättern und gaben der Szenerie einen fast feierlichen Rahmen. Charlotte von Wolfsberg schritt eine freischwingenden Treppe hinab, die in den ersten Stock des Gebäudes führte. In ihrem goldenen Brokat-Sarong und der weißen Seidenbluse sah sie aus wie eine Prinzessin.

„Schön, dass Sie da sind. Mein Mann war schon ganz nervös."

Evas strenger Blick hielt ihren Sohn davon ab, etwas Unhöfliches zu sagen.

„Ja, danke für die Einladung."

Charlotte machte auf dem Absatz kehrt und ging die Treppe wieder hinauf und zeigte ihnen ihre beiden Zimmer.

Evas Zimmer hatte eine große Glasfront zum Meer hinaus. Der Balkon schien über den Wellen zu schweben.

Sie schaute sich um. Das Bett war blütenweiß bezogen und mit frischen, tiefroten Hibiskusblüten dekoriert. Ein großes gelbes Moskitonetz hing an einen Bambusrahmen befestigt von einem geflochtenen Dach herab, das spitz nach oben ragte. Kerzen brannten und gaben dem Zimmer einen romantischen Anstrich.

„Sie haben hier ein privates Bad", sagte die Hausherrin und öffnete eine Schiebetür zu einem weiteren Raum, in dem eine große, runde Badewanne stand, von der aus ebenso das Meer zu sehen war.

„Du liebe Güte, das ist ja zauberhaft."

Die Detektivin war begeistert.

„Wenn Sie sich frisch gemacht haben, kommen Sie bitte zu uns hinunter zum Abendessen."

„Ja, gerne."

„Das ist ja irre", hörte sie gerade noch ihren Sohn beim Anblick seines Zimmers ausrufen, bevor sie ihre Tür schloss.

Eva öffnete ihren Koffer und nahm ihren Plüsch-Elch, der sie immer auf Reisen begleitete, heraus und setzte ihn zwischen die Blüten aufs Bett.

„Genieß es", sagte sie und strich ihm über das Fell.

Sie ließ sich erschöpft in einen großen Sessel fallen und fischte ihr Handy aus ihrer Tasche.

„Na, endlich." Alfons Jablonski, ihr Partner in der Münchener Detektei und ehemaliger Polizeikollege, konnte sich den leicht vorwurfsvollen Ton nicht verkneifen. „Das nennst du also, dich gleich nach der Landung bei mir zu melden?"

„Tut mir leid, Alfons. Aber ich bin sofort in die Klinik gefahren und anschließend von einem balinesischen Superintendant abgeholt worden. Ich komme jetzt das erste Mal zum Luft holen."

„Dein Mann hat mittlerweile auch schon zweimal angerufen und wollte wissen, ob alles geklappt hat."

„Ja, hat es. Ich werde ihm gleich eine Nachricht schicken. Hast du etwas für mich über Carina von Wolfsberg herausgefunden?"

„Ja. Allerdings nicht sehr viel. Mehrfach aufgefallen

wegen Trunkenheit und Drogenbesitz. Hat zur Zeit keinen Führerschein."

„Mmh. Und was gibt es sonst noch über die Familie zu berichten?"

„Also, der Alexander von Wolfsberg verkauft nur Luxus-Immobilien. Keine Vorstrafen. Allerdings war er zweimal vor Gericht. Einmal wegen häuslicher Gewalt und einmal wegen Sex mit einer Minderjährigen. Beide Anklagen wurden abgeschmettert."

„Häuslicher Gewalt gegen wen? Und Sex doch nicht etwa mit seiner Tochter?"

„Nein, nicht mit seiner Tochter. Mit einer asiatischen Prostituierten, die erst 14 Jahre alt war, sich allerdings als volljährig vorstellte."

Eva hörte ihren Kollegen mit Papier rascheln.

„Die häusliche Gewalt richtete sich gegen seine erste Frau. Sie hatte allerdings massive Drogenprobleme und galt als nicht glaubwürdig vor Gericht. Im Gegenteil, in der Gerichtsverhandlung drehte der Ehemann den Spieß um und am Ende des Liedes hatte sie eine Klage wegen Gewalt gegen die gemeinsame Tochter am Hals. Doch zu der Verhandlung kam es nicht mehr. Sie hat sich mit Tabletten das Leben genommen."

„Tolle Familie. Gibt es etwas über die jetzige Frau Charlotte zu berichten?"

„Nein, eigentlich nicht. Sie ist eine bekannte Mode-Designerin. Kommt aus reichem Haus. Hat sich offenbar besser mit ihrer Stieftochter verstanden als der eigene Vater. Das habe ich von Marja von Wolfsberg, unserer Auftraggeberin, mit der ich vorhin telefoniert habe."

„Das ist interessant. Ich habe sie heute im Krankenhaus gesprochen. Hatte genau den gleichen Eindruck. Alexander von Wolfsberg ist übrigens ein Kotzbrocken der adeligen Art. Nachdem ich ihn kennengelernt habe, wollte ich gleich wieder abreisen. Aber ich mache den Job ja Nils zuliebe."

Das Abendessen wurde an einem langen Tisch aus edlem Tropenholz serviert. Als Eva sich dazu gesellte, saß Raoul bereits mit einem Cocktail in der Hand auf einem kunstvoll geflochtenen Rattanstuhl und prostete seiner Mutter zu. Charlotte von Wolfsberg und ihr Mann hatten ihm gegenüber Platz genommen.

„Der Superintendant hat sich bereits verabschiedet. Er wird Sie morgen gleich früh abholen und zum Tatort begleiten. Darf ich Ihnen auch einen Aperitif anbieten?"

Charlotte schaute Eva fragend an.

„Ja, gerne."

Die Unterhaltung beim Essen lief sehr schleppend. Man merkte dem Hausherrn an, dass er nur aus Höflichkeit Konversation betrieb. Er ließ Eva und ihren Sohn merken, dass sie eigentlich unter seinem Niveau waren.

Sein Thema 'Lifestyle in Kalifornien' untermalte er mit Sätzen wie 'das können Sie sicherlich nicht nachvollziehen' und 'für so eine Lebensart benötigt man das passende Kleingeld.'

Seine Frau seufzte von Zeit zu Zeit und schaute milde lächelnd die Detektivin an. ‚Entschuldigen Sie bitte', war aus ihren Augen abzulesen.

Als der Espresso gereicht wurde mit der Bemerkung, er habe den Kaffee extra mitgebracht, da man in so einem unterentwickelten Land nur schwarzes Gebräu bekäme, wagte Eva einen Vorstoß.

„Herr von Wolfsberg, man hat im Blut ihrer Tochter neben sehr viel Alkohol und dem Liquid Ecstacy auch Spuren von Marihuana nachgewiesen. Der Lifestyle, über den Sie so äußerst interessant referiert haben, meinen Sie nicht, gerade der könnte mit eine Ursache gewesen sein, dass das Leben von Carina in dieser Katastrophe gipfelte?"

Alexander von Wolfsbergs Augen verzerrten sich zu winzigen Schlitzen, aus denen er Blitze auf Eva abfeuerte.

„Wollen Sie andeuten, ich sei Schuld an dem Überfall auf meine Tochter?"

„Ich will gar nichts andeuten. Sie haben mich mit der Untersuchung dieses Falls beauftragt. Vielmehr Ihre Frau Mutter. Und da gehört es zu meiner Arbeit, so viel wie möglich über das Umfeld und das Leben Ihrer Tochter herauszufinden."

Eva stellte ihr Tässchen auf den Tisch.

„Ihre Frau sagte mir, Ihre Tochter hat hier ein Auslandssemester studiert. Stimmt es, dass sie diejenige war, die dieses Haus gemietet hat?"

„Worauf wollen Sie hinaus, Frau Larson?"

„Ich möchte nur wissen, in welchen Kreisen Carina üblicherweise verkehrte. Mit Verlaub: Dieses Haus ist nicht gerade eine klassische Studentenbude, meinen Sie nicht auch?"

„Ich verstehe", mischte sich Charlotte von Wolfsberg ein, „Sie wollen wissen, mit wem Carina hier zusammen war."

„Ja. Und ich möchte wissen, wer der Hauseigentümer ist. Für eine weitere Befragung würde ich gerne übermorgen nach dem Frühstück mit den Angestellten sprechen. Würden Sie bitte dafür sorgen, dass alle – vom Gärtner bis zum Chauffeur – vollzählig anwesend sind?"

„Ja, natürlich."

„Danke. Ich werde mich jetzt zurückziehen. Kommst Du auch, Raoul?"

Das war mehr eine Aufforderung als eine Frage. Ihr Sohn stand etwas unwillig auf und folgte seiner Mutter nach oben.

„Scheint eine wirklich glückliche Familie zu sein." Eva machte ihre Nachttischlampe aus und kuschelte sich an ihr Plüschtier.

„Gute Nacht."

5. Kapitel

Nyoman Sedeng holte Eva Larson und ihren Sohn wie versprochen am nächsten Morgen schon sehr früh ab. Er war aus dem Wagen ausgestiegen und hatte die Beifahrertüren für sie geöffnet.

„Selamat pagi", begrüßte der Superintendant seine beiden Fahrgäste.

„Selemat pagi, guten Morgen", grüßte Eva zurück.

Erstaunt betrachtete sie den Polizisten. Gestern war er noch in seiner strengen, fast militärisch wirkenden Uniform erschienen, heute trug er zwei gemusterte Sarongs, die in unterschiedlicher Länge – von beinlang bis wadenhoch – übereinander drapiert waren. Darüber ein Kaos, ein feines, weißes kurzärmliges Hemd und auf dem Kopf einen sorgfältig gewickelten Udeng. Sie bemerkte, dass auch sein Blick über ihren weiblich geformten Körper wanderte und als sie ihn auffing, lächelte er sie an und nickte leicht, so als wolle er andeuten, dass ihm gefiel, was er da sah.

„Ich habe für Ihren Sohn auch einen Sarong und eine Kopfbedeckung dabei, falls er den Tatort mit besuchen will. Und für Sie, Eva, hat mir meine Mutter auch einen Sarong mitgegeben."

„Ihre Mutter? Sie meinen sicherlich Ihre Frau."

„Nein. Ich lebe bei meiner Mutter. Meine Frau ist vor zehn Jahren gestorben und ich bin mit unseren beiden Kindern wieder in mein Elternhaus gezogen. Nun studiert mein Sohn in Kuala Lumpur und meine Tochter ist mit ihrem Mann nach Australien ausgewandert. Mein Vater ist letztes Jahr von uns gegangen und so bin ich mit meiner Mutter nun allein."

Er lächelte gequält.

Eva wusste nicht so recht, was sie darauf sagen sollte.

„Danke. Ich bin bereits das dritte Mal auf Bali und habe einen eigenen Sarong dabei. Ich ahnte, dass ich den Tempel nur angemessen bekleidet betreten darf. Aber an einen Sarong für meinen Sohn habe ich natürlich nicht gedacht."

„Das wird eine lange Fahrt." Der Superintendant lud mit einer Geste zum Einsteigen ein.

„Ich werde mich nach vorne setzen, du kannst ja noch ein kleines Nickerchen machen." Eva Larson zeigte mit einer kleinen Kopfbewegung auf die hintere Sitzbank und Raoul stieg etwas unwillig vor sich hin murmelnd, ein. Er hatte sich eigentlich auf ein kleines Gespräch über die Insel mit Nyoman Sedeng gefreut, fügte sich aber der Anweisung seiner Mutter.

Die Fahrt führte zunächst über eine gut asphaltierte Straße die Küste entlang. Die Sonne hatte noch nicht ganz ihren Weg durch den morgendlichen Dunst gefunden und das Licht lag gleißend über dem Meer.

„Nyoman, Sie gehören NCB Interpol an? Mein Mann Peer hat mir das gesagt. Und auch einer Sondereinheit, ich glaube gelesen zu haben, sie heißt Direktorat Reserve Narkoba. Was bedeutet das?"

„Das ist unsere Task Force gegen illegalen Drogenhandel. Wie Sie vielleicht wissen, geht die indonesische Regierung streng gegen Drogen und Narkotika vor."

„Ja, das habe ich gelesen. Vor zwei Wochen gab es acht Hinrichtungen?"

„Genau genommen waren es neun. Vier Australier, zwei Filipinos und drei Nigerianer."

„Trotz internationaler Proteste …?"

„Nun, die indonesische Regierung greift hart durch. Wir hier auf Bali waren früher etwas großzügiger, besonders, was Marihuana anbelangt."

„Das liegt an Shiva", hörte Eva ihren Sohn von der Rückbank.

„Bitte?"

„Im Hinduismus ist Marihuana eine der heiligsten Pflanzen. Sie gehört zu Shiva und dient der Gottesschau."

„Ja, Eva, da hat Ihr Sohn recht. Im Gegensatz zum restlichen muslimischen Indonesien haben wir hier eine etwas andere Meinung zu Ganja."

„Ganja?"

„Das ist der ursprüngliche heilige Name der Pflanze, die bei Ihnen als Hanf bekannt ist. Wir Hinduisten, wir Balinesen, verehren diese Pflanze aufs Höchste!"

„Marihuana?" Eva Larson zog erstaunt beide Augenbrauen hoch. Drogenverehrung? Das ging ihr doch zu weit.

„Ach, Mama. Marihuana ist ja eigentlich ein vollkommen falsch verstandener Begriff. Er stammt aus dem Mexikanischen und heißt ursprünglich dort 'Maria Y Juan' – Maria und Johannes, beides Zeugen von Christus Opfer für die Menschheit."

„Ach, wirklich?"

„Ja, und bei den Rastafari, du weißt schon, die von Bob Marley, die „Rasta man Vibration yeah", die Jamaikaner, bei denen ist Gann-Jah, der Baum der Weisheit, der von Jah, wie sie Jehova nennen, heilig. Sie rauchen das Kraut, um sich mit Jesus zu verbinden."

„Nun ja, ich kenne das Kraut nur als 'Shit' und 'Grass',", bekannte Eva. „Und geraucht habe ich es auch noch nie."

„Echt nicht, Mama?"

„Echt nicht."

Eva Larson schüttelte den Kopf. Sie dachte an die wilden Parties, bei denen dieser süßliche Geruch den Raum geschwängert und wie ein rauchiger Dämon versucht hatte, alle vorhandenen Tabus zu brechen.

Sie hatte wirklich nie Marihuana geraucht – aber unvermeidbar inhaliert alle Mal.

Erst kürzlich hatte sie zusammen mit Jablonski in einem eigentlich leichten, juristisch gesehen aber komplizierten Fall, ermittelt.

Ihre Klienten waren Eltern eines 19-jährigen Studenten, der sich nach einer Techno-Party ans Steuer seines Autos gesetzt hatte und von der Polizei kontrolliert worden war. Bei der Routine-Untersuchung stellte man im Blut einen THC-Wert von knapp fünf Nanogramm pro Milliliter fest – bei einem Nanogramm gilt in Deutschland bereits eingeschränkte Fahrtüchtigkeit. Der Junge betonte, dass er noch nie Marihuana geraucht hätte und es stellte sich tatsächlich heraus, dass er das Zeug in einer kleinen Lounge, in der man sich vom Tanzen erholte, passiv inhaliert hatte. Trotzdem blieben die Richter bei dem Beschluss des Führerscheinentzugs und er musste den sogenannten „Idiotentest" machen, denn das Gericht sah es als erwiesen an, dass jedem bekannt sein sollte, dass wissentliches Passivkiffen zwar nicht strafbar, aber das Führen eines Fahrzeuges anschließend verboten sei.

Nachdenklich schaute Eva aus dem Fenster. Sie hatte gar nicht gewusst, dass sich Raoul so intensiv mit Hanf beschäftigt hatte und wunderte sich etwas über seine Kenntnisse. Bei ihnen zuhause wurde selten über Drogen gesprochen – irgendwie hatte sie als seine Mutter den Eindruck, dass er sich nicht dafür interessierte. Doch jetzt …

Ihre Augen glitten über die Landschaft und verloren sich darin.

An einer unscheinbaren Kreuzung zweigte die Straße ins Landesinnere ab und führte durch kleine Orte mit flachen Häusern. Meist waren hinter Mauern nur die roten Dächer zu sehen oder sie waren verdeckt von üppigem Grün der Gärten. Hohe Palmen und rot glühende Flamboyanbäume säumten den Weg. Auf einem Dorfplatz entdeckte Eva im Vorbeifahren einen mächtigen Banyanbaum, der mit gelben und weißen Bändern verziert war.

„Man erzählt sich, dass viele unserer Dörfer um diese heiligen Bäume herum gebaut wurden."

Nyoman war vom Gas gegangen und blieb am Straßenrand stehen. Alle drei stiegen aus dem Auto aus. Obwohl es noch früh am Morgen war, lagen auf einem Altar neben dem Baum viele kleine Körbe mit frischen Früchten, Reis und Blüten.

„Pohon Beringin nennen wir diese Bäume. Bei den größten von ihnen steht meist ein Tempel, oder wie hier eine Opferstätte. Morgens, mittags und abends kommen die Menschen mit Geschenken für die Götter, um sie günstig und gnädig zu stimmen und die Dämonen abzuwehren."

Eine Frau mit gestreiftem Sarong, weißer Bluse und Flipflops an den Füßen trat an den Altartisch heran. Auf dem Kopf balancierte sie eine große, golden glänzende Schüssel. Sie nahm behutsam ihren Schatz herunter und entnahm daraus zwei aus Blättern geflochtene Körbe mit Opfergaben. Sie zündete mehrere Räucherstäbchen an und verweilte noch kurz, bevor sie wieder ging.

Nyoman, Eva und Raoul traten nun auch heran, um die Gaben näher zu betrachten.

„Da liegen ja Zigaretten drin!" Raoul zeigte erstaunt auf den Inhalt eines Körbchens. Tatsächlich: Inmitten von Reis und Blüten lag eine ganze Packung.

„Ja, das sieht man durchaus öfter. Auch Süßigkeiten werden gerne geopfert. Opfergaben haben für uns Balinesen einen tiefen spirituellen Sinn. Wir geben nicht das, was wir eigentlich mühelos entbehren können. Wir geben eher das, was für uns wirklich ein Opfer darstellt."

„Verstehe", meinte Raoul und nickte leicht mit dem Kopf. „Aber man opfert ja nicht nur, man will ja sicherlich auch etwas als Gegenleistung?"

„Das stimmt. Wir bieten den Göttern unsere Opfergaben dar und bitten sie um Hilfe, Wohlstand, reiche Ernte, Gesundheit und Schutz vor Dämonen."

„Also keine so selbstlose Sache, sondern ein Geben und Nehmen?"

Eva Larson warf ihrem Sohn einen warnenden Blick zu, den auch der Superintendant bemerkte.

„Eva, Ihr Sohn hat schon recht. So gesehen ist es ein Geben und Nehmen. Aber das ist in unseren Augen auch gut so. Die Götter nur zu bitten, ohne ihnen etwas anzubieten, würde in unseren Augen die Harmonie zerstören. Es wird dich sicherlich interessieren, Raoul, dass wir für besondere Anlässe eigene Opfergaben-Herstellerinnen haben. Sie heißen bei uns Tukang Banten. Es sind meist unverheiratete Frauen aus der Brahmanen-Kaste, die sehr angesehen sind."

„Ach, das wusste ich gar nicht!" Eva schaute sich auf dem Altar nach einer größeren Opfergabe um.

Nyoman Sedeng deute den Blick von Eva richtig.

„Nein, hier sehe ich auch keine professionelle Opfergabe. Sie werden sie bei größeren Festlichkeiten eher sehen. Eine Tukang Banten lernt ihr Handwerk meist bereits in jungen Jahren. Sie weiß, wie man Opfergaben richtig zubereitet oder reinigt. Sie kennt die Symbole für bestimmte Rituale und die richtige Ausrichtung nach den Himmelsrichtungen."

„Und was passiert mit den Opfergaben? Es müssen ja Tausende am Tag sein. Landen die im Kompost?"

„Raoul!"

An Nyoman gerichtet sagte sie: „Entschuldigen Sie meinen Sohn. Er ist immer so direkt."

„Lassen Sie nur, Eva. Die Frage ist durchaus berechtigt. Ich kann sie nur mit Ja und mit Nein beantworten. Ja, ein Teil geht wieder über in den natürlichen Kreislauf. Und nein, die Götter laben sich an der Essenz der Opfergaben. Alles, was tatsächlich essbar ist, kann durchaus bei der nächsten Mahlzeit verzehrt werden. Nur eines darf man nicht: Eine bereits geopferte Gabe den Göttern erneut anbieten. Das bringt Unglück."

Drei Reisfinken landeten auf dem Altar. Ihr Gefieder am Rücken glänzte in der Sonne wie Silber, weiße Wangenflecken vergrößerten die schwarzen Köpfchen. Aus ihren dunklen Augen, um die ein roter Ring leuchtete, schauten sie sich hektisch um. Sie begannen auf den sorgsam geflochtenen Opferkörbchen hin und her zu hüpfen. Mit ihren kräftigen Schnäbeln, die am Ansatz dunkelrot waren und sich bis in die Spitze in ein weißliches Rosa verfärbten, pickten sie das Beste heraus.

„Ja, und so wird die Opfergabe auch verwertet."

Der Weg führte nun leicht bergan. Reisterrassen flankierten die Straße, die sich in sanften Kurven durch die Landschaft schwang.

Nach einer weiteren halben Stunde hielt Nyoman erneut und bat seine beiden Mitfahrer an einem Aussichtspunkt auszusteigen. Mit seinem rechten Arm schwang er in einem Halbkreis über die Landschaft. Den Zeigefinger ausgestreckt fuhr er die Konturen der Reisterrassen nach.

„Dies sind die Treppen der Götter, die direkt in den Himmel führen. Dewi, die Reisgöttin, wacht über die Pflanzen und die Ernte. Ihr gilt die höchste Verehrung der Bauern, die das Land seit Anbeginn unserer Geschichte kultivieren."

Eva schaute fasziniert über die Landschaftskunst, die sich wie ein Gemälde aus allen Nuancen der Farbe Grün vor ihr ausbreitete. Natürlich wusste sie Fakten, etwa dass bis zu dreimal innerhalb von vierzehn Monaten geerntet werden konnte, dass der hier angebaute Nassreis den üblichen Reisanbau in Indonesien um ein Fünffaches an Ertrag überstieg und dass die UNESCO die einzigartigen Terrassen zum Weltkulturerbe erklärt hatte.

Wieder einmal wurde ihr klar, dass man vieles zwar nachlesen, aber nur weniges wirklich nachempfinden konnte, denn es fehlte zur vollständigen Information der Geruch der Landschaft, dieses süßliche Lüftchen, das ihr hier um die Nase wehte, das Geräusch des Windes, der durch die reifen Reis-Rispen wehte und die Luft mit einem Geräusch durchsetzte, als würde die Göttin selbst winzige Rasseln schütteln.

„Danke, Nyoman, dass Sie sich die Zeit nehmen, uns diese Schönheit zu zeigen. Jedes Mal, wenn ich hierher komme, entdecke ich die Insel neu. Es liegt eine Magie über ihr, die ich mit Worten schwer beschreiben kann. Aber auch das Geheimnis dunkler Kräfte, die ich nicht erfassen kann. Ich empfinde hier auf Bali nicht nur Respekt vor der Natur, den Menschen und ihren Göttern. Ich empfinde auch etwas Furcht vor den Dämonen."

Die letzten Sätze hatte Eva vor sich hingesprochen, als wären der Superintendant und ihr Sohn gar nicht anwesend. Wieder drängte sich der Traum in ihr Bewusstsein und sie sah erneut, wie die Gestalt ihres Sohnes sich in Asche verwandelte.

„Mama, alles in Ordnung?" Die Stimme von Raoul holte sie wieder zurück aus ihrer seltsamen Stimmung, in die sie ohne ihr Zutun hineingeglitten war.

Eva zuckte zusammen.

„Was? Oh, ja. Natürlich."

Mit schnellem Schritt ging sie zurück zum Wagen.

Die Landschaft änderte sich. Kaffee- und Nelkenplantagen und lichte Wälder lösten allmählich die Reisterrassen ab. Durch die Scheiben sah Eva Affen in den Baumwipfeln springen. Auch Raoul hatte sie entdeckt und aufgeregt sein Fenster heruntergelassen, um sie besser fotografieren zu können.

„Vorsicht", rief Nyoman, der im nächsten Moment fast eine Vollbremsung hinlegte.

Vor ihnen zog eine kleine Karawane an Affen über die Straße, so als wären sie auf einem Zebrastreifen unterwegs.

Der Superintendant sagte zunächst etwas auf Balinesisch, dann machte er den Motor aus.

„Das hier sind Langschwanzmakaken", klärte er seine Mitfahrer auf, „heilige Tiere."

„Was auch sonst", kam es vom Rücksitz. Raoul hatte sich ziemlich erschrocken.

„Raoul!"

„Was denn? Ich habe mir vor Schreck fast in die Hose gemacht!"

„Mach besser dein Fenster wieder zu", riet ihm Nyoman. „Die Affen lieben es, uns um unseren Besitz zu erleichtern."

„Das nennt man Klauen", sagte Raoul auf Deutsch zu seiner Mutter, während er den elektrischen Fensterheber betätigte. „Wohl eine ziemlich heilige Angewohnheit."

Aus dem Augenwinkel entdeckte er ein Männchen direkt

neben der hinteren Autotür. Ein imposantes Exemplar. Über einen halben Meter groß mit einem mindestens ebenso langen Schwanz. Das stämmige Tier hatte sich aufgerichtet und schaute Raoul direkt in die Augen.

„Ist ja irre. Der hat ja einen richtigen Bart!"

Raoul klopfte an die Scheibe. Der Affe zeigte unbeeindruckt seine Zähne. Er neigte seinen bräunlichen Kopf und kratzte sich sein silbergraues Fell. Ein großes Geschrei ertönte aus den Bäumen und der Langschwanzmakake verschwand im Gebüsch.

„Schade, dass du ihn verjagt hast." Nyoman hatte seinen Kopf gedreht und sprach Raoul direkt an. „Der Affengott hat dich mit seiner Aufmerksamkeit beehrt."

„Hanuman?" Raoul schaute irritiert. „Wirklich?"

„Ja. Er ist einer der wichtigsten Aspekte Gottes. Er steht für uns als Sinnbild für Mut, Vertrauen und Hingabe."

„Tut mir leid."

„Ja, mir tut es auch leid für dich. Ich glaube, dass westliche Menschen den Zugang zur göttlichen Offenbarung oft verloren haben."

„Wie meinen Sie das, Nyoman?" Eva schaute den Polizeibeamten fragend an. Sie war etwas irritiert über diese Aussage.

„Das Wunder der Technik hat auch Indonesien und somit auch Bali erreicht. Irgendwann habe ich einmal etwas über unsere heiligen Affen im Internet gesucht. Und da kam ich auf eine wissenschaftliche Seite, die mir fast den Atem genommen hat."

Eva und ihr Sohn sahen den Superintendant ratlos an. Was meinte er?

„Ich habe unter den Begriffen ‚Langschwanzmakake' und ‚Javaaffe' eine Suchmaschine bemüht und stieß auf eine Internetseite, die beschrieb, warum unsere heiligen Affen von einer großen, westlichen Tierschutzorganisation zum ‚Versuchstier des Jahres' gekürt wurden. Haben Sie schon einmal etwas über die ‚Silver Spring Affen' gehört?"

„Nein, ich glaube nicht", antwortete Eva wahrheitsgemäß.

„Da hat der Verhaltensforscher und Psychologe Edward Taub Makaken bestimmte Nervenknoten durchtrennt, so dass die Tiere weder Arme noch Beine bewegen konnten. Dann befestigte er die gequälten Tiere in Haltevorrichtungen und bearbeitete sie mit Elektroschocks. Zudem entzog er ihnen die Nahrung – alles nur, um sie zu zwingen, ihre Extremitäten wieder zu benutzen."

„Oh, mein Gott, das ist ja schrecklich!" entfuhr es Eva.

„Das Ende der Geschichte war zwar, dass Taub der Tierquälerei angeklagt wurde, die Tiere jedoch mussten getötet werden. Der Prozess verlief sich im Sand und Taub lehrt heute wieder an einer Universität."

„Schweinerei", sagte Raoul.

„Ja, aber die größte Gotteslästerung ist, dass die westliche Welt keinen Respekt vor der Schöpfung hat. Vor der Natur, den Pflanzen, den Tieren und den Menschen. In unseren Augen quält ein Mensch, der Affen quält, den göttlichen Aspekt des Mutes und der Hingabe. Im übertragenen Sinne ist er ein Feigling, der seine Seele dem erhofften Ruhm opfert und anstatt Hingabe zu praktizieren, verliert er sich in Grausamkeit."

Nyoman Sedeng drehte wieder den Zündschlüssel und schweigend setzten sie die Fahrt fort.

Vor ihnen tauchte ein großer, türkisfarbener See auf, an dessen Ufer ein kleines Fischerdorf lag. Im Hintergrund hing eine große Wolke über einem hohen Berg, der das Ufer flankierte. Auf dem See waren Fischer in einfachen Einbäumen unterwegs und dirigierten ihre kleinen Boote mit einem Paddel, den sie in das farbige Wasser tauchten. Weit und breit war kein Motorboot in Sicht und es hing eine fröhliche Stille über dem See.

Der Superintendant steuerte auf einen Warung zu, einem kleinen Imbiss, und parkte den Wagen genau daneben. Aus der Küche wehte der Duft von gebratenem Reis und Gewürzen zu ihnen hinüber. Eine alte Frau mit einem verwitterten Gesicht fegte die gefliesten Stufen, die hinaufführten. Ein einzelner Zahn blitzte aus ihrem Mund, als sie ihnen ein ‚Selemat siang' zurief, das Eva freundlich erwiderte, als sie aus dem Auto ausstieg.

„Ab hier gehen wir zu Fuß", sagte Nyoman. „Eva, genau hier haben wir den Geländewagen von Brian Seldridge mit den Drogen in der Sporttasche gefunden. Die beiden jungen Leute sind auch zu Fuß gegangen."

„Apropos Sporttasche. Gestern hat Raoul in der Poppies Lane in einem Esslokal genau so eine Tasche entdeckt. Ich habe den Besitzer danach gefragt und er hat mir gesagt, dass es von den Taschen nur insgesamt etwa 25 Stück gibt, die alle extra für ein Football-Team der Universität letztes Jahr angefertigt worden sind. Sie sollten einen Ganjar Kristanto anrufen. Ich habe seine Nummer. Bitte lassen Sie sich von ihm oder der Universität alle Namen der Sporttaschenbesitzer nennen. Vielleicht ergeben sich daraus Hinweise."

Hinter dem kleinen Ort, der aus wenigen Häusern bestand, die sich hinter weißen Mauern duckten, folgten die drei einem sumpfigen Pfad, der zunächst direkt am Ufer entlang durch feuchte Graslandschaft führte. Kleine Fischerhütten lagen verstreut in der Nähe des Sees.

Es fing an zu nieseln, dann wurde der Regen immer stärker. Nyoman Sedeng hatte vorsorglich drei Regenschirme mitgenommen, die sie nun aufspannten. Der Weg verwandelte sich schnell in einen kleinen Bach und wurde damit sehr glitschig. Bald stand ihnen das Wasser an manchen Stellen bis zum Knöchel und lief in die Schuhe. Mehr schlecht als recht erreichten sie im Matsch den Waldrand. Die Kronen der Bäume waren über ihnen ineinander verschränkt und ließen nur wenig Licht auf den kleinen Weg, der bald in einen Fahrweg mündete. Das Gehen war mühsam, da die Fahrspuren tief im lehmigen Untergrund eingegraben und mit Wasser gefüllt waren. Links und rechts flankierte dichtes Gestrüpp den Weg. Tiefgrüne, oft tellergroße Blätter glänzen im Regen.

Raoul lief neben Nyoman her.

„Hier sind Carina und dieser Brian nachts gelaufen? Der Weg ist ja tagsüber schon abenteuerlich!"

Nun hakte auch Eva nach.

„Und dann ist ihnen noch jemand gefolgt, ohne dass sie ihn bemerkt haben?"

„Ja, aber das ist nicht sehr verwunderlich. Es hat wohl auch in dieser Nach heftig geregnet. Ich denke, da konzentriert man sich sehr auf den Weg und weniger darum, wer hinter einem ist. Außerdem konnte der Verfolger sich zurückfallen lassen, denn der Weg hier endet am Tempel."

„Gibt es überhaupt keinen Anhaltspunkt, was die beiden hier wollten?"

„Absolut keinen."

Das glaubte Raoul nicht so ganz.

„Na, was Brian wollte, ist ja wohl klar. Ich meine wegen der Tropfen ..."

Vor ihnen tauchte eine große Lichtung auf und sie konnten auch den See wieder sehen. Es hatte aufgehört zu regnen und in kürzester Zeit blitzte die Sonne hinter den Wolken auf. Der Weg wurde breiter und führte in einer Biegung direkt auf einen großen Tempel zu. Man sah ihm sein Alter an, denn die Steine des Eingangs waren dick mit Moos überzogen.

„Das ist der Pura Panca Mahabuta, unser heiliger Tempel der fünf Elemente – Erde, Wasser, Luft, Feuer und Äther."

Nyoman Sedeng ließ einen kleinen Rucksack, den er mitgenommen hatte, auf die nasse Wiese sinken.

„Hier, das musst du anziehen, wenn du mit uns hinein in den Tempel gehen möchtest."

Er reichte Raoul einen braun gemusterten Sarong und einen weißen Udeng, ein Tuch, dass bereits sorgsam zu einer Kopfbedeckung geknotet war. Während er ihm half, den Sarong richtig umzubinden, holte auch Eva ihren Sarong aus ihrer Umhängetasche und legte ihn an. Sie hatte sich bereits morgens für eine weiße Bluse entschieden, die geeignet war, sie an einem heiligen Ort zu tragen. Von ihrer letzten Reise besaß sie auch noch einen Selendang, einen gelben Tempelschal, den sie um die Taille band und vorne rechts verknotete.

Am Eingang der Tempelanlage wartete ein weiß gekleideter Priester bereits auf sie. Er legte die Hände zusammen, verbeugte sich leicht und begrüßte sie höflich, aber mit strenger Miene. Eva wusste von dem Superintendant, dass es ein großes Problem war, den Tempel geschlossen zu halten, so lange die Untersuchungen andauerten.

Nyoman hatte zudem erzählt, dass es erst zu einer Wiedereröffnung kommen konnte, wenn der Tempel in einem aufwendigen Ritual gereinigt wurde. Der Vorfall mit Carina von Wolfsberg und Brian Seldridge in dem Heiligtum galt als schlimmer Frevel und zog langwierige Konsequenzen für den Tempelbetrieb nach sich.

Mit dem Besuch von Nyoman Sedeng sollte ein Schlussstrich unter die Untersuchungen gezogen werden. Dies zumindest hatte er der Priesterschaft versprochen.

Gemeinsam stiegen sie zwischen kunstvollen Steinskulpturen die stark verwitterten Stufen hinauf zu dem reich mit Ornamenten verzierten *kori agung,* einem goldenen, kunstvoll verzierten Holztor, das von dem Kopf des Erdgottes Bhoma dominiert wurde. Er sperrte seinen Rachen auf und konfrontierte jeden, der durch ihn hindurch schritt, symbolisch mit dem Tod. Nur so war eine Reinigung von weltlichen Dingen möglich, wenn man seinen Göttern nah sein wollte. Durch das an Festtagen geöffnete Tor durften ausschließlich auserwählte Personen, wie Priester und weltliche Obrigkeiten gehen. Die anderen, so wie Eva, Raoul und Nyoman, mussten durch eines der beiden, auch verzierten Nebentore den Tempelbereich betreten.

Als Eva in die weit aufgerissenen Augen Bhomas – den aus der Erde geborenen – blickte, verkrampfte sich ihr Herz, als sie an Carina von Wolfsberg dachte. Vielleicht war dieser Gott mit das letzte, was sie an jenem verhängnisvollen Abend gesehen hatte.

Das eindrucksvollste, was im ersten Tempelbereich, dem *nista mandala,* ins Auge fiel, war ein riesiger, alter Banyan-Baum, der mit seinen ausladenden Ästen nahezu den gesamten Innenhof überspannte. Offene Pavillons dienten hier bei Festen verschiedenen Zwecken. Eva konnte sich erinnern, in ähnlichen Tempeln in diesem Abschnitt eines „Pura", wie man in Bali die Tempel nannte, Gamelanspieler gesehen zu haben. Auch war die Tempelküche bei Festen in einem Pavillon untergebracht.

Mehrere Stufen führten weiter hinauf und wieder durch ein steinernes Tor, ein zweigeteiltes *candi bentar*. Eva wusste, dass dieser Tempelabschnitt, *amadya mandal* genannt, Platz für rituelle Tanzvorführungen bot.

Sie folgten dem Priester weiter und erreichten den heiligsten Bezirk, den *utama mandala*.

Im Innenbereich herrschte eine beklemmende Stille. In der Mitte sahen sie den leeren Lotusthron des Sang Hyang Widhi Wasa, des unfassbaren, unaussprechlichen, alles umfassenden Gottes, der sich in seiner Dreifaltigkeit durch Vishnu, den Erbauer, Brahman, den Erhalter und Shiva, den Zerstörer, ausdrückte. Alle anderen Götter wurden als Aspekte des Unbegreiflichen verstanden, der nur so von den Menschen erfasst werden konnte.

Man konnte Widhi Wasa keine Opfer darbringen, nur seinen vielen Facetten, durch die er sich ausdrückte. Balinesische Tempel hatten deshalb oft keine Götterstatuen im innersten Heiligtum. Es gab nur kleine Schreine, die den einzelnen Gottheiten geweiht waren und in denen man seine Opfergaben darbieten konnte. Seltsamerweise waren jedoch die Gegenspieler des Guten im Tempelinneren durchaus in Stein gebannt: die Dämonen. In all ihrer Schrecklichkeit wurden sie von Bildhauern gemeißelt, wobei der Fantasie freien Lauf gelassen wurde.

Der Priester wechselte noch ein paar Worte mit dem Superintendant, dann zog er sich zurück.

Nyoman Sedeng holte aus seinem Rucksack die Tatortbilder heraus und rekonstruierte für Eva den Ort, an dem man Carina und Brian gefunden hatte.

Ranga, die kinderfressende Königin der Unterwelt, das

Sinnbild des Bösen, die Herrscherin der Schwarzen Magie – sie stand zu ihrer Rechten als wäre sie der versteinerte Beweis der bösen Tat, die hier stattgefunden hatte. Ihre großen Augen hatte sie aufgerissen, aus ihrem Mund bleckten fünf Zähne, von denen die äußeren so lang wie Vampirzähne waren. Ihre gespreizten Finger endeten in langen Krallen, die alles zerfetzen konnten, was sie berührten. Die Zunge hing wie ein breites Band aus ihrem Mund zwischen zwei Brüsten nach unten, die aussahen wie spitze Waffen. Schlangen kringelten sich als ihre Haare vom Kopf und ihre Füße standen auf Totenschädeln.

„Ihr zu Füßen hat man Brian Seldridge gefunden", sagte der Superintendant.

„Das ist fast makaber."

Eva sah die Bilder noch einmal ganz genau an und blickte sich dann auf dem Tempelplatz um.

„Was ist das für ein Schrein?" fragte Raoul und deutete auf das Foto, das Carina vor einem der Opferplätze zeigte.

„Das ist der Schrein von Shiva."

Auf dem Rücken einer stilisierten Schildkröte stand ein elfstöckiger Meru, eine balinesische Götterpagode, die mit ihren elf Dächern zweifellos Shiva gewidmet war. Carina war auf den Stufen, die zu dem steinernen Schrein hinaufführten, zusammengebrochen.

„Eine Möglichkeit wäre", überlegte Eva, „dass, nachdem keine Abwehrspuren oder sonstige Verletzungen bei Carina gefunden wurden, sie Brian voran ging und hier vermutlich vor seinen Augen zusammenbrach. Und noch ehe er sie erreichen konnte, wurde er von hinten niedergeschlagen. Das bedeutet …"

„… Das bedeutet, es muss sich noch mindestens eine weitere Person im Tempel aufgehalten haben", fiel ihr Raoul ins

Wort und erntete dafür einen strengen Blick seiner Mutter.

„Gibt es denn irgendwelche Hinweise auf die Tatwaffe, mit der Brian Seldridge niedergeschlagen wurde? Oder zu den Fesseln, mit denen sein Angreifer ihn festgebunden hat?"

„Wir tappen vollkommen im Dunkeln. Unsere Spurensicherung vermutet, dass die Wunde an Brians Kopf ihm mit einem abgerundeten Gegenstand aus Metall zugefügt wurde. Als Fesseln wurden seltsamerweise zwei Tempelschals verwendet."

Wieder mischte sich Raoul ein.

„Das ist doch merkwürdig: Da folgt einer Brian und Carina bis hierher in den Tempel, schlägt den Australier nieder und hat zufällig zwei Tempelschals dabei, um ihn zu fesseln? Das sieht doch nicht nach einer Zufallstat aus, oder täusche ich mich?"

Nyoman und Eva schauten den jungen Mann interessiert an. Das stimmte, das wirkte nicht wie ein Verbrechen im Affekt. Was das Ganze aber noch undurchschaubarer machte.

Den Tempel verließen sie wieder auf dem gleichen Weg und kamen bei großer Hitze am Auto an. Die Wolken am Himmel waren wie weggeblasen.

Die Frau, die vorhin gefegt hatte, saß nun auf den Stufen, die zu dem Warung führten, und flocht aus Bananenblättern ein kleines Opferkörbchen.

„Lassen Sie uns eine Kleinigkeit essen und trinken, bevor wir wieder zurückfahren", schlug Nyoman vor.

Die Speisekarte war übersichtlich. Eva bestellte Gato-Gato, ein vegetarisches Gemüsegericht und die beiden Männer Nasi Goreng mit Huhn.

Ein junges Mädchen bediente sie. Sie scherzte auf balinesisch mit Nyoman und probierte einige englische Sätze an den beiden anderen Besuchern aus.

„Wurde die Dorfbevölkerung schon befragt?" Eva Larsons Frage war mehr rhetorischer Natur.

„Natürlich, aber es hat sich nichts ergeben."

Raoul war aufgestanden, um sich an dem provisorischen Tresen des Warung noch ein Getränk zu holen. Er schäkerte mit der Bedienung und unterhielt sich kurz mit ihr, bevor er wieder zum Tisch zurückkehrte.

„Putu, so heißt das Mädchen", berichtete er, „glaubt, dass ihre Großmutter etwas bemerkt in dieser Nacht hat. Sie gilt hier im Dorf als ein bisschen verrückt, als eine, die Geister sehen kann. Sie hat sich wohl versteckt, als die Polizisten die Dorfbewohner befragt haben."

Alle drei beobachteten, wie Putu sich zu ihrer Großmutter auf die Stufen setzte und mit ihr unterhielt. Dann stand sie auf und kam zu ihnen.

„Großmutter meint, ein Mann kam in jener Nacht auf Garuda, dem Göttervogel, angeflogen. Er war festlich gekleidet und hatte einen wertvollen Kris in seinem Tempelschal stecken. Sie konnte den silbernen Knauf erkennen, in dem Symbole eingeritzt waren. Er folgte einem Mann und einer Frau hinein in den Wald. Heraus kam er allein und flog auf Garuda wieder davon."

Nyoman, Eva und Raoul sahen sich ratlos an.

6. Kapitel

Die Sonne war bereits untergegangen, als sie nach anstrengender Fahrt wieder in der Ferienvilla der von Wolfsbergs ankamen. Eva und Raoul verabschiedeten sich von Nyoman Sedeng. Er versprach, der Sache mit der Sporttasche nachzugehen.

Im Wohnzimmer saßen Alexander und Charlotte von Wolfsberg auf zwei sich gegenüberstehenden Rattansofas, Seidenkissen im Rücken und die Beine hoch gelegt.

Zwischen ihnen stand eine leere Flasche Whisky auf einem Glastisch. Seine Platte wurde von einem hölzernen, geschnitzten Tiger getragen, der die beiden Neuankömmlinge mit weit aufgerissenem Maul sprungbereit erwartete.

„Ah, die Frau Kommissarin und ihr werter Herr Sohn. Schön, dass Sie sich zu uns gesellen", lallte Alexander von Wolfsberg und schon war den beiden klar, wer das meiste aus der Flasche konsumiert hatte.

„Nehmen Sie Platz und einen Drink mit uns."

Er deutete fahrig auf zwei große, bequeme Sessel, die am Schwanzende des Tigers standen.

Kurz erwog Eva, besser zu gehen, dann überlegte sie es sich und blieb zum Erstaunen ihres Sohnes.

„Ich hätte wetten können, dass du …"

Doch weiter kam er nicht. Seine Mutter setzte erst einen strengen Blick in seine Richtung, dann ein freundliches Lächeln auf und ließ sich in einen der Sessel fallen.

Charlotte von Wolfsberg sah nicht besonders glücklich aus.

„Wayan!" schrie Alexander von Wolfsberg Richtung Tür, die wohl in die Küche führte.

Wie aus dem Nichts tauchte eine ältere Frau in einem gelben Sarong mit blütenweißer Bluse auf.

„Another bottle, ice and two glasses", orderte er. Keine zwei Minuten später war sie mit zwei Kristallgläsern, einer Schale mit Eiswürfeln und einer neuen Flasche Whisky wieder da. Sie schenkte allen ein, nahm die leere Flasche an sich und verließ wortlos den Raum.

„Prost", sagte von Wolfsberg und erhob sein Glas. „Auf unsere Carina!"

„Alexander!" Charlotte war mit diesem Trinkspruch offensichtlich nicht einverstanden.

„Was denn, willst du nicht auf das Wohl meiner Tochter trinken?"

„Ich halte das für pietätlos."

Demonstrativ stellte sie ihr Glas zurück auf den Tisch.

„Was ist mit Ihnen?" Alexander schaute Eva mit glasigen Augen an.

Eva zögerte kurz.

„Ich hoffe das Beste für Ihre Tochter", sagte sie schließlich, hob das Glas ein bisschen höher in die Luft und trank einen Schluck. Raoul tat ihr gleich.

„Danke für die Einladung."

„Etwas Interessantes herausgefunden im Tempel? Mich hat man ja nicht hineingelassen, kurz nachdem es passiert ist. Ich kenne nur die Fotos. Verdammte balinesische Polizei!"

„Alexander!"

„Ist doch wahr. Ich habe doch als Vater das Recht zu sehen, wo das Ganze passiert ist, oder was meinen Sie, Frau Larson?"

Eva Larson überlegte einen Moment und kam zu dem Schluss, dass sie an von Wolfsbergs Stelle auch den Tatort hätte sehen wollen.

„Da gebe ich Ihnen vollkommen recht, Herr von Wolfsberg. Ich hätte darauf bestanden."

Erstaunt schaute der Vater von Carina sie an.

„Nennen Sie mich bitte Alexander", schlug er vor.

„Eva", antwortete sie kurz.

Raoul murmelte nur leise 'Ich fasse es nicht', kassierte einen Seitenblick seiner Mutter und schwieg.

Die Detektivin unterrichtete Charlotte und Alexander von Wolfsberg kurz über ihren Besuch im Pura Panca Mahabuta. Sie zögerte ein wenig, auch von der Aussage der alten Frau im Warung zu berichten. Tat es aber doch und beobachtete die Reaktion der beiden.

„Auf Garuda davongeflogen ist der Mistkerl also."

Der Immobilien-Makler sank noch tiefer in sein Sofa.

„Ich denke nicht, dass derjenige, der Brian Seldridge niedergeschlagen hat, etwas mit dem Zustand Ihrer Tochter zu tun hat."

Doch Alexander von Wolfsberg hatte anscheinend den Faden verloren und wiederholte nur:

„… auf Garuda davongeflogen."

Kurz herrschte Stille im Raum. Nur die Brandung des Meeres war aus der Ferne zu hören.

„Wissen Sie eigentlich, Frau Oberkommissarin, wie schrecklich es ist, mit einem Adelstitel aufzuwachsen, der so viel Wert ist wie eine Rolle Klopapier?"

„Alexander, ich glaube nicht, dass Eva und Raoul das jetzt hören möchten", versuchte Charlotte ihren Mann zu stoppen.

Doch der wischte ihre Worte mit einer unwirschen Handbewegung fort.

„Da Sie ja fast zur Familie gehören, sollten Sie wissen, dass meine Mutter Marja mit einem Großindustriellen verlobt war. Die beste Partie auf dem Heiratsmarkt. Aber nein, sie musste sich neu verlieben. In eine Null. In meinen Vater Wilhelm, der nichts besaß außer seinem Adelstitel und Schulden. Die Ländereien, die ihm damals noch gehörten, haben ihm die Haare vom Kopf gefressen. Kurz vor dem völligen Ruin hat er dann Hals über Kopf mit meiner Mutter das Land verlassen und ist nach Amerika ausgewandert."

Alexander von Wolfsberg beugte sich vor und goss sich großzügig Whisky nach.

„Meine Mutter war früher eine schöne Frau und hat ab und zu Modell gestanden. Meinen Vater hat das fast umgebracht. Er war rasend vor Eifersucht. Hat selbst nichts auf die Reihe gebracht. Hin und wieder Artikel für die Los Angeles Times geschrieben. Wir hatten gerade so viel Geld, um zu überleben!"

„Jetzt übertreibt er sicher", flüsterte Raoul seiner Mutter zu. Alexander schien nichts gehört zu haben und redete einfach weiter.

„Wisst ihr, wie man mich in der Schule genannt hat? Der arme Prinz! Ich musste ja unbedingt auf eine Eliteschule in Beverley Hills gehen, obwohl wir in Creshew in South Los Angeles wohnten und ich über eine Stunde mit dem Bus in die Schule fahren musste. Was hätte ich gegeben, auf eine normale Schule zu gehen! Alle um mich herum besaßen Geld. Ich meine – viel Geld. Und ich hatte nichts, nur ein Stipendium, das mein Vater irgendwie an Land gezogen hatte. Damit es mir einmal besser geht!"

„Das ist ja dann auch eingetroffen", wagte sich Raoul vor. „Was?"

„Ich meine, es geht Ihnen doch bestens, wie es scheint. Hat also doch was geholfen, der Einsatz Ihres Herrn Papa."

Alexander von Wolfsberg glotzte Raoul an, erwiderte aber nichts. Irgendwo war ein Gedanke in benebelten Hirnbahnen steckengeblieben. Schon glaubte sein Auditorium seine Ansprache für beendet, da begann er erneut mit seinem Monolog.

„Hätte meine Mutter den Großindustriellen geheiratet, wäre es mir besser ergangen."

„Alexander, wenn deine Mutter diesen Mann geheiratet hätte, dann würde es dich nicht geben."

Charlotte schaute Eva an und schüttelte den Kopf, während sie die Augenbrauen hochzog.

„Das ist längst nicht bewiesen", beharrte ihr Mann und nahm noch einmal einen kräftigen Schluck.

„Auf so Eliteschulen scheint man nicht besonders viel zu lernen", raunte Raoul leise.

„Aber ich habe es allen gezeigt! Heute stecke ich alle meine Klassenkameraden in die Tasche! Das letzte Klassentreffen habe ich als Hauptsponsor finanziert. Wissen Sie, Eva, Frank Liebermann zum Beispiel war derjenige, der mich früher am meisten gehänselt hat. All sein Geld ging beim letzten Börsencrash über den Jordan. Ich habe seine Villa gekauft und seine Frau gleich noch dazu bekommen. Das war allerdings kein Glücksgriff. Cynthia war eine Göttin, zumindest auf den ersten Blick. Nach unserer Hochzeit musste ich feststellen, dass sie kokste, was das Zeug hielt. Morgens, mittags, abends brauchte sie ihren Stoff."

„Alexander, ich glaube, wir sollten nun alle zu Bett gehen", versuchte Charlotte erneut den Redeschwall ihres Mannes zu bremsen.

„Bitte, du kannst ja gehen. Frau Larson interessiert sicherlich als Kommissarin, was mir mit dieser Frau passiert ist. Der schönste Moment in unserer Ehe war, als Carina geboren wurde. Ich war der glücklichste Mensch, als ich sie in meinen Armen hielt."

Alexander schaute in die Luft, so als sähe er einen Film mit sich und seiner Tochter in der Hauptrolle auf einem Bildschirm vor sich. Er lächelte und dann rollten ihm Tränen über die Wangen.

„Ich dachte, nach der Geburt würde es mit meiner Frau besser gehen. Sie schwor hoch und heilig, keine Drogen mehr zu nehmen. Und ich Vollidiot habe ihr das auch noch geglaubt!"

Er wischte sich mit einem Ärmel die Tränen aus dem Gesicht.

„Zu Carinas zwölften Geburtstag wollte ich sie überraschen und mit ihr nach Disneyland fahren. Das hatte sie sich schon lange gewünscht. Ich kam früher als erwartet nach Hause. Als ich die Haustüre aufschloss, hörte ich Cynthia wie wild kreischen. Sie war vollkommen ausgeflippt und ich fand sie zusammen mit unserer Tochter im Wohnzimmer. Sie zog Carina an den Haaren und schlug wie wild auf sie ein. ‚Das verdammte Miststück hat mein Speed in die Toilette geschmissen' rief sie immer wieder wie von Sinnen. Ich bin auf sie los und versuchte meine Tochter aus ihren Fängen zu befreien. Cynthia schrie aber immer mehr."

Er machte eine kurze Pause.

„Und dann habe ich Carina weggezogen und Cynthia einen Stoß versetzt, damit sie endlich Ruhe gibt. Sie ist in eine Glasvitrine gefallen und hat sich die Hand so verletzt, dass sie schrecklich blutete. Als sie wieder auf den Beinen war, ist sie aus dem Haus gelaufen. Zu einer Nachbarin, die gleich die Polizei angerufen hat."

Alexander von Wolfsberg atmete tief ein. Ihm stand die Szene buchstäblich ins Gesicht geschrieben.

„Bei der Polizei hat sie dann behauptet, ich hätte sie geschlagen und hat Anzeige gegen mich erstattet. Meine Mutter bestand darauf, Carina vor Gericht aussagen zu lassen. Als Cynthia das erfuhr, hat sie ihrem Leben mit Tabletten ein Ende gesetzt. Und meine kleine Carina hat immer geglaubt, es sei ihre Schuld, dass sich ihre Mutter das angetan hat. Ich habe mit ihr geredet, sie zu Therapie geschickt. Aber wahrscheinlich war ich einfach nicht genug für sie da. Das ist alles nur meine Schuld."

Dann folgten unzusammenhängende Worte und Eva fand es nun doch angebracht, zu gehen. Mit einer kleinen Kopfgeste deutete sie ihrem Sohn ihren Wunsch an.

„Vielen Dank für das Getränk", sagte sie mehr zu Charlotte als zu Alexander.

„Was war das denn?" fragte Raoul seine Mutter, als sie sich oben vor der Tür voneinander verabschiedeten. „Will der echt jetzt auf Mitleid machen?"

„Sei nicht so hart. Im Grunde genommen ist er ein armer, reicher Mann. Interessant ist aber schon zu wissen, warum Carina so eine Drogen-Disposition hat. Das erklärt natürlich einiges. Sie ist nicht nur ein reiches Mädchen, das aus Langeweile Drogen nimmt. Sie ist ein reiches Mädchen, das versucht, ihre Schuldgefühle mit Drogen zu übertünchen. Das ist ein ganz anderer Ansatzpunkt. Solche Menschen sind sehr, sehr sensibel und lehnen sich gerne an vermeintlich stärkere Menschen an."

„Du meinst, Brian Seldridge könnte so einer gewesen sein?"

„Ja, vielleicht. Jetzt aber ab ins Bett, mein Großer."

Liebevoll drückte sie ihm einen Gute-Nacht-Kuss auf die Wange und zog sich dann in ihr Zimmer zurück.

Eva wählte die Nummer ihres Münchener Büros.

„Ich wünsche dir einen schönen Nachmittag, Alfons, bevor ich ins Bett gehe."

„Na, dann schon mal Gute Nacht", hörte sie ihren Kollegen brummen. „Aber du rufst ja sicher an, um mir zu sagen, dass bei dir jetzt Schlafenszeit ist und ich noch arbeiten muss, oder?"

„Erraten, mein Bester. Könntest du für mich bitte eine Person überprüfen. Er heißt Frank Liebermann und war ein Klassenkamerad von Alexander von Wolfsberg. Hat wohl bei der letzten Wirtschaftskrise in Amerika viel, viel Geld verloren. Dass der von Wolfsberg sein Haus gekauft und seine Frau geheiratet hat, das weiß ich schon. Mich würde interessieren, was der Liebermann heute so macht und ob es noch eine Verbindung zwischen den beiden gibt. Ich habe so eine Ahnung, dass Liebermann noch eine Rechnung mit von Wolfsberg offen hat."

„Wird gemacht, Boss", sagte Alfons scherzhaft. „Und jetzt schlaf schön, meine Liebe."

Eva sah, dass ihr Bett wieder frisch bezogen war und heute duftende weißgelbe Frangipani-Blüten auf dem Kopfkissen lagen. Dazwischen thronte ihr Elch, dem man auch eine Blüte hinter sein großes Plüschohr gesteckt hatte.

„Was würdest du tun, wenn ein Emporkömmling dir dein Haus unterm Hinter weg kauft und dann noch deine Frau heiratet? Würdest du auf Rache sinnen?"

Der Elch sah sie aus seinen Glasaugen an und sagte kein Wort.

7. Kapitel

„Selemat pagi, guten Morgen", begrüßte Eva Larson die Bediensteten der Villa, die sich im Wohnzimmer versammelt hatten. Sie war erstaunt über ihre Anzahl, denn es standen etwa zwanzig Personen vor ihr.

Ihre Tätigkeit ließ sich gut an der Kleidung erkennen. Ganz in weiß gekleidet waren die männlichen Hausangestellten. Grüne Arbeitsanzüge trugen die Gärtner, zwei Wachmänner hatten schwarze Uniformen an und die beiden Chauffeure weiße Hosen, blaue Jacken und Kappen, die eher an die Seefahrt, denn an die Autofahrt erinnerten, hatten sie doch einen goldenen Anker vorne an der Stirnseite aufgestickt. Die weiblichen Angestellten waren in gelbe Sarongs mit weißen Blusen gekleidet. Eva lächelte Wayan zu, die sie gestern Abend bedient hatte. Sie lächelte verlegen zurück.

„Nur ein Gärtner fehlt", sagte Charlotte von Wolfsberg, „seine Frau hat gestern ein Kind bekommen und er bat darum, zuhause bleiben zu dürfen."

„Natürlich. Wenn überhaupt nötig, werde ich ihn später befragen."

Evas erste Frage galt zunächst Carinas Stiefmutter.

„Wem gehört das Haus und wer ist hier der Chef, der Manager?"

„Der Besitzer ist ein Mann aus Java. Ich glaube er wohnt in Jakarta. Der Hausverwalter ist Ketut Candra."

Sie winkte einen Balinesen zu sich und stellte ihn Eva vor.

Ketut Candra machte einen sehr gepflegten Eindruck. Sein Händedruck war fest – sehr ungewöhnlich für einen Balinesen –, seine Fingernägel gefeilt. Der Nagel des kleinen Fingers seiner rechten Hand war lang und gebogen. Eva erinnerte sich daran, dass dies eine gehobene Stellung symbolisierte. Solche Nägel hatten Leute, die damit ausdrücken wollten, dass sie körperliche Arbeit nicht mehr nötig hatten, nicht mehr zupacken mussten. Denn diese Länge verhinderte, dass man die Hand zu einer Faust schließen konnte. Das war in Asien eine weit verbreitete Sitte. Außerdem fiel Eva an seinem Mittelfinger ein dicker, silberner Ring auf, der fast protzig wirkte. Ein dunkelblauer Stein wölbte sich aus der verzierten Fassung. Das konnte unmöglich ein Saphir sein, oder?

Die Detektivin versuchte, Augenkontakt mit ihm aufzubauen. Doch immer wieder wich Ketut Candra ihrem Blick aus, wie jemand, der etwas zu verbergen und Angst hatte, sich durch seine Augen zu verraten.

Auf ihre Fragen antwortete er jedoch bereitwillig. Er erzählte, wie er Carina kurz vor Semesterbeginn vom Flughafen abgeholt hatte, wie er ihr behilflich gewesen war, sich häuslich einzurichten. Er versuchte, den Eindruck zu erwecken, er sei eine Art Vaterfigur für sie gewesen.

Während er erzählte, wie sehr er sich um Carina gesorgt hatte, beobachtete Eva die anderen Angestellten, die aufmerksam zuhörten. An ihren Reaktionen konnte sie zweierlei ablesen: Ketut Candra war nicht sehr beliebt bei seinen Untergebenen und ein leichtes Kopfschütteln des einen oder anderen verriet ihr, dass er entweder maßlos in seiner Beschreibung übertrieb oder schlicht und ergreifend log.

Das sollte ja herauszubekommen sein, überlegte sie und beschloss, eine besondere Herangehensweise auszuprobieren. Sie bat den Hausverwalter sich wieder zu den anderen zu stellen, was er merklich widerwillig tat.

„Ich werde jetzt verschiedene Fragen stellen und möchte alle bitten, darauf möglichst der Reihe nach zu antworten. Als erstes zeige ich Ihnen ein Foto eines jungen Mannes. Wer ihn erkennt und sogar seinen Namen weiß, sagt mir das bitte."

Eva hatte eine Mappe vorbereitet, die sie nun öffnete. Heraus zog sie ein Bild von Brian Seldridge, das ihr Nyoman Sedeng aus seinem Pass heraus vergrößert und kopiert hatte.

Ganz erstaunt nahm sie zur Kenntnis, dass jeder der Angestellten den Australier erkannte. Bis auf die Gärtner wussten die meisten von ihnen sogar seinen Vornamen.

Nun wollte Eva ganz genau wissen, ab wann Brian Seldridge und wie oft Gast des Hauses gewesen war. Übereinstimmend sagten die Angestellten, dass er etwa vier Wochen nach Semesterbeginn aufgetaucht war und ab dann bestimmt drei- bis viermal pro Woche zu Besuch kam. Alle verneinten allerdings, dass es sich um eine Liebesbeziehung zwischen Carina und ihm gehandelt hatte. Er blieb nie über Nacht und auch sonst war keinem irgendwelche Intimitäten zwischen den beiden aufgefallen, die über ein Herumalbern miteinander hinausgegangen waren.

Die beiden Wachmänner hatten ihr Kontrollbuch mitgebracht, in dem ganz genau festgehalten wurde, wann wer das Grundstück betrat und wieder verließ. Eva bat darum, das Buch bis nachmittags durchsehen zu dürfen und ließ sich die einzelnen Spalten, die in indonesischer Sprache betitelt waren, erklären.

Mal sehen, was sich daraus ergibt, dachte sie und legte das Buch zur Seite.

Weiter ging es mit der Befragung. Gab es andere Personen, die besonders aufgefallen waren?

Ja, da gab es einen etwas seltsamen Besucher. Er ließ sein

Fahrzeug immer draußen vor dem Grundstück stehen, so als wollte er nicht, dass sein Nummernschild in das Kontrollbuch eingetragen wurde. An der Pforte trug er sich mit dem Namen ‚Naga' ein, was auf Indonesisch soviel wie ‚Drache' bedeutete. Einige erinnerten sich auch daran, dass er einen fliegenden Drachen auf seinem Rücken tätowiert hatte, der über die Schulter bis auf seinen Oberarm reichte. Bei einer Party hatte er sein Hemd ausgezogen, bevor er in den Pool gesprungen war.

„Ein unheimlicher Kerl", sagte Wayan leise.

„Wie meinen Sie das?"

„Dia punya mata jahat!"

„Was bedeutet das?"

„Er hatte den bösen Blick", flüsterte sie.

Eva fröstelte es bei diesem Satz. Sie wusste von ihren beiden früheren Aufenthalten auf Bali, dass die Menschen im hohen Maße an schwarze Magie glaubten, ja, dass die Furcht vor dieser Magie und den damit verbundenen Dämonen und negativen Kräften ihr tägliches Leben beherrschte. Denn all die Opfergaben dienten ja nicht nur dazu, die Götter milde zu stimmen, sondern sie vor Angriffen der dunklen Mächte zu schützen.

„Nengah", sprach Charlotte einen der Wachleute an, „können Sie noch konkretere Angaben über diesen ‚Naga' machen?"

„Kann ich", sagte er nicht ohne Stolz. „Er kam mir auch unheimlich vor. Deshalb habe ich an einem Tag das Grundstück verlassen und die Nummer von seinem Auto aufgeschrieben."

Er nahm noch einmal das Kontrollbuch in die Hand und blätterte darin.

„Hier, sehen Sie, das ist die Nummer."

„Gut gemacht, Nengah. Das kann vielleicht sehr hilfreich sein", übernahm Eva wieder das Gespräch. Sie überlegte einen Moment, ob sie die Befragung beenden sollte, als ihr noch eine letzte Frage für heute einfiel.

„Jemand sagte vorhin etwas über eine Party. Gab es das öfters hier in der Villa?"

Ketut Candra meldete sich zu Wort.

„Nein. Ich hatte schon nach der ersten Party befürchtet, dass wir am Wochenende immer ein volles Haus mit Musik haben würden. Aber es gab nur diese eine Pool-Party und dann noch eine unten am Strand. Das war eine Woche vor dem schrecklichen Vorfall."

„Mmh, danke", sagte die Detektivin.

Ihr Sohn hatte das Zimmer betreten. Sie lächelte ihm zu.

„Danke, das wäre es fürs Erste. Bitte haben Sie Verständnis dafür, dass ich Sie eventuell noch einmal befragen muss. Wenn Ihnen noch etwas Wichtiges einfallen sollte, können Sie sich an mich zu jeder Zeit wenden. Alle können jetzt gerne gehen oder zu ihrer Arbeit zurückkehren. Nur Wayan, bitte seien Sie so nett und bleiben Sie noch bei mir. Ich würde Sie bitten, mich in das Zimmer von Carina zu begleiten. Sie wissen sicher besser als ich, was ihr gehört und was ins Haus."

Ketut Candra warf Wayan einen finsteren Blick zu, der Bände sprach. Eva wusste, dass er gerne das ganze Geschehen unter Kontrolle gehabt hätte, aber genau das wollte sie verhindern.

„Guten Morgen, mein Lieber, hast du gut geschlafen", begrüßte sie erst einmal ihren Sohn.

„Ja, sehr gut. Habe ich etwas verpasst?"

Seine Mutter berichtete ihm kurz von der Vernehmung.

„Ich werde jetzt zu Carina ins Krankenhaus fahren",

verabschiedete sich Charlotte von Wolfsberg. „Bitte sagen Sie das meinem Mann, falls er irgendwann auftaucht."

Sie lächelte bitter.

„Ja, mache ich gerne."

„Ach, und noch was", Charlotte war auf dem Absatz umgekehrt und schaute sich um, so als wollte sie sich vergewissern, dass sie niemand belauschte. „Halten Sie mich bitte nicht für paranoid, Eva. Aber irgend etwas stimmt nicht mit diesem Haus. Ich habe das Gefühl, es beobachtet uns."

Während Raoul sich entfernte, um in der Küche zu frühstücken, ging Eva mit Wayan in den ersten Stock. Auf der Treppe begegneten sie Alexander von Wolfsberg, der mit unsicheren Schritten die Stufen hinab wankte.

Eine Whisky-Fahne streifte sie, als sie aneinander vorbeigingen. Eva blieb trotzdem kurz stehen und richtete ihm die Nachricht seiner Frau aus.

„Danke, Eva", sagte er mit ungewöhnlich milder Stimme. „Und entschuldigen Sie wegen gestern Abend. Ich glaube, ich habe ein wenig zu viel getrunken."

„Ist schon in Ordnung. Ich denke, es ist alles ein bisschen viel für Sie." Ihre Stimme klang versöhnlich. „Es ist nicht leicht, sein Kind in so einem Zustand zu sehen und machtlos zu sein, ihm nicht helfen zu können."

Sie war schon fast am Weitergehen, als sie sich auf dem Absatz umdrehte.

„Alexander, eine Frage: Haben Sie noch Kontakt mit Frank Liebermann?"

„Mit Frank? Nein, nicht direkt. Er musste vor einigen Jahren das Land verlassen. Warum, weiß ich nicht genau. Steuersache, oder so. Ich war froh, dass ich nichts mehr mit ihm zu tun hatte. Aber, ob Sie es glauben oder nicht, er ist der

Taufpate von Carina. Meine Ex-Frau hatte darauf bestanden, Frank zu fragen, ob er nicht diese Aufgabe übernehmen will. Als so eine Art Wiedergutmachung und Friedensstiftung zwischen uns beiden. Ich konnte es kaum glauben, als er annahm. Ganz zu meinem Ärger hat Carina ein enges Verhältnis zu ihm aufgebaut. Frank hier, und Frank da. So als hätte der Ex-Mann meiner früheren Frau irgendeinen Teil von ihr absorbiert."

„So eine Konstellation ist ungewöhnlich, muss ich zugeben."

„Da fällt mir noch ein: Frank hat ihr hier übrigens das Haus vermittelt. Aber ich habe ehrlich gesagt nur mit halbem Ohr hingehört. Scheint einem Geschäftskollegen von ihm zu gehören. Aber fragen Sie nicht, um welche Geschäfte es sich bei ihm handelt. Das möchte ich lieber nicht wissen. Frank hatte schon vor seinem Absturz aus dem Business-Olymp das eine oder andere Mal Besuch von der NSA."

„Sie wissen nicht zufälligerweise, wo er sich zur Zeit aufhält?"

„Nein, wie gesagt, ich habe den Kontakt völlig abgebrochen. Nur Carina bekam hin und wieder Emails. Wir haben aber selten darüber gesprochen. Vermutlich, weil ich immer sehr aggressiv reagiert habe und mir wünschte, er solle sie doch in Ruhe lassen."

Eva überlegte, ob sie diese Neuigkeit gleich Alfons mitteilen sollte. Doch dann schaute sie auf die Uhr und merkte, dass ihr Kollege bei sechs Stunden Zeitunterschied noch lange nicht im Büro war. Das musste also warten.

„Danke. Das könnte vielleicht wichtig sein."

Das Zimmer von Carina wirkte wie aus einer Zeitschrift für Wohndesign. Es war ein Jungmädchentraum – zumindest rein optisch. Ob es Carina wirklich gefallen hatte, konnte Eva noch schlecht einschätzen. Die Informationen über die junge Frau waren ohnehin widersprüchlich.

Das Himmelbett mit einem rosafarbenen Moskitonetz stand im Mittelpunkt des Raumes. Große Kissen mit pastellfarbenen Blumenmustern luden zum Schlafen ein. Auf dem Nachtkästchen stand eine ungewöhnliche Lampe im Murano-Stil, wie sie Eva von einer Venedig-Reise her kannte. Sie besah sich den auf antik getrimmten Schreibtisch mit seinen Intarsien auf der Platte und kunstvollen Verzierungen an den Türen und Schubladen. Er stand rechts in großem Abstand neben dem Bett. Ein Ladekabel deutete auf den Laptop hin, der noch bei Nyoman Sedeng im Büro zur Auswertung war. Er wollte ihn allerdings so schnell wie möglich Eva zukommen lassen. Sie erwartete ihn gegen Nachmittag.

Eva öffnete den großen Kleiderschrank mit Milchglas-Schiebetüren und lächelte. So sah also ein Schrank einer jungen Frau aus.

Carina hatte ihre Kleidung nach Farben sortiert. Das wirkte sehr heiter. Eva musste unwillkürlich an den Schrank ihres Sohnes denken, bei dem sie es aufgegeben hatte, die gewaschenen Sachen ordentlich hinein zu schlichten. Denn bei nächster Gelegenheit rupfte er auf der Suche nach irgendeinem Hemd oder einer Hose alles raus und stopfte den Rest dann verknüllt wieder hinein. Was für ein Unterschied. Eva seufzte.

„Wayan, würden Sie bitte die Tür schließen. Ich möchte nicht, dass jemand herumschleicht und unsere Unterhaltung mit anhört. Ganz besonders nicht Ketut Candra."

Sie setzte sich an einen kleinen Rattantisch in einen von zwei Sesseln und bot Wayan den anderen an.

„Wayan, es ist wichtig, dass Sie mir die Wahrheit sagen. Was für ein Mensch ist Carina denn so?"

„Sie ist sehr, sehr freundlich!"

„Wirklich?"

Jetzt war die Detektivin erstaunt. Sie hatte eigentlich damit gerechnet, nun die Geschichte einer reichen, verwöhnten Göre zu hören.

„Ja. Wir mögen sie alle sehr gerne. Bis auf …" Hier stockte sie im Satz.

„… Bis auf Ketut Candra? Wollten Sie das sagen?"

„Ja. Es war merkwürdig. Es stimmt zwar weitgehend, was er vorhin erzählt hat, aber er hat sich nicht nur um sie gekümmert. Er hat sie bespitzelt. Wenn sie telefonierte, versuchte er immer wieder mit einem Vorwand, in ihrer Nähe zu sein und belauschte ihre Gespräche. Auf den beiden Parties, von denen vorhin die Rede war, ist er einfach uneingeladen erschienen. Angeblich, um auf das Haus aufzupassen. Bei der Strandparty hat Carina ihn zur Rede gestellt und aufgefordert zu gehen. Ich erinnere mich noch gut daran: Er hat das einfach ignoriert und sich ins Wohnzimmer gesetzt, bis alle gegangen waren."

„Hat er das sonst nicht so gemacht? Ich meine, wenn die Villa an andere Feriengäste vermietet wurde?"

„Die Villa ist noch niemals vorher vermietet worden. Unser Boss kommt einmal im Jahr mit seiner Frau hierher, um Urlaub zu machen. Er hat es nicht nötig, das Haus zu vermieten."

„Und die ganzen Angestellten? Was machen die das restliche Jahr über?"

„Die Gärtner sind fest angestellt, ebenso die Wachleute. Ketut Candra ist zwar der Verwalter, aber normalerweise lässt er sich nicht blicken, wenn der Boss nicht da ist. Ich habe als einzige hier ein Zimmer. Unten, neben der Küche. Ich gehöre hier zum Inventar."

Sie lachte.

„Haben Sie denn keine Familie?"

„Mein Mann ist vor vier Jahren gestorben und meine drei Kinder sind aus dem Haus. Als die Stelle in dem damals neu gebauten Haus angeboten wurde, war es für mich perfekt. Wenn ich in fünf Jahren in Pension gehe, werde ich bei meiner ältesten Tochter in Singaraya wohnen. So ist alles für mich gut arrangiert."

„Brian Seldridge war ja ein Kommilitone von Carina und studierte auch für ein Auslandssemester hier auf Bali. Dieser mysteriöse Naga, war das eigentlich auch ein Student?"

„Ich glaube eher nicht. Er ist etwas älter als die anderen Studenten, die hier zu uns gekommen sind."

„Und woher kannte er dann Carina?"

„Ich glaube eher, dass er ein Bekannter von Brian Seldridge ist. Und ich glaube auch, dass Ketut Candra ihn besser kennt, als er zugegeben hat. Mindestens dreimal sah ich die beiden zusammen miteinander reden."

Die Hausangestellte schaute sich vorsichtig um.

„Abseits der anderen. Einmal kam ich zufällig vorbei und hörte gerade noch, wie Ketut zu diesem Naga sagte, er solle dafür sorgen, dass nächste Woche etwas von unserem Boss aus Java abgeholt wird."

„Ist Ihr Boss ein netter Chef?"

„Eher ein herrischer Mensch. Nicht sehr freundlich zu uns Angestellten. Aber er zahlt gut und ich muss ihn nur für drei Wochen im Jahr ertragen. Das ist auszuhalten. Seine philippinische Frau ist nicht viel besser. Sehr überheblich. Ich habe so den Eindruck, dass sie aus armen Verhältnissen stammt und sich empor gearbeitet hat, wenn Sie wissen, was ich meine. Viel Bildung oder gutes Benehmen kann man schwer erkennen."

Eva lachte.

„Sie haben eine gute Beobachtungsgabe, Wayan."

„Sie meinen für eine Hausangestellte? Ich war früher Englischlehrerin, bis mir die Fahrerei nach Denpasar zu viel geworden ist. Hier habe ich ein anspruchsloses, aber gutes Leben."

Es klopfte und zugleich ging die Tür auf. Ketut Candra schaute herein.

„Ein Polizist aus Denpasar möchte Ihnen etwas übergeben, Frau Larson. Ich glaube, es ist der Laptop unserer Carina."

Dabei schaute er an ihr vorbei und sah Wayan an, die im selben Moment ihren Blick aus dem Fenster hinaus auf das Meer richtete.

„Ich komme sofort. Danke, Wayan. Das wäre es fürs Erste. Ketut, könnten Sie mich bei der Auswertung des Kontrollbuches unterstützten? Ich habe den Eindruck, dass Sie dafür der richtige Mann sind. Ich werde nach unten gehen, dem Polizisten seine Sendung abnehmen und kurz mit meinem Sohn sprechen. Treffen wir uns in zehn Minuten im Speisezimmer? Dort sind wir ungestört."

„Wie Sie wünschen, Frau Larson", sagte er betont förmlich.

Als er sich zum Gehen umdrehte, lächelte Wayan Eva an. Doch dann verdüsterte sich ihr Gesicht, so als wäre ihr spontan etwas eingefallen.

„Unterschätzen Sie Ketut Candra nicht. Niemand von uns möchte mit ihm Ärger haben. Er versteckt etwas Unheilvolles."

„Ich werde schon auf mich aufpassen."

Trotzdem ging der Detektivin der letzte Satz von Wayan nicht mehr aus dem Kopf. Sie zog sich in ihr Zimmer zurück und wählte die Nummer von Nyoman Sedeng.

„Selemat pagi, Eva", begrüßte er sie, „kann ich Ihnen helfen?"

„Ja. Ich glaube, wir sollten zwei Sachen überprüfen. Zum einen folgende Autonummer eines Mannes, der sich selber ‚Naga', der ‚Drache' nennt. Der scheint seine Identität verbergen zu wollen, denn laut der Wachleute und dem Protokoll der Besucher ist er nie mit seinem Wagen hier auf das Grundstück gefahren."

Sie gab dem Superintendant die Ziffern und die Zahlen durch.

„Und ich hätte gerne noch Auskunft über den Manager des Hauses, Ketut Candra. Mich würde interessieren, mit was er sein Geld verdient und wie es um seine Vermögensverhältnisse steht. Außerdem scheint er diesen ‚Naga' besser zu kennen, als er zugibt. Dafür muss es einen Grund geben."

„Mache ich. Und dann melde ich mich wieder oder schaue vorbei."

Eva fand Raoul in der Küche zusammen mit Alexander von Wolfsberg, der vor einer Tasse Kaffee und einem Glas mit sprudelndem Aspirin saß. Sie schienen sich angeregt zu unterhalten.

Sie unterbrach das Gespräch.

„Raoul, sei so gut und unterhalte dich in nächster Zeit so zwanglos wie möglich mit den Hausangestellten, die hier arbeiten, wenn der ‚Boss' aus Java ist. Und erkundige dich bei ihnen über Ketut Candra. Vielleicht weiß der eine oder andere doch etwas und möchte es nicht in der Öffentlichkeit sagen."

Dann wandte sie sich an Alexander.

„Sie überweisen doch das Geld an den Hausbesitzer. Ist es Ihnen möglich, uns die Kontodaten des Empfängers zu geben? Ich werde mit dem Manager jetzt einmal das Protokollbuch durchgehen und schauen, wer Ihre Tochter während des Semesters besucht hat. Sie hat Ihnen nicht etwas erzählt oder geschrieben über neue Freunde, die sie auf Bali gemacht hat?"

Alexander von Wolfsberg dachte nach.

„Ich schaue nachher gleich mal meine Emails durch. Ich muss zugeben, dass ich die langen Texte von Carina immer nur überflogen habe. Irgendwie klang alles nach Sonne, Strand und guter Laune. Wenig nach Studium. Ich dachte, wenn wir sie sowieso am Ende des Semesters besuchen, kann sie mir ja alles live erzählen."

Er stockte und schluckte schwer.

„Ich werde jetzt auch ins Krankenhaus fahren. Charlotte verbringt jeden Tag viele Stunden dort. Ich sollte sie unterstützen und mit ihr reden."

„Soll ich Sie fahren?" fragte Raoul, der wusste, das Alexander noch nicht in der Lage war, sich selbst hinter das Steuer zu setzen.

„Das ist nett. Danke. Aber ich glaube, ein Chauffeur ist noch im Haus, der das übernehmen kann."

Im Speisezimmer wartete Ketut Candra bereits auf die Detektivin, die das Kontrollbuch und ihre eigene Mappe auf den Tisch legte. Letzterer entnahm sie die Aussagen, die die Polizei von den jungen Leuten auf der Semesterabschluss-Party am Strand gemacht hatte.

„Ich werde Ihnen jetzt Namen vorlesen und Sie sagen mir, ob Sie sie kennen oder ob sie im Kontrollbuch vorkommen."

Das Semester an der Universität von Bali hatte knapp fünf Monate gedauert. Somit waren es etwa 150 Tage, in denen im Durchschnitt täglich etwa drei Personen zu Besuch gekommen waren, oder etwas abgeliefert hatten.

„Es sind also maximal 500 Einträge, die wir zu durchforsten haben. Das ist gut machbar."

Während Eva die Namen der Reihe nach vorlas, wanderte der Zeigefinger des Managers die Spalten herunter. Beim einen oder anderen Namen machte er eine Bemerkung. Doch es waren nahezu ausschließlich Studenten, die sich hier zu Lerngruppen einfanden oder Gäste der beiden erwähnten Parties.

Es stimmte, was Wayan beobachtet hatte. Kurz nach Semesterbeginn begannen die Besuche von Brian Seldridge und nach zwei Monaten war es auffällig, dass der ‚Naga' nur an Tagen auftauchte, an denen auch der Australier anwesend war.

„Sie mussten sich ja nicht in das Protokollbuch eintragen, Herr Ketut", stellte Eva Larson fest. „Wie oft waren Sie denn hier auf dem Grundstück während des Semesters?"

Ketut Candra sah sie erstaunt an.

„Wieso wollen Sie das wissen?"

„Um mir ein gesamtes Bild der Situation zu machen", beharrte Eva.

„Genau kann ich das nicht sagen. Mal mehr, mal weniger", antwortete er ausweichend.

Eva lächelte. Keine Antwort war auch eine Antwort.

„Nun, vielleicht können mir ja bei dieser Frage die beiden Wachleute behilflich sein", murmelte sie leise auf Deutsch. Aus dem Augenwinkel sah sie, wie sich die Augen von Ketut zusammenzogen.

Ist ja interessant, überlegte sie, durchaus möglich, dass dieser Hausverwalter sogar ein bisschen ihre Landessprache verstand. Da hieß es, besser aufzupassen.

„Aber sicherlich können Sie mir sagen, wann Sie Carina zum letzten Mal gesehen haben, oder?"

„Das war wohl am Morgen vor dem schrecklichen Unfall", gab er unwillig zu.

„Unfall? Sie bezeichnen den Zusammenbruch einer jungen Frau, die unter Alkohol und Drogen stand und der man K.O.-Tropfen ohne ihr Wissen verabreicht hat, wirklich als Unfall?"

„Nun, soweit ich es gehört habe, handelte es sich doch wohl um eine unabsichtliche Überdosierung."

Nun war die Detektivin überrascht.

„Von wem habe Sie denn diese Auskunft?"

„Das weiß ich nicht mehr."

Ketut Candra merkte, dass er einen Fehler begangen hatte. Er presste die Lippen aufeinander und schüttelte unmerklich mit dem Kopf.

Eva Larson war ein Profi auf ihrem Gebiet und deutete die Körpersignale sofort.

„Fakt ist, dass Carina Alkohol und Drogen zu sich genommen hat. Fakt ist aber auch, dass ihr jemand K.O.-Tropfen verabreicht hat. Aber selbst wenn dieses aus Versehen tatsächlich in einer Überdosierung geschehen ist, so bleibt doch die Tatsache bestehen, dass dieser ‚Jemand' ihr das GHB vorsätzlich und aller Wahrscheinlichkeit deshalb verabreicht hat, um sie zu vergewaltigen, oder?"

„Weiß ich nicht, bin schließlich kein Polizist."

Die Detektivin ließ absichtlich eine Weile verstreichen, bevor sie die nächste Frage stellte. Auf Ketut Candras Oberlippe hatten sich Schweißtropfen gebildet.

„Lassen Sie uns noch die letzten Tage durchgehen, dann sind wir beide für heute fertig."

Als sie zum Tattag kamen, wunderte sich Eva Larson kein bisschen, dass sowohl Brian Seldridge als auch der mysteriöse Naga auf der Besucherliste standen.

„Kennen Sie einen von ihnen oder vielleicht sogar alle beide näher, Ketut?"

„Nicht, dass ich wüsste", log er ihr ins Gesicht.

„Ich glaube, dass Falschaussagen auch in Ihrem Land strafbar sind. Vielleicht ist es besser, wenn der Superintendant Sie befragt. Möglicherweise fällt Ihnen dann noch das eine oder andere ein."

„Möglicherweise sollten Sie sich weniger um mich kümmern, Frau Larson!"

„Sonst geschieht was?"

„Sonst hetze ich Ihnen Dämonen auf den Hals!" zischte er leise.

Dann stand er auf und verließ das Zimmer.

Eva Larson lief ein Schauer über den Rücken.

„Du siehst aus, als hättest du ein Gespenst gesehen." Raoul war zu ihr an den Tisch getreten und sah sie besorgt an. „Stimmt etwas nicht?"

„Hier stimmt einiges nicht", erwiderte seine Mutter, ohne jedoch weiter darauf einzugehen. „Hast du etwas erfahren können?"

„Nicht wirklich. Sobald die Rede auf Ketut Candra zu sprechen kommt, weichen alle aus. Ich denke, die haben richtig Schiss vor ihm!"

„Das glaube ich auch. Er ist ein sehr unangenehmer Zeitgenosse. Ich denke, ich werde Nyoman bitten, ihn sich mal richtig zur Brust zu nehmen. Bei einem Offiziellen kann er sich nicht so leicht herauswinden."

Eva Larson schaute auf die Uhr.

„Ich werde jetzt mal Alfons anrufen", sagte sie.

„Und ich Papa."

„Nun, schon schön braun geworden, während ich hier im Büro sitze?"

Eva kannte Alfons lange genug, um diese Bemerkung richtig zu deuten.

„Ja, dunkelbraun. Ich bewege mich vom Bett in den Pool und wieder zurück. Lasse mir alle möglichen Cocktails aufs Zimmer bringen und lungere den lieben langen Tag mit meinem Elch nur herum."

„Habe ich mir schon gedacht."

„Also, Alfons, was hast du über diesen Frank Liebermann herausgefunden?"

„Vieles weißt du ja schon. Ist mit Alexander von Wolfsberg in die Schule gegangen. Den Jahrbüchern nach zu urteilen, spielte er in der Schule immer die erste Geige. Ich denke, das hing wohl auch mit den Geldspenden zusammen, die seine Eltern der Schule gestiftet haben. Es ist auch richtig, dass er sein Vermögen beim Börsencrash in den Sand gesetzt hat und auch sein Haus. Das ist wohl eher ein kleiner Palast – ich habe ihn mir im Internet angeschaut. Solltest du auch mal tun. Er hat ihn selbst entworfen und dafür mehrere Preise eingeheimst. Das tat sicher weh, das Schmuckstück zu verlieren. Nach der Scheidung von seiner Frau Cynthia, die übergangslos sich mit dem von Wolfsberg liierte, wurde es etwas still um ihn."

„Mit was hat er eigentlich sein Geld verdient?"

„Er war, wie gesagt, Sohn reicher Eltern. Hat nach der Schule in Harvard Betriebswirtschaft studiert und dann wurde er einfach schlicht und doch ergreifend Spekulant. Erst hat er nur mit seinem eigenen Geld spekuliert, dann wurde er übermütig und machte es im großen Stile. Und so ist er dann auch mit Pauken und Trompeten untergegangen."

„Normalerweise fallen doch diese Art von Leuten immer wieder auf die Füße. Da muss doch noch etwas anderes dahinterstecken. Ein Spekulant wie Liebermann ist doch nicht so doof und setzt alles auf eine Karte und verliert dann sogar noch sein Haus", sinnierte Eva.

„Ich bin noch an etwas anderem dran. Ich denke, er war in kriminelle Machenschaften verwickelt. Vielleicht bekomme ich da noch etwas raus. Was er heute so macht, konnte ich auch noch nicht recherchieren. Eine Spur von ihm führt nach Paraguay."

Eva Larson hing schon einem anderen Gedanken nach.

„Stell dir vor, Frank Liebermann ist Carinas Patenonkel. Das wurde er wohl noch, solange er in den USA war. Und er hat ihr dieses Haus, in dem wir jetzt zu Gast sind, vermittelt. Dazu muss es doch Unterlagen geben. Raoul und ich werden nachher versuchen, den Inhalt von Carinas Laptop auszuwerten. Alles ein wenig dubios, finde ich. Habe auch erfahren, dass beim Liebermann schon die NSA im Hause war. Warum, weiß ich nicht. Und finde heraus …"

„Moment. Ich bin doch keine Sekretärin mit Stenokenntnissen, meine Liebe. So schnell kann ich nicht mitschreiben."

„Hatte ich nicht mal vorgeschlagen, du würdest dich leichter tun, wenn du das Telefon auf Lautsprecher stellst und einfach auf dem guten alten Diktiergerät auf das Knöpfchen ‚Mitschneiden' drückst?"

„Du weißt doch, Männer und Technik …"

„Drückst du jetzt, oder nicht?"

Tut, tut, tut. Was auch immer Alfons Jablonski gedrückt hatte, es war der falsche Knopf gewesen.

8. Kapitel

„Du kennst dich besser mit diesen Dingern aus wie ich."

Eva Larson reichte ihrem Sohn den Laptop von Carina.

„Das ist schon komisch, im Leben eines anderen Menschen herumzuschnüffeln", bemerkte er und klappte ihn auf.

Das Passwort, das Alexander von Wolfsberg der balinesischen Polizei gegeben hatte, fand Raoul auf einem kleinen Zettel am Bildschirm kleben, als er den Computer öffnete.

„Weißt du mein Passwort für meinen Laptop?" wollte Raoul von seiner Mutter wissen.

„Nein. Aber ich würde es schon herausfinden."

„Würdest du nicht!"

„Täusche dich da mal nicht. Ich habe beim Landeskriminalamt noch ziemlich viele Freunde."

„Das ist unfair!"

Als erstes öffnete Raoul Carinas Email-Account. Er stöhnte.

„Das sind ja Tausende von Nachrichten drauf. Und die müssen wir jetzt alle durchlesen?"

„Nein, erst mal nur die, die von Brian Seldridge stammen. Kannst du sie suchen?"

„Klar."

Das war leicht. Kaum hatte er den Namen in der Suchfunktion eingegeben, da tauchten jede Menge Emails auf.

„So, mein lieber Assistent, die kannst du jetzt lesen."

„Und was machst du?"

„Ich gehe eine Runde schwimmen."

„Nicht dein Ernst, oder?"

Eva Larson hatte sich ihren Badeanzug angezogen und den Sarong darüber gewickelt. Es hatten in den letzten beiden Tagen so viele Eindrücke auf sie eingewirkt, dass sie nun eine Zeit für sich brauchte, um sie zu verarbeiten.

Sie trat auf die hölzerne Veranda hinaus. Die Hitze schlug ihr wie eine feuchte Wand entgegen. Ein leichter Wind wehte vom Meer, der einen salzigen Duft mit sich trug und sich sanft auf die Haut legte.

Eva hatte sich vom Wasser im Pool eine deutliche Abkühlung erwartet, doch die Temperatur lag beinahe bei der der Luft. Trotzdem tat ihr das Schwimmen gut. Endlich einmal alle Glieder strecken, alle Sehnen und Muskeln dehnen.

Eine große Fächerpalme beschattete den hinteren Teil des Pools. Eine Frangipani-Blüte dümpelte an ihr vorbei und schenkte ihr für einen Moment ihren bezaubernden Duft. Sie schloss die Augen und legte sich auf den Rücken, breitete die Arme aus und ließ sich vom Wasser tragen.

Im Geiste sah sie Carina mit ihren Freunden am Pool, hörte ihr Lachen und Geplantsche. Eigentlich ein sorgloses Leben.

Warum traf sie bei ihrer Arbeit so häufig auf Menschen, die im Überfluss schwelgten und anstatt ihn zu genießen, sich immer und immer wieder in Schwierigkeiten brachten? Sie dachte an den Standardspruch, den vor allem reiche Eltern auf den Lippen hatten, 'wir verstehen das nicht, wir haben ihnen doch alles gegeben …' und damit meist nur materielle Zuwendung meinten, während ihre Kinder mit ihren Eskapaden, die sie häufig vor den Richter brachten, doch nur Aufmerksamkeit und Liebe wollten. Das klang banal – traf aber immer wieder genau den Punkt.

Carina von Wolfsberg war eines jener tragischen Kinder, ummantelt von einer Hülle aus Wohlstand und vermeintlicher Sicherheit, die in Wirklichkeit vollkommen hohl war und in der sie sich verlor. Und obwohl Eva Larson Carinas Mutter Cynthia nicht kennengelernt hatte, ergab sich den Erzählungen nach ein Bild von ihr, in dem es in ihrem Leben vor allem um sie selber ging: ihre Drogensucht, ihre unkontrollierten Emotionen, ihr Schamgefühl, das sie letztendlich in ihren Selbstmord getrieben hatte.

Warum eigentlich Amphetamin? schoss es ihr durch den Kopf. Normalerweise setzte sich doch ein Junkie den Goldenen Schuss und ein Kokser schnupfte sich ins Jenseits. Seltsam.

Ihr Vater war Carina auch nicht die wirkliche Stütze gewesen. Obwohl Eva schon bemerkt hatte, wie Alexander von Wolfsberg litt. Er litt unter seiner Vergangenheit, er litt unter dem Drama, das seiner Tochter zugestoßen war. Doch sie konnte gut zwischen den Zeilen lesen. Die Emails, die seine Tochter ihm geschickt hatte, hatte er nur überflogen. Die Detektivin kannte diese Art von Männer, die sich von ihrem Beruf auffressen ließen. Nach außen hin natürlich alles für die Familie. Doch innen sah es anders aus. Da wurden sie getrieben von Angst. Angst zu versagen, Angst, wieder alles zu verlieren, Angst vor wahren Gefühlen.

Sie überlegte, wie er es überhaupt zulassen konnte, dass ein Typ wie Liebermann zum Patenonkel seines einzigen Kindes wurde. Ein einfaches ‚Nein' hätte doch genügt! Alexander machte auf sie nicht den Eindruck, als könnte man ihn mit irgend etwas unter Druck setzen. Da musste sie noch einmal nachhaken. Das war doch wirklich eine völlig absurde Konstellation!

Langsam glitt ihr Geist in andere Sphären, die Gedanken lösten sich auf, sie schwebte schwerelos auf dem Wasser.

Plötzlich senkte sich ein Schatten über sie, sie machte eine unkontrollierte Bewegung mit den Beinen und stieß mit dem Kopf an den Beckenrand. Während Eva die Augen öffnete, verlor sich der entspannte Zustand und sie verkrampfte sich. Über ihr stand Ketut Candra und funkelte sie aus nach wie vor zornigen Augen an.

„Der Superintendant ist soeben eingetroffen. Vielleicht sollten Sie sich etwas überziehen, bevor Sie ihn empfangen, Frau Larson."

„Danke. Sie sind wie ein Vater zu mir, Ketut", reagierte sie spöttisch und ging die Stufen hinaus aus dem Pool.

Mit Nyoman Sedeng hatte die Detektivin nun überhaupt nicht an diesem Nachmittag gerechnet. Sie knotete ihren Sarong über ihrem Busen zusammen und war gerade auf dem Weg in ihr Zimmer, als der Superintendant bereits auf der Bildfläche erschien. Er sah sehr besorgt aus.

„Eva, falls Sie mit Brian Seldridge sprechen wollen, so sollten Sie das morgen früh machen. Ich habe Ihnen eine Besuchserlaubnis ausgestellt. Er ist noch im Kerobokan Gefängnis in Denpasar, soll aber demnächst auf die Gefängnisinsel Nusa Kambangan überstellt werden. Da endet meine Befugnis. Heute wurde gegen ihn Anklage erhoben und er muss mit der Todesstrafe rechnen."

„Das ist nicht Ihr Ernst!"

„Doch, ich befürchte, die Justiz, die momentan eine große Kampagne gegen Rauschgiftbesitz und Konsum führt, möchte wieder einmal ein Exempel statuieren."

„Aber, warum bringt man ihn dann weg, solange er noch nicht rechtskräftig verurteilt ist?"

„Es läuft auch gerade eine große Kampagne in Indonesien gegen Korruption. Der Justizminister hat sich persönlich in den Fall eingeschaltet. Bei den letzten Hinrichtungen ist es zu diplomatischen Misstönen mit der australischen Regierung gekommen, die kurzfristig ihren Botschafter zurückgerufen hat. Brian Seldridges Vater ist australischer Diplomat im Generalkonsulat in Denpasar und es wird befürchtet, dass er seinen persönlichen Einfluss geltend machen wird, um seinen Sohn vor einer Strafe zu schützen. Und genau dies will man verhindern und deshalb wird Brian schon vor dem Prozess aus Bali weg auf die Gefängnisinsel vor Java gebracht."

Nachdem sie die Einzelheiten des morgigen Gefängnisbesuches besprochen hatten, verabschiedete sich Nyoman Sedeng wieder.

„Bist du weiter gekommen?"

Eva war in das Zimmer ihres Sohnes getreten und ging auf den Tisch zu, der vor einer großen Glasfront stand, durch die man direkt aufs Meer schaute.

„Ja, ich habe alle Emails mit Brian gecheckt. Aber ich kann nichts Brauchbares finden. Sicher ist, dass sie kein Liebespaar waren. Aber offensichtlich ist, dass Brian sie angebaggert hat. Immer wieder schmachtete er sie an. Doch sie reagierte nie darauf. Im Gegenteil. Sätze wie ‚Typen wie Du bringen mir kein Glück', oder ‚Ich will nicht in den Abgrund wie meine Mutter stürzen' sind doch seltsam. Aber am merkwürdigsten fand ich den Satz: ‚Ich habe gehört, was ich gehört habe. Halte Deinen Drachen an der Leine. Ich möchte wegen Euch keine Schwierigkeiten.'"

„Das ist ja wirklich interessant. Jetzt suche doch mal nach dem Namen ‚Naga'. Oder nach ‚Drachen'."

Neugierig schaute sie ihrem Sohn über die Schulter. Doch der Name tauchte nicht noch einmal auf.

Stattdessen lasen die beiden nun die Emails, die Carina an

ihren Vater geschrieben hatte. Ganz nebenbei erwähnte sie, dass ‚Onkel Frank' ihr das Haus vermittelt hat, genau so, wie Alexander von Wolfsberg es bereits erzählt hatte. Dann tauchte der Name nicht mehr auf.

Carina erzählte ihrem Vater vom Semester, von jungen Frauen, die sie kennengelernt hatte, von einem Jungen, der sich an sie ranmachen wollte, aber nicht ihr Typ war. Und von einem, in den sie sich verliebt hatte. Sie schrieb, dass sie sich darauf freute, wenn ihr Vater und Charlotte zu Besuch kämen und was sie alles mit ihnen vorhatte: Besuch im Muttertempel Pura Besakih zur Vollmond-Zeremonie, einen Abend in Ubud mit Legong Tanz vor der Kulisse des alten Palastes und eine Shopping-Tour mit ihrer Stiefmutter.

„Das klingt doch alles nicht danach, als würde sie hier im Drogensumpf untergehen, oder täusche ich mich?"

Raoul drehte sich zu seiner Mutter. „Natürlich kann man alles überspielen. Aber ich glaube nicht, dass, wenn ich etwas zu verbergen hätte, ich mir ausgerechnet meine Eltern einladen würde."

„Ach, würdest du nicht?"

„Du weißt, wie ich das meine, Mama."

9. Kapitel

Da die Besuchserlaubnis nur für sie persönlich galt, fuhr Eva Larson allein sehr früh mit einem der beiden Chauffeure in den Norden von Kuta. Obwohl die Sonne gerade erst aufgegangen war, herrschte ein unglaublicher Verkehr. Eine unüberschaubare Heerschar von Mopeds, auf denen oft zwei Erwachsene und zwischen ihnen noch ein Kind saß, verstopften die Straßen. Als Verkehrsregel galt das Recht des Stärkeren, wie Eva von ihrem Fahrer erfuhr, der den großen Wagen geschickt durch das Chaos lenkte.

Als Eva noch an ihre Hochzeitsreise dachte, musste sie fast lachen. Es gab damals nur wenige Mopeds und Autos galten noch als Luxus. Irgendwann musste es hier zu einem Vulkanausbruch gekommen sein, überlegte sie fast amüsiert, und statt Asche hatte es kleine Motorräder und japanische und koreanische Autos geregnet.

Um Punkt acht Uhr stand sie zu ihrem großen Erstaunen dennoch pünktlich vor dem großen Eingangstor des Hochsicherheits-Gefängnisses, in dem die wirklich hochgradig Kriminellen der Insel untergebracht waren.

Nyoman Sedeng hatte ihr gestern erzählt, dass die Macht der Insassen bis über die mit Stacheldraht gesicherten Mauern hinaus reichte. Erst vor kurzem uferte ein Streit unter Gangs im Gefängnis bis auf die Straßen der Hauptstadt Denpasar aus und forderte dort mehrere Tote.

Eva Larson war auf einiges gefasst, als sie die Sicherheitskontrollen passierte und in einen vergitterten, nahezu leeren Raum geführt wurde. In der Mitte stand ein Tisch mit zwei gegenüberliegenden Stühlen. Der Wachmann, der sie begleitete, wies sie an, Platz zu nehmen und zu warten. Es war schwül-heiß und nur ein Deckenventilator durchpflügte die abgestandene Luft und fächelte vermeintliche Kühle zu.

Sie war ein Profi, doch als Privatdetektivin fühlte sie nicht mehr die Geborgenheit einer Polizeimacht hinter sich. Das machte sie ein wenig nervös.

Endlich öffnete sich eine Gittertür und Brian Seldridge wurde mit Fesseln an Händen und Füßen von einem Beamten hereingeführt. Er sah lädiert aus. Sein rechtes Auge war vollkommen zugeschwollen, seine Lippen aufgeplatzt. Als er seine Hände auf den Tisch legte, sah sie wunde Fingerknöchel, die von einem Kampf herrührten.

Trotzdem wirkte Brian Seldridge auf den ersten Blick nicht wie ein Opfer von Gefängniswillkür. Er lehnte sich auf seinem Stuhl zurück und musterte die Detektivin aus spöttischen Augen.

Es gab offensichtlich keine offizielle Kleidung in balinesischen Gefängnissen. Brian trug bunte, halblange Shorts, wie sie bei Surfern beliebt waren und ein T-Shirt mit einem Bintang-Werbeaufdruck für das bekannteste indonesische Bier.

„Wie kann ich Ihnen helfen, Lady?" fragte er in einer Art und Weise, die die prekäre Situation, in der er sich befand, nicht widerspiegelte.

„Brian, ich bin Eva Larson und ermittle im Auftrag der Familie von Wolfsberg im Fall Carina. Wenn ich darf, würde ich Ihnen gerne ein paar Fragen stellen."

„Nur zu", meinte er großzügig und beugte sich über den Tisch. „Das Theater hier wird sicherlich bald ein Ende haben."

„Brian, ich habe wirklich nicht das Gefühl, dass irgendjemand, auch nicht Ihr Vater, Ihnen so schnell zur Hilfe kommen wird. Sie wissen, dass Sie heute Mittag in das Gefängnis auf der Insel Nusa Kambangan überstellt werden, nicht wahr?"

„Alles nur Gerüchte."

„Wie Sie meinen."

Eva legte ihr Ermittlungsmappe auf den Tisch und holte die Tatortfotos heraus. Sie breitete sie vor Brian Seldridge aus.

„Können Sie mir sagen, warum Sie mit Carina von Wolfsberg von der Strandparty soweit in den Norden gefahren sind, um in den Tempel Pura Panca Mahabuta zu gelangen? Was wollten Sie denn da, mitten in der Nacht?"

Brian Seldridge grinste sie an, so als würde er ihre Frage nicht wirklich ernst nehmen.

„Na, was wollte ich da schon? Es war ein toller Abend, eine super Party und dann wollte ich mit meinem Mädchen allein an einem romantischen Platz sein."

„Brian, ich weiß, dass Carina nicht 'Ihr Mädchen' war. Ganz im Gegenteil. Sie fühlte sich überhaupt nicht zu Ihnen hingezogen. Darüber gibt es Zeugenaussagen und auch in ihren privaten Emails lässt nichts erkennen, dass sie in Sie verliebt war."

„Bullshit!" Brian schlug mit beiden Fäusten auf den Tisch. „Sie brauchte vielleicht ein wenig Überredungskunst…"

„Mit Überredungskunst meinen Sie wahrscheinlich Liquid Ecstacy, oder?" unterbrach Eva ihn unwirsch.

„Davon weiß ich nichts."

„Das heißt, das Fläschchen mit den K.O.-Tropfen ist einfach so in Ihre Hosentasche gewandert?"

„Schon mal drüber nachgedacht, dass mir das in die Tasche gesteckt worden ist, nachdem ich niedergeschlagen wurde?"

Nun sah der Australier wirklich wütend aus.

„Ehrlich, Brian, wer soll Ihnen das denn glauben? Die Tropfen sind Carina nachweislich bereits auf der Strandparty verabreicht worden. Hätte Ihnen jemand das Fläschchen tatsächlich in die Tasche gesteckt, hätte er ja vorausahnen müssen, dass sie mit Carina ‚privat' noch ein bisschen weiter feiern wollten, oder?"

„Ach, glauben Sie doch, was Sie wollen. Wer ist denn niedergeschlagen worden? Carina, oder ich?"

Eva ließ sich nicht auf diese Frage ein.

„In Carinas Blut hat die Polizei neben Liquid-Ecstacy auch Alkohol und Marihuana nachweisen können. Warum hat Carina denn an diesem Abend so viel getrunken und Marihuana geraucht?"

„Mein Gott, wohl schon lange auf keiner Party mehr gewesen! Wir alle haben viel getrunken. Und dann kursierte ein Joint, und dann noch einer. Carina war total gut drauf. Von ihr kam doch der Vorschlag, noch weg und in den Tempel zu fahren. Sie wollte unbedingt einmal was total Verrücktes tun."

„Was meinen Sie mit 'etwas Verrücktes tun'?"

„Ich weiß nicht. Sie wollte auf alle Fälle in den Tempel und ich habe sie hingefahren."

„Betrunken, bei Nacht?"

„Was tut man nicht alles für seine Liebste."

Eva Larson hatte durch ihre lange Polizeiarbeit ein geschultes Auge und sah sofort, dass Brian Seldridge im Grunde genommen die Wahrheit sagte. Seltsam.

„Brian, Sie wurden gestern wegen Marihuana-Besitzes von der Staatsanwaltschaft angeklagt. Sie wissen, was das auf Bali bedeutet? Das Urteil könnte die Todesstrafe sein, ist Ihnen das klar?"

„Hören Sie, Frau Larson. Mein Vater ist Diplomat. Der

boxt mich schon raus. Das Marihuana in meinem Auto habe ich noch nie gesehen. Auch nicht die Tasche, in der es gefunden wurde. Das wird sich bald aufklären."

„Täuschen Sie sich da mal nicht, Brian. Auf der Verpackung des Marihuana hat man eindeutig Ihre Fingerabdrücke identifiziert. Also erzählen Sie mir hier keine Stories."

„Das ist vollkommen unmöglich!"

„Möchten Sie nicht Ihr Herz erleichtern und erzählen, was in jener Nacht im Tempel Pura Panca Mahabuta vorgefallen ist?"

„Hören Sie mir eigentlich zu? Nichts ist vorgefallen! Wir sind vom Parkplatz zum Tempel gewandert, Carina war ziemlich 'stoned'."

„Das ist ja wohl auch kein Wunder, nach dem Drogen-Cocktail, den sie intus hatte."

„Es war irgendwie alles eine Schnapsidee. Ich dachte, ich könnte die Kleine vielleicht rumkriegen, wenn ich sie zu diesem Tempel fahre. Sie war geradezu besessen davon, da hinzukommen. Und es musste wohl nachts sein, wenn kein Priester da ist."

„Warum, was hatte sie denn vor?"

„Ich weiß nicht genau. Jemand hatte ihr wohl erzählt, dass, wenn sie sich dort bei Vollmond Shiva vor die Füße werfen würde, sie mit den Toten sprechen könnte. Sie faselte etwas von ihrer Mutter und um Verzeihung bitten und so ein Kram …"

Drei Beamte hatten den Raum betreten. Zwei gingen auf Brian Seldridge zu, einer stellte sich neben Eva Larson und beugte sich leicht zu ihr hinunter.

„Frau Larson, ich muss Sie bitten, das Gespräch zu beenden. Der Gefangenentransport steht nun bereit und wir können nicht warten."

„Ich bin aber noch nicht fertig mit meiner Befragung!"
Die Detektivin war irritiert.

Brian wurde aufgefordert, aufzustehen. Ein Beamter kontrollierte seine Fesseln, die mit Ketten verbunden waren und nur wenig Bewegungsfreiheit zuließen.

Eva konnte deutlich einen Wechsel in Brians Gesichtsausdruck feststellen. Nun stand in seinem jungen Gesicht die blanke Angst.

„Bitte, Frau Larson, tun Sie doch etwas!" Seine Stimme bebte vor Panik.

„Brian, bitte sagen Sie mir, wer Carina das mit dem Tempel und Shiva erzählt hat! Bitte!"

Ein Beamter hatte Brian bereits am Arm gepackt und versuchte, ihn Richtung Tür zu bugsieren.

„Rufen Sie meinen Vater an. Das kann doch alles nicht wahr sein! Helfen Sie mir doch!"

„Brian, wer war das?"

„Helfen Sie mir, und ich sage alles, was Sie hören wollen!"

„Brian!"

Doch die Gittertür fiel hinter dem Australier ins Schloss.

„Bitte kommen Sie mit", sagte der Beamte, der noch immer neben der Detektivin stand, höflich.

„Habe ich noch einmal die Gelegenheit, Brian zu sprechen?"

„Ja, wenn der Justizminister Ihnen eine Ausnahmegenehmigung für Nusa Kambangan erteilt. Es ist schwer für das Gefängnis auf der Insel eine Erlaubnis zu erhalten. Aber Sie können es ja probieren."

„Was meinen Sie", fragte Eva beim Hinausgehen, „welche Chancen hat Brian Seldridge?"

„Dazu kann ich nichts sagen. Ich bin kein Richter. Aber …", er zögerte kurz und schaute sich um, damit niemand seine Worte hören konnte, „ich wäre an Ihrer Stelle nicht allzu optimistisch. Zwei Kilogramm Marihuana sind einfach keine Kleinigkeit und die Justiz greift hart durch."

10. Kapitel

Eva Larson verließ sehr nachdenklich das Kerobokan Gefängnis und entschied, vor ihrem Besuch bei Nyoman Sedeng, dem Vater von Brian Seldridge einen Besuch abzustatten.

Der Chauffeur fuhr sie in die Jalan Tantular und hielt schließlich vor einem modernen, recht neu wirkenden Haus. Ein Vordach spendete Schatten und Eva betrat den hellen Bau aus Sandstein durch eine große Glastür. An der Rezeption des australischen Generalkonsulats begrüßte sie eine junge Frau und fragte nach ihrem Anliegen.

„William Seldridge? Ja, der ist zur Zeit im Haus. Ich werde mal sehen, ob er aus seinem Meeting bereits draußen ist. Um was geht es bitte?"

„Um seinen Sohn."

„Oh", die junge Frau schaute kurz auf, dann wählte sie Seldridge Nummer.

Kurze Zeit später hallten schnelle Schritte auf dem gekachelten Boden eines langen Ganges. Um die Ecke bog ein bulliger Mann, der zwar einen Anzug trug, vom Wesen aber eher wie ein Farmer als wie ein Diplomat wirkte. Sein Händedruck bestätigte Evas ersten Eindruck.

„Wer sind Sie? Was gibt es Neues von meinem Sohn?"

Eva Larson stellte sich vor und erzählte ihm eine Kurzversion ihres Auftrages.

„So, Sie vertreten also das Mädchen, das meinen Sohn in dieses Schlamassel überhaupt gebracht hat."

„Das verstehen Sie falsch, Mister Seldridge. Ich bin keine Anwältin. Mein Auftrag besteht darin, für eine besorgte Familie herauszufinden, warum ein junges Mädchen nun im

Koma in einem Krankenhaus liegt. Was vorgefallen ist in jener Nacht, als ihr Sohn und Carina von Wolfsberg in einen der heiligsten Tempel auf Bali eingebrochen sind, warum Brian K.O.- Tropfen in seiner Hosentasche hatte und zwei Kilo Marihuana im Auto."

William Seldridge schaute sie entgeistert an.

„Das ist doch alles erstunken und erlogen. Mein Sohn hat weder was mit Rauschgift, und schon gar nicht mit K.O.-Tropfen zu tun!"

„Mister Seldridge, Ihr Herr Sohn hatte bereits eine Anklage wegen eines Rauschgiftdeliktes …"

„… die aber abgewiesen wurde!"

Der Vater von Brian kniff die Lippen zusammen.

„Was wollen Sie von mir?"

„Ich komme gerade aus dem Kerobokan Gefängnis, in dem ich ein Gespräch mit ihrem Sohn hatte …"

„Sie haben ohne meine Erlaubnis und ohne seinen Anwalt meinen Sohn verhört?"

William Seldridge schrie unbeherrscht und erntete einen erschrockenen Blick von der jungen Rezeptionistin, der ihn zum Schweigen brachte.

„Gehen wir in mein Büro", sagte der Diplomat mit gedämpfter Stimme.

Die Glastür, durch die bereits Eva gegangen war, wurde im gleichen Moment von einem livrierten Fahrer geöffnet. Er hielt sie für eine ältere Frau in einem blauen Kostüm auf.

„Guten Morgen, Frau Konsulin", sagte Seldridge. Sein Ton hatte sich vollkommen verändert. Jetzt klang er fast devot.

„Guten Morgen, William. Gibt es etwas Neues von Ihrem Sohn?"

„Ja. Darf ich vorstellen: Das ist Eva Larson aus Deutschland, die für die Familie von Wolfsberg ermittelt. Ich hoffe, sie bringt auch etwas Licht in die Tragödie, die auch meinen Brian betrifft."

Die Detektivin war drauf und dran etwas zu erwidern.

Die Konsulin gab Eva kurz die Hand. Dann wandte sie sich wieder an Seldridge.

„Bringen Sie die Sache in Ordnung. Wir können zur Zeit keine Negativ-Schlagzeilen gebrauchen."

Ohne sich zu verabschieden, schritt sie an ihnen vorbei.

William Seldridge führte Eva den Gang entlang in sein Büro. Eine großzügige Fensterfront zeigte in einen kleinen Park. Er wies ihr einen Sessel zu und verschanzte sich hinter seinem großen Schreibtisch, auf dem sich Akten stapelten.

„Bevor Sie weiter in einem so unhöflichen Ton mit mir sprechen, stelle ich eines klar: Ihr Sohn ist volljährig und hat einem Gespräch ohne Anwalt zugestimmt. Ich habe also Ihre Erlaubnis nicht benötigt."

William Seldridge holte Luft und wollte gleich etwas erwidern. Doch Eva ließ ihm keine Gelegenheit dazu.

„Ich dachte, ich sollte Sie darüber persönlich informieren, dass in meiner Anwesenheit Brian von Beamten abgeholt wurde und sich nun auf dem Transport auf die Gefängnisinsel Nusa Kambangan befindet. Er flehte mich an, Ihnen das gleich mitzuteilen."

„Oh, mein Gott!" Der Diplomat sackte förmlich in sich zusammen und schlug die Hände vor das Gesicht, um seine Tränen zu verbergen.

Eva ließ ihm einen Moment Zeit. Dann stand sie auf und trat hinter Seldridge. Sie legte ihm beide Hände auf die Schultern und spürte, wie er schluchzte. Sie wusste ja auch, was die Verlegung von Brian bedeutete. Die meisten, die nach Nusa

Kambangan kamen, verließen die Insel in einem Sarg.

„Warum? Warum warten die nicht den Prozess ab? Ich verstehe das nicht. Das ist ja wie eine Vorverurteilung!"

Er kramte aus seiner Anzughose ein Taschentuch hervor. Eva setzte sich wieder hin.

„Entschuldigen Sie, Frau Larson, meine Nerven liegen blank seit der Sache im Tempel. Erst wird er niedergeschlagen, dann aus dem Krankenhaus heraus verhaftet. Von allen Seiten bekomme ich Druck. Von der Konsulin, von meiner Regierung und dem balinesischen Gouverneur. Dabei weiß ich überhaupt nicht, was ich machen soll!"

„Mister Seldridge, am besten helfen Sie Ihrem Sohn, wenn Sie mir erzählen, was er über den Tatabend gesagt hat."

„Tatabend! Genau das ist es ja. Wer hat hier wem etwas getan, frage ich mich schon die ganze Zeit? Brian wurde doch niedergeschlagen, nicht das Mädchen!"

„Aber Brian hatte genau die K.O.-Tropfen in der Tasche, die zum Zusammenbruch von Carina geführt haben und letztlich zu ihrem Koma."

„Ich kapiere nicht, warum mein Brian einer Frau solche Tropfen geben sollte. Er hat wahrlich Erfolg beim weiblichen Geschlecht, das können Sie mir glauben."

„Mmh, das glaube ich Ihnen. Und dennoch umgarnte er Carina von Wolfsberg, die, wenn man den Aussagen ihrer Freundinnen und ihren eigenen Emails glauben schenkt, nichts von ihm wollte. Außer vielleicht eine lockere Freundschaft."

„Dann erklären Sie mir mal, warum sie dann ausgerechnet mit Brian nachts die Party verlässt und ihn bittet, in diesen abgelegenen Tempel bei Nacht und Nebel zu fahren."

„Das hat er Ihnen erzählt?"

„Ja. Sie hat ihn geradezu angefleht. Und da hat er sich

gedacht, dass, wenn er ihr diesen Gefallen tut, er dann bei ihr …". Er stockte.

„… er dann bei ihr landen könnte", beendete Eva seinen Satz.

William Seldridge nickte.

„Wer zum Teufel hat ihn dann niedergeschlagen? Und warum? Ich habe mir schon überlegt, ob es vielleicht ein Tempelwächter gewesen ist. Was meinen Sie zu dieser Theorie?"

„Kann ich mir nicht vorstellen. Der heilige Tempel wurde durch diese Tat so entweiht, dass ich nicht glauben kann, dass so etwas das Werk eines Wächters oder Priesters war. Ich war mit dem Superintendant Nyoman Sedeng im Tempel. Er ist nach wie vor für die Öffentlichkeit geschlossen und muss erst durch ein aufwendiges Ritual wieder von dieser Tat gereinigt werden."

„Was kann ich nur tun, Frau Larson? Brian hat mir hoch und heilig geschworen, dass das Marihuana, das man in seinem Wagen gefunden hat, nicht von ihm stammt. Und diese Sporttasche, wo das Zeug drin war, erst recht nicht!"

„Wie kommen dann auf die Verpackung des Marihuana die Fingerabdrücke von Brian?"

„Das ist mir und ihm ein großes Rätsel."

William Seldridge rang um Fassung.

„Brian ist kein Engel", räumte sein Vater ein, „aber er ist kein Krimineller. Ja, zugegeben, er hat schon mal mit Drogen gedealt. Aber mehr, um sich wichtig zu machen, als wegen des Geldes. Das haben wir genug. Beim letzten Mal konnte ich ihn aus Mangel an Beweisen noch heraushauen."

„Wie ist Ihnen denn das gelungen?"

William Seldridge zögerte einen Moment.

„Das ist jetzt privat und darf diesen Raum nicht verlassen, versprechen Sie mir das?"

„Nein, das kann ich nicht. Aber ich verspreche Ihnen, wenn das für meinen Fall nicht relevant ist, dann werde ich darüber schweigen."

Der Diplomat atmete tief durch.

„Also, ich habe damals einen Beamten bestochen. Er ließ das Marihuana verschwinden, das Brian belastete. Ohne Beweise, kein Prozess. Dafür hat mir Brian hoch und heilig schwören müssen, mit dem Dealen aufzuhören. Und er sagte mir erst gestern, dass er sein Versprechen eingehalten hat."

„Hat er auch versprochen, selbst nichts mehr zu nehmen? Auch bei ihm hat man im Krankenhaus neben Alkohol nicht gerade wenig THC im Blut nachgewiesen."

„Ja, das hat er zugegeben. Um ehrlich zu sein, hin und wieder ein Joint, das finde ich nicht so schlimm. Haben Sie früher denn nie das Zeug geraucht?"

„Nein", antwortete Eva, „habe ich nicht."

William Seldridge sah sie fragend an.

„Ja, okay, Alkohol und Zigaretten waren meine Laster", gab sie zu, um nicht wie eine Heilige zu wirken.

„Ich muss jetzt unseren Anwalt schleunigst anrufen. Danke, dass Sie sofort zu mir gekommen sind. Entschuldigen Sie meine ruppige Art am Anfang."

„Ich verstehe, wenn die Nerven blank liegen. Ich habe selber einen Sohn."

Sie stand auf und wandte sich zum Gehen.

„Eine Bitte noch. Es ist dringend notwendig, dass ich Brian noch einmal spreche. Ich brauche Unterstützung, um mir eine Besuchserlaubnis auf Nusa Kambangan zu beschaffen. Ich befürchte, da reichen meine Beziehungen nicht aus. Könnten Sie da was machen?"

„Ich werde es versuchen. Ich verspreche es Ihnen."

„Und vielleicht wäre es gut, wenn Sie sich mit Alexander

von Wolfsberg aussprechen. So von Vater zu Vater. Es ist für die beiden jungen Menschen, die betroffen sind, nicht hilfreich, wenn ihre Familien Feindbilder aufbauen, anstatt an einer Lösung zu arbeiten."

Auf dem Rückweg zur Villa schaute Eva noch im Büro von Nyoman Sedeng vorbei. Der Superintendant wirkte müde.

„Wie war Ihr Besuch bei Brian Seldridge?"

Die Detektivin berichtete ihm kurz davon, auch dass der Australier mitten in der Befragung abgeholt wurde und dass sie anschließend seinem Vater einen Besuch abgestattet hatte.

„Irgend etwas stimmt nicht an der ganzen Geschichte", sagte sie zu ihm. „Haben Sie etwas über die Sporttasche herausgefunden, in der man das Marihuana gefunden hat?"

„Ja. Ganjar Kristanto, der Zeuge, den Sie in Kuta ausfindig gemacht hatten, war bei mir im Büro. Er brachte eine Liste von seinem Universitäts-Direktor mit. Auf der sind alle Namen von denen verzeichnet, die so eine Tasche bekommen haben. Die Befragung der einzelnen Besitzer führen meine Leute gerade durch. Das Problem ist nur, dass Semesterferien sind und sich nicht alle im Land aufhalten."

„Aber irgendwie kann man doch heute alle erreichen, oder?"

„Ja. Diejenigen, die hier sind, müssen persönlich mit ihren Taschen auf einer Polizeistation erscheinen und sich den Besitz bestätigen lassen. Die anderen, die unterwegs sind, müssen jemanden bitten, die Taschen zu suchen und sie ebenfalls, quasi als Leumund, herzeigen. Zwei Football-Spieler haben ihre Taschen dabei und haben uns ein 'Selfie' geschickt. Ich meine, das reicht als Beweis, denn woher sollten sie auf die Schnelle eine gleiche Tasche mit dem Emblem der Universität bekommen?"

Obwohl sie nicht selber fahren musste, hatte sie die Fahrt gestresst. Die Hektik Denpasars und seiner Vororte, die sich übergangslos in die Peripherie der Hauptstadt einfügten, wirkte ansteckend. Die klimatisierte Luft in der Limousine täuschte Erholung von der Hitze vor, doch in Wirklichkeit verursachte sie leichte Kopfschmerzen.

Bis auf die guten Hausgeister war die Villa leer, als Eva am späten Nachmittag zurückkehrte. Wayan lief ihr über den Weg und richtete ihr aus, dass die von Wolfsbergs bei Carina im Krankenhaus seien und Raoul einen Strandspaziergang machte. Sie schaute sich vorsichtig um, so als wollte sie sich vergewissern, wirklich allein mit Eva zu sein.

„Ketut Candra ist für zwei Tage zum Boss nach Java gefahren. Ich habe zufällig ein Telefonat mit angehört. Zu mir sagte er, er müsse in Singaraya etwas erledigen. Ohne Not zu lügen, ist schon seltsam, meinen Sie nicht auch?"

Ja, das meinte Eva Larson ebenfalls. Trotzdem fühlte sie sich in dem Haus wohler, wenn der Verwalter nicht anwesend war.

In allen Zimmern surrte die Klimaanlage und Eva fröstelte fast, als sie hinauf in ihr Zimmer ging.

„Und, was hast du so den ganzen Tag getrieben?" fragte sie ihren Elch, der wieder mit einer neuen Blüte hinter dem Ohr mitten auf dem Bett saß und sie erwartungsvoll ansah.

Ihr Handy klingelte. Es war Jablonski.

„Dieser Frank Liebermann ist eine harte Nuss, muss ich sagen. Aber es gibt nichts, was der alte Alfons nicht knacken kann."

„Na, dann rück mal mit der Information raus, du Nuss-knacker."

Eva hatte es sich auf ihrem Bett bequem gemacht und streckte genussvoll die Beine aus. Das tat gut. Die Hitze draußen setzte ihr ganz schön zu.

Über ihr ratterte der Ventilator und fächelte ihr Luft zu.

„Also, dieser Liebermann ist tatsächlich erst einmal in Paraguay untergetaucht. Scheint dort ‚Geschäftsfreunde' gehabt zu haben. Du weißt doch, ich habe da noch einen alten Kontakt bei der CIA. Harry hat nachgeforscht und rausgefunden, dass Liebermann mit seiner Investitionsfirma im Verdacht stand, Geld für ein Drogenkartell in Paraguay gewaschen zu haben. Außerdem soll er ziemlich viel eigenes Geld in dem Land geparkt haben. Natürlich an der amerikanischen Finanzbehörde vorbei. Harry hat bei der SENAD, der dortigen Anti-Drogen-Einheit nachgefragt, und die meinten, dass zwar ein Verdacht bestünde, ihm jedoch nie etwas nachgewiesen worden ist. Irgendwie ist alles im Sand verlaufen. Es gibt allerdings noch einen gültigen Haftbefehl gegen ihn aus den USA wegen Steuerhinterziehung. Da kann er nicht mehr zurück."

„Und wo steckt er jetzt?"

„Das ist mir noch nicht ganz klar. Laut SENAD hat er einen neuen Namen angenommen und reist wohl als Lionel Frankmann.

„Wie originell."

„Die Kollegen aus Paraguay sagen, dass er vermutlich ein Schiff im Nachbarland Uruguay von Montevideo aus in Richtung Kapstadt und dann weiter nach Somalia genommen hat. Dort verliert sich seine Spur."

„Mmh, das ist ja nicht wirklich toll. Ich werde nachher Raoul fragen, ob er noch eine Spur auf Carinas Laptop gefunden hat, die uns weiterhilft. Immerhin hat der liebe Patenonkel Liebermann ihr ja dieses Haus hier besorgt."

„Habt ihr schon Carinas Handy ausgewertet?"

„Nein, das hat die Polizei noch nicht gefunden. Jetzt wo du es erwähnst, finde ich das mehr als seltsam."

„Die Nummer habt ihr aber, oder?"

„Ja, ich glaube schon. Warum?"

„Ruf doch einfach mal die Nummer an. Mal sehen, wer sich meldet."

„Gute Idee, alter Knabe."

11. Kapitel

Eva Larson waren nach dem Telefonat mit Alfons Jablonski die Augen zugefallen und sie schlief fest, als ihr Sohn sie weckte. Die Sonne war bereits untergegangen und erste Sterne am Himmel leuchteten durch die große Terrassentür.

„Du hast ja einen tiefen Schlaf! Ich sitze hier schon eine ganze Weile und warte drauf, dass du endlich aufwachst."

„Ist was passiert?" Eva rieb sich verschlafen die Augen.

„Du meinst, außer dass der Gunung Agung Feuer spuckt?"

„Was? Mach jetzt keine Scherze! Der Vulkan ist ausgebrochen?"

„Ja, auf jedem Sender im Fernsehen laufen Live-Sendungen. Komm mit mir runter an den Strand. Von dort aus kannst du das Spektakel anschauen."

Eva und ihr Sohn gingen einen kleinen, sandigen Pfad entlang, der von der Villa hinunter durch kniehohes Gestrüpp an den Strand führte. Unten schien das ganze Dorf versammelt. Alle starrten in den Nachthimmel. Die Stimmung war seltsam aufgeladen.

„Mama, ich habe mit dem Mann da drüben gesprochen. Ihm gehört der Warung am Strandende. Er hat mir hinter vorgehaltener Hand erzählt, dass die Menschen glauben, dass durch die Schändung ihres heiligen Tempels die Götter erzürnt sind und sie bestrafen werden. Im Fernsehen vorhin hat der Gouverneur von Bali Touristen geraten, die nächsten Tage, solange der Ausbruch des Vulkans andauere, die Tempel der Insel nicht zu besuchen. Er befürchtet zornige Übergriffe der Bevölkerung auf Besucher."

Evas Handy klingelte. Es war ihr Mann Peer.

„Eva, bitte sei vorsichtig. Ich habe gerade mit dem Auswärtigen Amt gesprochen, das gerade eine Reisewarnung für Bali ausgesprochen hat. Und das nicht nur wegen des Vulkanausbruchs. Es liegt was in der Luft. Es gibt wohl nationalistische Kräfte, die gegen Touristen hetzen."

In diesem Moment gab es eine hohe Feuersäule, die geradewegs in den Himmel aufstieg und dann in sich zusammenfiel. Begleitet wurde das Naturspektakel von einem kurzen Beben.

Viele Menschen am Strand liefen in Panik auseinander und schrien vor Angst.

„Eva, Eva", tönte es aus ihrem Handy, das sie noch geistesabwesend am Ohr hielt. Raoul stand direkt neben ihr und legte den Arm um seine Mutter.

„Ich rufe zurück", sagte sie kurz und drückte die rote Taste.

Sie wusste sehr wohl, was die Balinesen mit dem ‚Zorn der Götter' meinten. Als 1963 der Gunung Agung vollkommen unerwartet ausbrach, gab es über tausend Tote und viele Verletzte. Ganze Dörfer wurden verschlungen und 90.000 Menschen verloren ihre Häuser. Bei der Untersuchung über die Gründe des Ausbruchs kamen einige Priester zu der Erkenntnis, dass der über 3000 Meter hohe Vulkan als Vergeltung der Götter ausbrach, da man den Termin für das alle einhundert Jahre alte Fest Eka Dasa Rudra falsch berechnet hatte. Im Februar 1963 spie der Vulkan genau während dieser Zeremonie Asche und Magma aus seinem Innersten.

Das Eka Dasa Rudra ist das heiligste Fest der Balinesen. Es gilt als Reinigung des gesamten Universums. In elf aufeinander folgenden Wochen werden in dreißig aufwendigen Ritualen die elf Formen des schrecklichen Gottes Rudra exorziert. Damit soll das Gleichgewicht zwischen Gut und Böse wieder hergestellt werden. 1979, also sechzehn Jahre später, wurde die Zeremonie – nun zu dem korrekten Datum im balinesischen Kalender –, wiederholt. Doch unklar blieb, wie sich die Priester derart verrechnen konnten und viele schrieben es dem Einfluss von Dämonen zu.

Eva hatte bei ihrem letzten Besuch etwas über den Gott Rudra recherchiert. Es war schon seltsam, dieses Bali. Obwohl es den höchsten Gott Sang Hyang Widhi Wasa gab, galt auf der Insel Shiva als höchste anzubetende Instanz. Rudra, der Heulende, der Brüllende, der Rote Gott, war Herr über Sturm, Unwetter, Tod und Zerstörung und wahrscheinlich, wenn man die alten Veden richtig interpretierte, das böse Gesicht Shivas. Dass er Naturkatastrophen senden konnte, hatte er 1963 den Balinesen letztlich bewiesen. Aber gleichzeitig besaß auch dieser Gott eine andere Seite. Er galt als Herr über die Heilkunst und die Kräuter und alle damit verbundenen Rituale.

Die Furcht der Balinesen vor ihren Göttern und Dämonen war nicht zu unterschätzen. Eva sah sich um. Die sonst so freundlichen Menschen blickten sie plötzlich voller Argwohn an. Natürlich hatte sich im Dorf, ja wahrscheinlich auf der ganzen Insel, herumgesprochen, was im heiligen Tempel Pura Panca Mahabuta geschehen und durch wen er entweiht worden war. Eva kannte die Gesetze des Lebens. Große Sanftmut verwandelte sich schnell in unzähmbare Wut. Was gerade noch undenkbar war, rückte plötzlich in den Bereich des Möglichen.

„Lass uns wieder zurück ins Haus gehen", sagte Eva zu Raoul und es klang nicht wie eine Option.

Charlotte von Wolfsberg war mit den Nerven am Ende

und zitterte am ganzen Körper, als Eva und ihr Sohn ihr aus der Villa entgegeneilten.

Sie war zusammen mit ihrem Mann auf dem Nachhauseweg vom Krankenhaus gewesen, als das Chaos in Denpasar ausbrach. Erst hatten sie überhaupt nicht mitbekommen, warum es auf den Straßen so hektisch zuging, denn sie hielten das für den normalen, täglichen Wahnsinn, dann trafen sie auf einen Polizeiposten, der alle Fahrzeuge anhielt und nach dem Ziel fragte. Der Beamte sagte ihnen, dass für die gesamte Insel Alarm ausgelöst worden war. Er bezweifelte, dass sie noch das Dorf, in dem die Villa stand, erreichen würden. Er riet ihnen sogar dringend von dem Versuch ab, da er befürchtete, bei einem Vulkanausbruch könnte diese Gegend besonders betroffen sein.

Aber Alexander von Wolfsberg wusste es besser und hielt den Ratschlag des Polizisten für übertrieben. Er wies den Fahrer an weiterzufahren. Dieser hatte nichts dagegen. Im Gegenteil: Seine Familie wohnte ganz in der Nähe der Villa und er war äußerst besorgt.

Sie kamen ab dem Stadtrand der Inselhauptstadt flott voran, da ihnen die meisten Fahrzeuge in einem endlos scheinenden Lichterband entgegenkamen.

Charlotte war am Rande einer Panik. Gerade hatte es wieder ein Beben gegeben und eine Fensterscheibe zerbarst mit einem lauten Knall.

„Was meinen Sie, Eva, sollten wir nicht lieber in Richtung Süden fliehen und vielleicht im deutschen oder amerikanischen Konsulat um Unterkunft bitten?"

Aber die Detektivin hatte keine Antwort parat.

Die Kulisse am Himmel war gespenstisch. Er war vollkommen dunkel, nur in der Ferne sprühte der Vulkan ein

Feuerwerk aus seinem Innersten. Und wieder erfolgte ein kurzer Erdstoß. Charlotte schrie kurz auf. Eine Kokosnuss klatschte auf das Pflaster und zersprang.

„Es soll ja besser sein, nicht ins Haus zu gehen und sich lieber im Freien aufzuhalten", riet Raoul.

„Ich weiß nicht, auf dem Grundstück stehen so viele große Bäume. Vielleicht ist es im Haus doch besser?"

Alexander machte sich auf den Weg in die Villa.

Eva, Charlotte und Raoul sahen sich verunsichert an. Der Chauffeur bat, nach Hause gehen zu dürfen.

Raoul hatte eine Idee. Er schlug vor, sein Handy und seinen Laptop zu holen und einen ehemaligen Klassenkameraden von sich anzurufen. Sein Freund Marco arbeitete am Institut für Geologische Wissenschaften der TU Berlin. Hin und wieder hatten sie lockeren Kontakt und trafen sich auf ein Bier, wenn Marco mal in München war.

Eva fand es keine gute Idee, dass Raoul ins Haus ging und bat ihn, sich zu beeilen.

Wieder erschütterte ein Erdstoß den Boden. Im Haus war das Klirren von Glas, das heruntergefallen war, zu hören.

„Alexander! Ist alles in Ordnung?" rief Charlotte durch die große, geöffnete Eingangstür der Villa.

„Ja. Aber ich komme doch besser raus."

Zusammen eilte er mit Evas Sohn wieder zurück auf den Parkplatz. Raoul hatte sein Handy am Ohr und seinen Laptop unter dem Arm.

„Ich denke, es ist am besten, wir gehen um die Villa herum und zum Pool. Da stehen bis auf die große Fächerpalme nur kleinere Bäume", schlug Eva vor, ergriff die Initiative und ging voran.

Am Pool setzte sich die kleine Gruppe auf die Sonnenliegen.

Auch alle Bediensteten hatten das Haus verlassen. Sie gingen an ihnen vorbei und sagten, am besten wäre man am Strand aufgehoben.

„Ich weiß nicht, ich bleibe lieber hier. Mit solchen Beben können auch schnell mal große Wellen kommen und die Villa liegt doch mindestens zehn Meter über dem Meeresspiegel."

Charlotte fasste ihren Mann am Arm, da er Anstalten machte, den Angestellten zu folgen. Er blieb bei ihr.

„Marco? Ja, ich bin es, der Raoul. Toll, dass ich dich erreiche. Ich bin hier auf Bali und etwas verunsichert, weil es so aussieht, als würde der Gunung Agung ausbrechen. Ist dir da was bekannt?"

Er lauschte aufmerksam in sein Handy. Mit der anderen Hand klappte er seinen Laptop auf und tippte seinen Code ein.

„Ja, ich verstehe. Ich gehe jetzt auf Skype und warte auf deinen Anruf. Danke."

Er schaltete das Handy aus und schob es in die Hosentasche.

„Also, Marco meint, es sei richtig, sich im Freien aufzuhalten, allerdings weg vom Haus und nicht unter Bäumen. Das machen wir ja. Zudem fragte er, ob in dem Haus ein Gasanschluss ist. Den sollte man vorsorglich zudrehen und wenn möglich auch die Sicherungen für die Elektrik rausmachen."

Wayan kam an ihnen vorbei.

„Wayan, wissen Sie, wo der Sicherungskasten ist und ob es einen Gasanschluss gibt?"

„Ja. Da gibt es einen Raum neben meinem Zimmer. Da steht 'Dilarang masuk', das heißt 'Zutritt verboten'. Den Schlüssel hat nur Ketut Candra. Ich glaube, da ist die Haustechnik drin. Einen Gasanschluss haben wir nicht. Hier ist alles elektrisch.“

„Also wenn das heute kein Notfall ist“, meinte Alexander. „Schauen wir uns den Raum einmal an.“

Es hatte niemand Lust, alleine zu bleiben und so machte sich der kleine Trupp in Richtung des Technik-Raumes auf. Raoul drehte an einem Knauf, in dem ein Schloss zu sehen war. Es war abgesperrt.

„Was nun?“

„Ich war mal bei der Polizei, schon vergessen?“ Eva hatte vorhin trotz aller Eile ihren Rucksack mitgenommen und auch den Elch nicht vergessen, der oben aus dem Reißverschluss schaute.

„Verzeihung, mein Lieber“, sagte sie zu ihm. „Du musst jetzt mal Platz machen.“

Sie suchte nach einem kleinen Etui, zog es heraus und öffnete es.

„Das glaub ich jetzt nicht!“ Raoul schaute seine Mutter erstaunt an.

„Was, noch nie einen Dietrich gesehen? Und jetzt mach mal Platz.“

Wie ein Profi knackte Eva das Schloss und öffnete die Tür.

Das kleine Zimmer war gespenstisch in ein bläulich-weißes Licht getaucht. Es flackerte aus Monitoren, die jedes Zimmer der Villa zeigten. Selbst die Badezimmer!

„Was ist das denn?“ Alexander von Wolfsberg fand als erster die Sprache wieder. „Dieser Mistkerl, dieser Spanner!“

Niemand hatte bemerkt, dass Charlotte die Gruppe verlassen hatte. Sie tauchte plötzlich auf dem Bildschirm im Wohnzimmer auf.

„Könnt Ihr mich hören?“

„Ja, klar können wir dich hören, aber du uns nicht", murmelte Raoul. Aber da war Charlotte schon wieder von der Bildfläche verschwunden.

„Hattest du nicht gesagt, ich sollte nicht ins Haus gehen? Für dich gilt das wohl nicht?" Alexanders Stimme klang besorgt. Er umarmte seine Frau, die wieder erschienen war und drückte ihr einen Kuss auf den Mund.

„Und, konntet Ihr mich hören?"

„Ja. Und wie!"

„Ich hatte recht mit dem Gefühl, dass das Haus uns beobachtet. Ich habe es gewusst. Und du dachtest schon, ich spinne!"

Dieser Vorwurf war an ihren Mann gerichtet, der schuldbewusst zugab, sich getäuscht zu haben.

„Moment mal, Leute", sagte Raoul. „Wenn ich mich nicht irre, wird das Ganze ja aufgezeichnet. Ketut Candra kann ja schließlich nicht den ganzen Tag vor seinen Monitoren hängen. Also muss es so etwas wie eine Datensicherung geben."

Er schaute sich in dem kleinen Raum um.

„Und da haben wir sie schon."

Er deutete auf einen schwarzen Kasten, der blau blinkte.

„Gibt es auch Aufnahmen aus der Zeit, als Carina hier wohnte?" Alexander von Wolfsberg legte seine Stirn in Falten und schaute Raoul fragend an.

„Ich denke schon. Was machen wir denn jetzt?"

„Mmh, wir sollten irgendwie eine Kopie des Backups machen. Hast du eine Idee? Möglichst eine, die nicht gleich auffällt?"

Raoul überlegte, aber ihm fiel spontan keine Lösung ein. Die Datenmenge der Überwachungsvideos war einfach zu groß für seinen Laptop. Der würde bald in die Knie gehen,

114

teilte er den anderen mit.

„Hast du nicht eine Online-Sicherung für alle deine Daten?"
Charlotte schaute ihren Mann fragend an.

„Ja, natürlich. Ich muss nur meinen Laptop holen, dann
können wir die Daten an mein Rechenzentrum in Los
Angeles schicken. Wie das funktionieren soll, weiß ich
allerdings nicht."

„Nicht verzagen, Raoul fragen." Er hatte sich an einen
kleinen Schreibtisch gesetzt, auf dem ein separater Computer stand, der mit dem schwarzen Backup-Gerät verbunden
war. Er drückte auf eine Taste und sofort sprang der Bildschirm an.

„Ha", rief er aus, „das ist ja mal eine Überraschung. Der
Computer hier ist nicht passwortgeschützt. Da fühlte sich
wohl einer besonders sicher! Bloß dumm, dass ich kein
Indonesisch kann."

Wayan hatte die ganze Zeit schweigend im Hintergrund
gestanden.

„Ich kenne mich ein bisschen aus und kann übersetzen."
Alexander von Wolfsberg war in die Villa gelaufen
und hatte seine Laptoptasche geholt. Er hatte diverse
Verbindungskabel und sie hatten Glück, dass ein Stecker
zum Datensicherungskasten passte.

„Jetzt kann es losgehen. Das sprengt sicher meine Ver-
tragskonditionen", stöhnte Alexander, als er sah was für ein
Datenvolumen übertragen werden musste, um wenigstens
die letzten drei Wochen von Carinas Aufenthalt bis heute zu
überspielen.

„Soweit, so gut. Aber was machen wir mit den Daten, die
dann in Los Angeles sind?"

Diese Frage von Charlotte hatte sich Eva auch schon
gestellt.

„Am besten lassen wir sie in mein Büro nach München übertragen und dort von meinem Kollegen Jablonski auswerten."

„Ja, weiß er denn, nach was er schauen muss?"

„Das müssen wir ihm sagen. Ich denke, dass wir neunundneunzig Prozent der Video-Aufzeichnungen gar nicht verwerten müssen. Und die, von denen er glaubt, dass sie wichtig sind, die kann er ja wieder an uns retour schicken."

„Warum einfach, wenn es auch kompliziert geht", scherzte Raoul halbherzig.

„Hast du eine bessere Idee?"

„Nein, eigentlich nicht. Jetzt können wir nur noch hoffen, dass es mit der Übertragung klappt."

Er tippte auf der Tastatur einige Befehle ein, dann öffnete sich wie von Zauberhand ein Balken und der Download konnte beginnen.

„Gut, dass Ketut Candra nicht da ist", stöhnte Wayan. „Wenn ich daran denke, dass er alle Gespräche im Haus belauscht hat, wird mir ganz schlecht."

„Wenn ich dran denke, wie dieser Perversling meine Tochter beobachtet hat, bekomme ich Mordgelüste", flüsterte Alexander.

Seine Frau legte ihm eine Hand auf die Schulter.

„Der Balken zeigt eine Restzeit von drei Stunden an. Ich werde jetzt mal Marco anrufen und hoffe, von ihm Neues über den Gunung Agung zu hören."

Ein erneutes kurzes Beben erschütterte die Erde. Der Vulkan ließ grüßen.

Die kleine Gruppe machte sich wieder auf den Weg zum Pool. Raoul stellte seinen Laptop auf einen kleinen Abstelltisch und wählte die Nummer seines Freundes. Nach kurzem Läuten erschien der Geologe auf dem Monitor.

„Das ist alles sehr merkwürdig. Es gab keinerlei Voralarm für diesen Vulkanausbruch. Die seismologische Station auf dem Berg meldet uns Daten via Satellit von kleinen Beben, die aber bislang harmlos sind."

„Harmlos vielleicht auf einem Seismographen!" unterbrach Raoul seinen Freund. „Hier rummst es anständig, Glas fällt aus den Regalen und über dem Vulkangipfel gibt es immer wieder ein Feuerwerk."

„Aber nichts deutet auf einen schlimmeren Ausbruch hin!"

„Nichts deutete offensichtlich überhaupt auf einen Ausbruch hin."

„Ich halte euch auf dem Laufenden", versprach Marco und beendete das Gespräch.

„Nun sind wir so schlau wie je zuvor." Eva hätte sich eine konkretere Auskunft gewünscht.

Nach drei Stunden war der Download beendet und auf Nachfragen in Los Angeles auch geglückt.

Eva legte großen Wert darauf, den Technikraum in einem einwandfreien Zustand zu verlassen, so dass Ketut Candra keinen Verdacht schöpfen würde. Sie sperrte mit dem Dietrich das Schloss wieder zu, nachdem sie den Raum mit ihrem Handy gefilmt und fotografiert hatte.

Ein Bild schickte sie an Nyoman Sedeng, der sicherlich heute Nacht etwas anderes zu tun hatte, als sich um diese Sache zu kümmern. Eva war sicher, dass es auch in Indonesien streng verboten war, heimlich Aufnahmen in einem Haus von seinen Gästen zu machen.

Die Sonne zeigte bereits ihre ersten Vorboten, als alle wieder in die Villa zurückkehrten und ins Bett gingen. Die elektrischen Leitungen hatten keinen Schaden genommen und so konnte Eva ihr Handy, das schon am Limit war, an das Aufladekabel hängen, bevor sie Alfons Jablonski anrief.

„Alles in Ordnung bei euch?" fragte er gleich. „Man sieht hier beunruhigende Bilder von dem Vulkan auf Bali. Seid ihr weit genug entfernt? Peer hat schon angerufen. Er macht sich große Sorgen."

„Alfons, jetzt beruhige dich wieder. Ich denke, das Schlimmste ist bereits überstanden. Das betrifft allerdings nur den Vulkan. Wir haben nämlich festgestellt …" Mitten im Satz brach sie ab. Ihr war eingefallen, dass ihr Schlafzimmer überwacht wurde und sie wollte Ketut Candra nicht gleich auf die Nase binden, dass sie davon wusste.

„Hier drinnen ist es so heiß", verkündete sie, „ich werde mit dir mal auf den Balkon gehen." Soweit sie sich erinnerte, gab es da keine Kamera.

Alfons Jablonski traute seinen Ohren nicht, als ihm Eva erzählte, was sie vorhin entdeckt hatten.

„Ja, okay. Sobald ich die Überwachungs-Videos da habe, werde ich eine Nachtschicht einlegen und schauen, was verwertbar ist. Bitte schicke mir noch ein Bild von Brian Seldridge. Hast du auch eines von diesem Ketut Candra?"

Eva überlegte kurz. Ja, sie hatte ihn fotografiert, als sie alle Angestellten befragt hatte.

„Und Eva, pass auf dich auf!"

„Mache ich. Ich habe ja einen Bewacher dabei!"

Sie holte den Elch aus dem Rucksack und legte ihn neben sich aufs Bett.

„Du hast gehört, was Alfons gesagt hat. Erhöhte Alarmbereitschaft! Mach bloß die Augen nicht zu, bis ich wieder wach bin."

Diesen Gefallen tat der Elch Eva gerne.

12. Kapitel

Eva hatte kaum ein Auge zugetan und sich unruhig im Bett gewälzt. Aus dem Fenster konnte sie sehen, dass es wieder ein wolkenloser, herrlicher Morgen war. Vögel zwitscherten, das Meer rauschte, es herrschte ein vermeintlicher Frieden.

Sie machte sich keine großen Hoffnungen auf Erfolg, Carinas Handy anzurufen. Sie hatte die Ladestation in ihrem Zimmer gesehen und wusste, dass diese Sorte von Smartphones besonders schnell in die Knie ging, wenn man sie nicht nach spätestens 48 Stunden wieder auflud.

Aber es war immerhin einen Versuch wert. Sie ging hinaus auf ihren Balkon und blinzelte in die Sonne, als sie die Nummer eintippte.

Zumindest läutete es schon einmal.

„Halo?"

Eva erschrak regelrecht, als sich eine Männerstimme meldete.

„Halo , siapa yang berbicara ? Wer spricht denn da?" fragte sie aufgeregt.

„Siapa yang ingin tahu ?" Wer das wissen will, kam als Gegenfrage.

Doch Eva antwortete nicht mehr. Sie hatte schnell die rote Taste an ihrem Handy gedrückt, als sie die Stimme erkannte. Es war Ketut Candra.

Was zum Teufel will er mit Carinas Handy? überlegte sie. Dann schoss ihr in den Sinn, das er nun ihre eigene Handynummer hatte. Das war alles andere als gut überlegt gewesen, schalt sie sich.

Sie wählte eilig die Nummer von Nyoman Sedeng.

„Selamat pagi, Nyoman, wie geht es Ihnen? Haben Sie die Nacht gut verbracht?"

„Ja. Wir hatten allerdings Bereitschaft. Deshalb bin ich etwas müde, weil ich im Büro schlafen musste. Was gibt es Neues? Ich habe ein Foto von Ihnen bekommen, kann aber ehrlich gesagt nicht ganz einordnen, was Sie mir damit sagen wollen."

Eva erzählte ihm in aller Kürze, was sie gestern entdeckt hatten und dass auf dem Bild der Überwachungsraum von Ketut Candra zu sehen war. Natürlich war es auch in Indonesien verboten, solche unerlaubten Aufnahmen zu machen. Doch darum ging es der Detektivin gerade nicht.

„Können Sie ein Handy orten?" fragen sie den Superintendant.

„Natürlich. Wir haben eine sehr genaue Geosignalortung. Bitte geben Sie mir die Nummer."

Es ging erstaunlich schnell, dass Nyoman Sedeng zurückrief.

„Das Handy befindet sich in Jakarta. Allerdings ist es in Bewegung auf der großen Schnellstraße Richtung Flughafen. Moment. Jetzt ist das Signal weg. Ich denke, es wurde soeben von einer Brücke aus ins Meer geworfen."

„Es war bei Ketut Candra", informierte Eva den Superintendanten. „Ich habe seine Stimme erkannt. Konnten Sie noch orten, wo er sich aufgehalten hat?"

„Nein, leider nicht. Ich kann den Bereich nur eingrenzen. Habe keine konkrete Adresse."

„Warum will er verbergen, wo er ist? Er hat Wayan erzählt, er habe geschäftlich in Singaraya zu tun. Nun ist er über eintausend Kilometer weiter, als er behauptet hat. Das ist doch seltsam. Doch andererseits bin ich ganz froh, dass er noch nicht so schnell hier wieder auftauchen wird."

„Täuschen Sie sich da mal nicht. Ich denke, er ist von Denpasar mit dem Flugzeug nach Jakarta geflogen. Die Flugdauer liegt unter einer Stunde. Er kann am späten Vormittag wieder in der Villa sein."

Eva war nicht wohl bei diesem Gedanken. Doch Nyoman Sedeng hatte Informationen, die sie ablenkten.

„Ich habe etwas Neues über die Sporttasche herausgefunden. Vierundzwanzig Taschen konnten wir eindeutig zuordnen. Es bleibt nur noch eine übrig. Sie gehörte einem gewissen Gede Satia ..."

„Wie meinen Sie das: ‚gehörte' ..." unterbrach Eva Nyoman.

„Ich habe vorhin mit seinem Vater telefoniert. Sein Sohn ist tot. Mehr wollte er am Telefon nicht sagen. Möchten Sie mich begleiten? Er ist Professor an der Udayana Universität und ich habe einen Termin bei ihm um 14 Uhr."

„Ja, unbedingt möchte ich ihn kennenlernen. Ich werde Raoul mitnehmen, wenn es Ihnen recht ist."

Der Campus der Udayana Universität lag ganz im Süden auf der Halbinsel, die Eva nur von ihrem Besuch des Garuda Wisnu Kencana Cultural Park her kannte.

Sie hatten sich mit Nyoman auf dem Parkplatz vor dem Rektorat verabredet.

Wegen der Semesterferien herrschte nur wenig Betrieb auf dem Universitätsgelände. Gärtner saßen auf großen Aufsitzmähern und surrten damit über die weiten Rasenflächen.

Das Rektorat war ein großzügiger, dreigeteilter Bau im balinesischen Stil mit rotgeziegelten, geschwungenen Dächern und weißen Säulen am Eingang, vor dem die indonesische Flagge wehte. Leicht vermooste Steinstufen führten hinauf zum Eingang, an dem ein Mann auf sie wartete.

„Selamat siang, einen schönen Nachmittag", wünschte Nyoman Sedeng, legte seine Hände zusammen und verbeugte sich kurz. Eva und Raoul taten ihm gleich.

„Selamat siang", begrüßte sie Pan Satia. „Wenn Sie mir bitte folgen würden."

Der Professor war ein kleiner Mann, der über weißen Leinenhosen ein schwarz-weiß gemustertes, kurzärmeliges Hemd mit geometrischem Muster trug. Er ging ihnen voran bis zu seinem Büro und bat sie mit einer Geste einzutreten.

Die Wände des Raumes waren mit Diplomen und Auszeichnungen verziert. Auf seinem großen Schreibtisch stand ein Bild seiner Familie.

„Bitte, nehmen Sie doch Platz", forderte er seine Besucher auf. „Sie sagten, Sie würden sich für die Sporttasche meines Sohnes interessieren. Dürfte ich fragen, warum?"

Nyoman Sedeng erläuterte es.

„Wir wissen definitiv, dass in der Sporttasche Ihres Sohnes Drogen transportiert wurden. Können Sie sich das erklären?"

„Wann soll das geschehen sein?"

„Vor gut drei Wochen."

„Wie ich Ihnen bereits am Telefon sagte, ist mein Sohn tot. Er starb vor drei Monaten. Ich kann Ihnen nichts über den Verbleib der Tasche sagen."

Eva sah, wie sich das Gesicht, ja, das ganze Wesen von Pan Satia verdunkelte. Der Schmerz über den Verlust seines Sohnes, schrie aus seinen Augen. Unendliches Mitgefühl überwältigte sie. Sie fühlte sich fast schuldig, hier mit ihrem Sohn zu sitzen.

Aus einem unbestimmten Gefühl heraus fragte sie: „Herr Professor, haben Sie den Namen Carina von Wolfsberg schon einmal gehört?"

„Oh ja, natürlich. Mein Sohn brachte sie mehrmals mit zu uns nach Hause. Ein sehr liebenswertes Mädchen. Sie war die Kommilitonin meines Sohnes. Beide haben ja Literaturwissenschaft studiert. Ich vermute, die beiden waren ineinander verliebt. Zumindest wirkten sie so auf mich. Schrecklich, was mit ihr passiert ist."

„Wann haben Sie Carina das letzte Mal gesehen?"

„Bei der Verbrennungszeremonie meines Sohnes. Ich glaube, das hat sie sehr mitgenommen."

„Inwiefern?" wollte Raoul wissen.

Seine Mutter warf ihm einen strafenden Blick zu. Aber der Professor gab bereitwillig Auskunft.

„Ich denke, dass man Balinese sein muss, um unsere Rituale wirklich zu verstehen. Die Menschen im Westen haben meiner Erfahrung nach ein vollkommen anderes Verhältnis zum Tod. Er scheint so endgültig. Wir Balinesen sehen im Tod den Übergang zu einer neuen Form des Daseins. Ein Körper dient einer Seele als Ausdrucksform in der materiellen Welt. Diese Form ist zeitlich begrenzt und besteht aus den fünf Grundelementen Feuer, Wasser, Luft, Erde und Äther."

Feuer, Wasser, Luft, Erde und Äther. Eva Larson erinnerte sich an den Tempel Pura Panca Mahabuta, in dem man Carina und Brian gefunden hatte und der genau diesen Elementen geweiht war.

Pan Satia hatte sich von seinem Stuhl erhoben und stand vor den drei Zuhörern wie ein Lehrer vor seiner Klasse.

„Im Tode befreit sich die Seele wieder aus den körperlichen Zwängen. Wir bringen das zum Ausdruck durch unsere Zeremonien, die dem Tod eines Menschen folgen. Oft begraben wir die Toten, bevor wir sie verbrennen. Dann streuen wir die Asche über das Meer. So sind alle Elemente befreit. Die Seele hat die letzten Bande an das irdische Sein verloren und kann unbeschwert vom früheren Körper wieder neu geboren werden."

„... unbeschwert wieder neu geboren werden", wiederholte Raoul die Worte des Professors. „Das klingt positiv. Trauern Sie denn gar nicht um ihre Toten?"

Pan Satia sah Raoul traurig an.

Eva, Nyoman und Raoul gingen durch die sengende Hitze zurück zu ihren Autos.

„So richtig schlau bin ich nicht geworden", gestand die Detektivin. Der Vater hatte sich nicht weiter zum Verbleib der Sporttasche seines Sohnes geäußert.

Doch noch etwas anderes ging ihr im Kopf herum.

„Woran ist denn Pan Satias Sohn gestorben? War er krank?"

„Das weiß ich nicht. Aber das lässt sich schnell herausfinden."

Nyoman Sedeng zückte sein Telefon und rief seine Dienststelle an. Eva sah, wie er seine Stirn in Falten legte.

„Terima kasih. Menarik."

Eva wusste, dass er sich für eine interessante Nachricht bedankt hatte.

„Und? Was sagen Ihre Mitarbeiter?"

„Gede Satia, der Sohn des Professors, starb an einer Überdosis Rauschgift. Das ist sehr, sehr schlimm."

„Ja, das ist wirklich schlimm", stimmte Eva Nyoman zu.

„Sie verstehen nicht ganz. In unserer Religion wiegt Selbstmord sehr schwer. Es heißt, dass die Seele im schlimmsten Fall für Tausende von Jahren stillsteht und nicht mehr inkarnieren kann. Im besten Fall muss man die evolutionäre Leiter von neuem erklimmen. Dies zu wissen ist sehr tragisch für die Familie."

„Um was für Rauschgift handelte es sich bei Gede Satia?"

„Um Marihuana."

„Aber das ist doch sehr ungewöhnlich. So weit mir bekannt ist, wurde weltweit erst ein Todesfall durch Marihuana nachgewiesen. Und selbst angesehene Wissenschaftler zweifeln daran. Da stimmt doch was nicht."

Eva Larson schüttelte den Kopf.

„Das waren aber die einzigen Drogen, die man bei dem jungen Mann gefunden hatte."

„Es gab doch sicherlich eine Obduktion?"

„Ja, gab es wohl. Ich habe diese Information gerade aus dem Obduktionsbericht vorgelesen bekommen."

„Mmh … ."

„Kann man eine Überdosis wirklich als Selbsttötung ansehen?" Raoul war stehengeblieben und schaute Nyoman an. „Eine Überdosis kann doch ein Versehen sein, oder etwa nicht?"

„Ja. So könnte man das auch betrachten. Allerdings geht man bei uns beim Tod durch eine Überdosis davon aus, dass eine latente Todessehnsucht vorhanden ist. Nichts geschieht rein zufällig."

„Ich glaube auch nicht an Zufälle", murmelte die Detektivin vor sich hin. Raoul sah seine Mutter fragend an.

„Wie meinst du das?"

„Gede Satia kennt Carina von Wolfsberg. Er stirbt an einer Überdosis Marihuana – was ich persönlich für nahezu ausgeschlossen halte. Und ausgerechnet in seiner Sporttasche findet die Polizei vier Monate nach seinem Tod zwei Kilo Rauschgift, die Brian Seldridge einfach so in der Gegend herumkutschiert! Da stimmt doch was nicht!"

„Das ist in der Tat seltsam", pflichtete Nyoman ihr bei. „Vielleicht befinden wir uns ja vollkommen auf der falschen Fährte."

Eva Larson hatte ein mulmiges Gefühl im Magen, als sie die Einfahrt zur Villa hinauffuhren. Sie sah schon von weitem den weißen Geländewagen von Ketut Candra vor dem Eingang stehen.

„Na, hoffentlich hat er nichts gemerkt", sagte sie leise zu ihrem Sohn. Nach und nach war ihr bewusst geworden, dass der Hausverwalter alle Telefonate, die sie mit Jablonski geführt hatte, auch mitbekommen hatte. Sie hegte ja den Verdacht, dass er besser Deutsch verstand, als er sich anmerken ließ. Aber daran war jetzt ohnehin nichts mehr zu ändern.

Im Haus war es ganz still. Charlotte und ihr Mann waren offensichtlich noch bei ihrer Tochter am Krankenbett. Von den Hausangestellten fehlte jede Spur.

Sie waren gerade auf der Treppe hinauf zu ihren Zimmern, als Wayan auftauchte. Sie warf Eva einen warnenden Blick zu und deutete mit den Augen an, ihr in den Garten zu folgen.

Damit es nicht so auffiel, ging Eva in ihr Zimmer, zog in einer uneinsehbaren Ecke ihren Badeanzug an, streifte ihren Sarong darüber und machte sich auf den Weg hinunter zum Pool. Wayan zeigte sich kurz hinter dem kleinen Poolhaus, in dem die Handtücher und Badeutensilien untergebracht waren.

Eva hatte ihr Handy dabei und tat so, als würde sie telefonieren. Langsam schlenderte sie um die Ecke.

„Wayan, was gibt es Neues? Seit wann ist Ketut Candra wieder da? Hat er etwas bemerkt?"

„Ich denke nicht. Er ist vor etwa einer Stunde angekommen und hat sich sofort in den Technikraum begeben."

„Ich glaube, es wäre das beste, wenn wir ihm ein paar Köder hinwerfen und uns nichts anmerken lassen. Bitte gehen Sie in das Wohnzimmer und machen Sie dort etwas. Ich komme gleich hinein und spreche mit Ihnen."

Eva schnappte sich ein Handtuch vom Stapel. Sie legte es auf eine der Sonnenliegen und sprang dann in den Pool. Das Wasser roch nach frischem Chlor und sie sah am Boden weißes Pulver, das jemand hineingestreut hatte. Sie hatte keine Lust, in dieser Chemiebrühe zu schwimmen, zwang sich aber.

Nach dem Abtrocknen ging sie in die Villa.

„Wayan!" rief sie.

„Ja, Frau Larson. Kann ich Ihnen helfen?"

„Könnten Sie mir einen Gin Tonic machen? Ja? Danke. Ich sehe, dass Ketut Candra wieder da ist. Wenn Sie ihn sehen, sagen Sie ihm bitte, dass ich ihn sprechen möchte. Stellen Sie das Getränk hier einfach auf den Tisch. Ich dusche nur kurz und ziehe mir etwas über."

Ihr wurde fast schlecht, als sie sich in ihrem Badezimmer auszog und unter die Dusche stellte. Sie spürte förmlich die Augen des Verwalters auf sich ruhen.

Im Hintergrund läutete ihr Handy.

„Ja, Alfons. Gut, dass Du anrufst. Ich verstehe Dich kaum. Die Verbindung ist schlecht. Ich gehe geschwind runter ins Freie und schaue, dass ich einen besseren Empfang habe."

Das war der Code zwischen ihr und ihrem Kollegen, dass sie nicht ungestört telefonieren konnten.

Beim Hinausgehen aus der Villa nahm sie ihr Getränk mit und rief ein ‚Danke, Wayan' in den Raum. Langsam schlenderte sie durch den Garten. Aus dem Gedächtnis heraus versuchte sie sich zu erinnern, wie weit der Radius der Kamera reichte, die den Pool und den Garten ausspionierte.

Die Sonne ging langsam unter, als sie ihren Kollegen in München zurückrief.

„Alfons, ich habe Dir ein Email geschrieben. Hast du das bekommen?"

„Ja, habe ich. Das ist ja schier unglaublich, was sich in dem Haus abspielt. Eva, ich habe da kein gutes Gefühl. Pass bloß auf dich und Raoul auf. Dieser Verwalter ist kriminell. Das wissen wir zumindest nach den heimlichen Aufnahmen sicher. Aber ich habe noch andere Neuigkeiten über ihn. Ist das Gespräch abhörsicher?"

„Ja, ich denke schon. Schieß los."

„Rate einmal, wem die Villa gehört?"

„Einem Geschäftsmann aus Jakarta soviel ich weiß."

„Falsch geraten."

„Mach es nicht so spannend."

„Es ist Ausländern verboten, Besitz auf Bali zu erwerben. Man kann nur die Rechte zur Nutzung und Bebauung auf ein Stück Land erstehen. Und dazu braucht man einen Mittelsmann, der dann offiziell der Besitzer ist und lediglich seine Rechte abtritt."

„Ja, Alfons. Das weiß ich ja. Aber ein Geschäftsmann aus Jakarta ist ein Indonesier. Für die gibt es doch keine Einschränkungen zum Erwerb von Grund und Boden, oder täusche ich mich da?"

„Nein, da täuschst du dich nicht, meine Liebe. Aber in unserem Fall ist der Geschäftsmann aus Jakarta kein Indonesier. Er ist wohl Ausländer. Ganz genau weiß ich das allerdings noch nicht, da die Mühlen der Polizei in Jakarta mit Verlaub sehr langsam mahlen. Aber das wichtigste ist: Ketut Candra ist nicht etwa der Verwalter, sondern der Besitzer der Villa.

Er ist offiziell eingetragen."

„Ketut Candra?"

„Sie wollten mich sprechen?"

Wie aus dem Nichts stand der Balinese plötzlich vor ihr. Wie ein Tiger hatte er sich an seine Beute herangeschlichen.

„Alfons, ich muss Schluss machen. Ketut Candra ist jetzt bei mir. Bis nachher." Sie tat so, als drückte sie die rote Taste.

„Ah, Ketut, ich habe Sie gar nicht kommen hören. Sie waren in Singaraya?"

„Ja, ich bin vor kurzem wiedergekommen."

„Ketut, ich war heute Nachmittag mit dem Superintendant in der Universität. Dort haben wir Pan Satia getroffen, einen Professor. Sagt Ihnen der Name etwas?"

„Nein, bedaure."

„Und Gede Satia? Kennen Sie den?"

Eva bemerkte, dass Ketut Candra kurz überlegte, was er sagen sollte. Er war sich nicht sicher, wie viel sie bereits wusste.

Deshalb antwortete er vorsichtig: „Ja, den Namen habe ich schon einmal gehört. Stand der nicht auf der Liste der Besucher, die wir zusammen durchgegangen sind?"

„Ach ja?" Dieser Umstand war Eva entgangen. Aber bei so vielen Namen war es schon möglich. „Danke für den Hinweis."

Sie sah, dass sich Ketut auf die Lippen biss. Offensichtlich ärgerte er sich darüber, Eva diese Information gegeben zu haben.

„Was hatten Sie denn für einen Eindruck von dem jungen Mann?" hakte sie gleich nach.

„Also, ich …" zögerte er, „ich kann mich kaum an ihn erinnern. Ich glaube er war ein Mitstudent."

„Er war? Sie wissen also, dass er tot ist?"

„Nein. Wie schrecklich", heuchelte er und schüttelte übertrieben seinen Kopf. „Was ist passiert?"

„Er starb an einer Überdosis Marihuana. Carina scheint ihn gerne gemocht zu haben."

„Kann sein. So weit hatte ich keinen Einblick in ihr Privatleben."

Ja, von wegen! Eva musste sich zurückhalten, um Ketut nicht zu sagen, dass sie von seinen Überwachungsaktionen wusste. Stattdessen setzte sie ein Lächeln auf.

„Mein Kollege Jablonski sagte mir gerade, dass Sie als Besitzer der Villa eingetragen sind. Wann hatten Sie vor, mir das zu sagen?"

Ketut Candras Gesichtszüge nahmen wieder einen gefährlichen Ausdruck an.

„Ich hatte nicht vor, Ihnen davon zu erzählen. Das geht niemanden etwas an. Es ist auf Bali üblich, für Geschäftsleute, die hier Besitz erwerben wollen, als Mittelsmann zu fungieren. Im übrigen sind Sie falsch informiert. Ich besitze zwar den Grund und Boden, die Villa jedoch wurde nicht von mir gebaut. Das ist vollkommen legal."

„Dann wollen Sie mir also nicht verraten, für wen Sie als Mittelsmann agieren und wer dem Patenonkel von Carina diese Villa als Ferienhaus vermittelt hat?"

„Nein, das habe ich nicht vor. Schon einmal etwas von Datenschutz gehört?"

Das sagte der Mann, der sie alle heimlich beobachtete! Eva musste sich bemühen, um nicht zu platzen. Ketut Candra machte Anstalten zu gehen.

„Eine letzte Frage hätte ich noch: Laut meinen Informationen wurde diese Villa noch nie zuvor als Ferienhaus vermietet. Warum jetzt und warum an Carina von Wolfsberg?"

Ketut lächelte süffisant.

„Da habe ich absolut keine Ahnung."

Er ließ sie einfach stehen und ging weg.

„Hast du das gehört, Alfons?" flüsterte sie in ihr Telefon.

„Ja, habe ich. Und nun beschleicht mich mehr und mehr ein ungutes Gefühl. Ich gehe die Bankunterlagen durch, die mir Alexander von Wolfsberg überlassen hat. Und als nächstes setze ich mich an die Überwachungsvideos. Das geht aber nicht so schnell. Peer hat angeboten, mir bei der Sichtung zu helfen. Er macht sich Sorgen um dich und um Raoul. Bist du damit einverstanden? Er hat einen guten Blick für wichtige Details."

Eva war nicht wohl bei dem Gedanken, dass ihr Ehemann, von dem sie getrennt lebte, sich wieder so in ihr Leben einklinkte. Trotzdem stimmte sie zu. Er war ein brillanter Ermittler, das musste sie zugeben.

Raoul kam durch den Garten und hielt seiner Mutter sein eigenes Handy hin.

„Das ist Opa. Er möchte gerne wissen, was es Neues gibt."

Eva nahm den Apparat und ging wieder in Reichweite der Kamera, so dass Ketut sie gut hören konnte.

„Nils, schön dich zu hören. Leider treten wir hier vollkommen auf der Stelle. Alle Spuren führen ins Leere. Ich werde dir eine Email schreiben", versprach sie ihrem Schwiegervater.

„Ich verstehe. Danke."

13. Kapitel

Eva Larson schaute verschlafen auf die Uhr. Es war kurz nach Mitternacht, als ihr Handy klingelte.

„Ja, bitte?"

„Entschuldigen Sie die späte Störung", hörte sie eine Stimme, die sie nicht sofort einordnen konnte. „Ich habe eine Besuchserlaubnis für Sie und für mich im Gefängnis auf Nusa Kambangan erhalten. Ich habe das Fax leider gerade erst entdeckt, da ich von einem Meeting so spät nach Hause kam. Die Erlaubnis gilt für übermorgen. Würden Sie mich bitte zu meinem Sohn begleiten?"

Langsam ordneten sich die Gedanken in Evas Gehirnzellen und sie erkannte, dass sie mit William Seldridge telefonierte. Sie setzte sich im Bett auf.

„Ja. Ja, natürlich begleite ich Sie."

„Es ist etwas kompliziert, dorthin zu kommen. Wir müssten bereits morgen von Denpasar nach Surakarta fliegen und von dort aus mit dem Wagen zum Hafen in Cilacap fahren. Die Fahrt allein dauert knapp sieben Stunden. Dort gibt es ein kleines Hotel. Am nächsten Morgen um acht Uhr würde uns eine Fähre direkt zur Insel bringen. Wir haben jeweils eine Stunde Zeit, um mit Brian zu sprechen."

Eva überlegte kurz.

„Kann ich meinen Sohn mitnehmen? Ich würde auch für die Kosten aufkommen."

Nichts lag ihr ferner, als Raoul mit Ketut Candra hier allein in der Villa zurückzulassen.

„Kommt nicht in Frage …" begann William Seldridge.

„Ich bitte Sie darum", unterbrach ihn Eva.

„Lassen Sie mich doch ausreden. Kommt nicht in Frage,

dass Sie die Kosten übernehmen. Das mache ich selbstverständlich. Ich bin sehr froh, dass Sie sich um die Angelegenheit kümmern. Nur darf Ihr Sohn nicht mit ins Gefängnis."

„Das ist kein Problem."

„Das Flugzeug geht heute früh bereits um 6.30 Uhr. Sie müssten um vier Uhr aus dem Haus. Ich schicke Ihnen einen Fahrer."

Eva ging hinüber in das Zimmer ihres Sohnes. Es brannte noch Licht und er saß mit Kopfhörer auf seinem Bett. Sie stupste ihn vorsichtig an.

„Mama, ist was los?"

„Schatz", log sie. „Nyoman Sedeng hat gerade angerufen. Er möchte gerne noch einmal mit uns in den Tempel fahren. Da hat sich etwas Neues ergeben. Vielleicht bleiben wir über Nacht. Pack also Deine Tasche. Es geht um vier Uhr früh los."

„Um vier Uhr? Das ist ja gleich!"

Der Flughafen Adisumarmo von Surakarta war sehr klein und besaß nur eine Start- und Landebahn. Da sie ausschließlich Handgepäck bei sich trugen, konnten sie zügig die moderne Flughafenhalle verlassen.

Es war auch hier, trotz der frühen Morgenstunde, fast unerträglich heiß. Die Luftfeuchtigkeit war spürbar hoch und noch bevor sie in die klimatisierte Limousine, die mit Fahrer bereitstand, einsteigen konnten, waren sie durchgeschwitzt.

Raoul setzte sich auf Bitten von William Seldridge nach vorne zu dem Fahrer, denn er wollte sich mit Eva ungestört unterhalten.

Schnell hatten sie das dicht besiedelte Stadtgebiet verlassen und die Fahrt führte durch ländliche Gegend vorbei an kleinen Ansiedlungen und Feldern Richtung Südwesten. Zur rechten Seite erhob sich auf eine Höhe von knapp 3000 Metern der Gunung Merapi, der Feuerberg.

Der Fahrer, der sich als Bimo Nugroho vorgestellt hatte, plauderte mit seinen Fahrgästen wie ein Reiseleiter, in der Annahme, dass es sich bei ihnen um Touristen handelte. Sie ließen ihn in diesem Glauben. So erfuhren sie, dass dieser Vulkan zu den gefährlichsten auf der Welt zählte. Er war im Jahr 2010 zum letzten Mal ausgebrochen und hatte Hunderte von Opfern gefordert. Darunter auch den spirituellen Wächter des Vulkans, der sich geweigert hatte, sein Haus zu verlassen. Bimo erzählte ihnen von Geistern und Dämonen auf diesem Berg, von dem unsichtbaren Königreich, dessen Herrscher das Umland beschützte und von den Opfergaben, die bis heute von hohen Beamten den alten Geistwesen dargeboten wurden, um sie milde zu stimmen. Raoul hakte erstaunt nach, denn er hatte geglaubt, dass in Java der Islam vorherrschte. Bimo lachte und meinte, rein theoretisch sei es auch so, doch auf einer Insel, die auf dem Pazifischen Feuerring läge, seien Kräfte am Werk, die nicht zu übersehen waren. Allah ist groß, meinte er. Die Kräfte der Erde auch.

Der Verkehr nahm allmählich wieder zu und sie näherten sich Yogyakarta. Darüber wusste Bimo viel zu berichten. Erstaunt nahmen seine drei Fahrgäste zur Kenntnis, dass sie nun durch ein Sultanat fuhren, das von Sultan Hamengku Buwono X. beherrscht wurde, der aber auch de facto als demokratisch gewählter Provinzgouverneur fungierte. Bimo geriet geradezu ins Schwärmen, als er von dem Staatsmann sprach. Er beschrieb ihn als großzügigen Landesvater, der vor allem das Wohl seiner Untertanen im Auge habe. Er setze alles daran, die Bildung, Kultur und Technik seines Sultanats voranzutreiben und wurde von Bimo als loyale, unbestechliche Persönlichkeit gehuldigt.

„Der scheint ja mal eine herausragende Ausnahme zu sein", flüsterte William Seldridge Eva Larson zu. „Den würde ich gerne einmal kennenlernen, um meinen Glauben an die Menschheit wiederzugewinnen."

Eva konnte sich vorstellen, dass er als Diplomat wusste, wovon er sprach.

Plötzlich bog der Fahrer von der Hauptstraße rechts ab und fuhr seine Passagiere einige Kilometer in östliche Richtung. Aus der Ferne tauchten gewaltige spitze Türme auf, die im Sonnenlicht rot zu glühen schienen. Schließlich hielten sie an einer gewaltigen Tempelanlage. Es war gut, sich die Beine zu vertreten und dankbar stiegen sie aus.

„Das hier ist der Tempel Prambanan", erläuterte Bimo. „Er ist der größte hinduistische Tempel Indonesiens. Er ist Shiva geweiht."

Sofort fiel Eva wieder das Götterbild über Carinas Krankenbett ein.

Bimo war ganz in seinem Element.

„Die Legende erzählt, dass der Prinz Bandung Bondowoso die schöne Prinzessin Rara Djonggrang zu seiner Frau begehrte. Sie befand sich aber in der misslichen Lage der Gefangenschaft, da der Prinz kurz zuvor ihren Vater mit seinen übernatürlichen Kräften getötet und sie verschleppt hatte. So ersann sie eine List, der Heirat zu entgehen, indem sie ihren Werber aufforderte, in nur einer Nacht tausend Tempel zu bauen. Mit Hilfe von Erdgeistern und seinen Kräften gelang es dem Prinzen, 999 Tempel zu errichten. Als die Prinzessin sah, dass er Erfolg haben würde, ließ sie im Osten ein großes Feuer entzünden, um den Sonnenaufgang vorzutäuschen und begann als Morgenritual mit ihren Dienerinnen Reis zu stampfen. Die Geister sahen das und zogen sich schleunigst in ihr Schattenreich der Nacht zurück und so war der letzte Tempel nicht fertiggestellt. Doch Badung Bondowoso durchschaute ihren Trick und bestrafte Rara, indem er sie in eine Steinskulptur verwandelte, die heute den tausendsten Tempel repräsentiert."

Zufrieden schaute er seine Zuhörer an. Da sie keine Fragen stellten, führte er sie in der Tempelanlage herum. Er zeigte ihnen die Statue von Durga Mahisasuramardini im Bereich des Shiva gewidmeten Hauptschreins.

„Wir, besser gesagt die Hindus", verbesserte er sich schnell, „glauben fest daran, dass es sich bei dieser Statue um die Prinzessin handelt."

In der großen Anlage, die zum UNESCO-Welterbe gehörte, sahen die drei Besucher große Schäden an einzelnen Tempeln und Schreinen. Sie stammten von dem großen Erdbeben aus dem Jahr 2006.

Unwillkürlich musste Eva an die Beben der vergangenen Nacht denken und erschauderte. Diese unbeherrschbare Naturgewalt erschreckte sie.

Nach zwei Stunden erreichten sie das Meer. Eva hatte William Seldridge alle Informationen, die sie im Falle seines Sohnes für wichtig hielt, mitgeteilt.

„Sagt Ihnen der Name Gede Satia etwas?"

William überlegte kurz und zögerte mit einer Antwort.

„Nicht, dass ich wüsste. Irgendwie kommt mir der Name aber bekannt vor. Wer ist das?"

„Das ist der Name des Jungen, dem die Sporttasche gehörte, die im Auto Ihres Sohnes gefunden wurde und in dem das Rauschgift versteckt war."

„Hat vielleicht dieser Gede meinem Sohn die Tasche in den Wagen geschmuggelt?"

„Nicht möglich, Gede Satia ist tot. Überdosis Rauschgift."

„Das ist ja furchtbar!"

William Seldridge wandte sich von der Detektivin ab und kaute nervös auf seiner Unterlippe.

Eva Larson wunderte sich über diese Reaktion.

„Ich habe seinen Vater kennengelernt. Er kennt Carina von Wolfsberg. Ich dachte mir, dass er vielleicht auch Ihren Sohn kannte."

„Das sollten wir ihn unbedingt fragen."

Der Diplomat schaute weiterhin aus dem Fenster und schien nachzudenken.

Die Route führte nun parallel zum Indischen Ozean, dessen Wasser gleißend in der Mittagshitze spiegelte. In regelmäßigen Abständen tauchten Moscheen links und rechts der Straße auf. Der goldene Halbmond strahlte im Sonnenlicht.

An einem Imbiss hielten sie an und kauften sich jeder ein Reisgericht, das sie an einem kleinen Tisch direkt neben der Straße aßen. In der Mittagszeit hatte sich der Verkehr beruhigt. Hin und wieder knatterte ein Moped vorbei. Frauen mit Kopftüchern und Männer ohne Helm schauten interessiert auf die kleine Gruppe.

Gegen späten Nachmittag erreichten sie die kleine Hafenstadt Cilacap. Regenwolken hingen dunkel über dem Ort, in dem die Häuser dicht an dicht standen.

William Seldridge hatte drei Einzelzimmer in einem modernen, zentral gelegenen Stadthotel reserviert, das ihnen nach der langen Fahrt wie eine Oase in der Wüste vorkam. Es gab einen Pool und eine Bar und sie trafen sich zum Abendessen im Restaurant des Hotels, denn keiner hatte Lust auf einen Spaziergang durch das Städtchen, das schon bei der Durchfahrt einen zwar belebten, doch recht trostlosen Eindruck bei ihnen hinterlassen hatte.

„Raoul kann, wenn er möchte, morgen mit auf die Insel", verkündete William Seldridge beim Essen. „Der Fährbetrieb wird zwar vom Justizministerium geführt, dient aber auch dem Transport von Touristen."

„Prima. Ich hatte schon befürchtet, ich müsste den ganzen Tag hier versauern."

Bimo holte sie kurz nach sieben Uhr ab, denn William Seldridge wollte unter keinen Umständen das Schiff um acht Uhr vom Wijayapura Port versäumen. Der Fahrer musste die Limousine an einem vergitterten Kontrollposten anhalten und anschließend wenden. Nur seine Passagiere durften zu Fuß das Hafengelände betreten.

Die Pengan Yoman-IV war eine kleine Fähre, die ihre besten Tage schon gesehen hatte. Der Rost nagte am zerbeulten Rumpf, nur die modernen Antennen am Oberdeck gaben Hoffnung auf Seetüchtigkeit.

Am Hafen standen schwer bewaffnete Polizisten mit Schäferhunden und beobachten aus dunklen Sonnenbrillen ein gepanzertes Fahrzeug, das gerade die Anlegestelle erreichte.

Eva, Raoul und William Seldridge waren angewiesen worden, sich anderen Familienangehörigen von Gefangenen, die in bereits in einer kleinen Gruppe standen, anzuschließen. Sie durften die Fähre erst betreten, als die Fahrzeuge verladen waren.

Die Überfahrt über die schmale Meerenge war nur sehr kurz.

Eva und William verabschiedeten sich von Raoul, der die nächsten zwei Stunden die Insel zu Fuß erkunden wollte. Sie selber stiegen in ein Fahrzeug, das sie durch bewaldete Landschaft zum Hochsicherheitsgefängnis fuhr.

Es glich einer Festung und wirkte schon von außen beängstigend.

„Hier ist alles versammelt, was unter Verbrechern Rang und Namen hat", flüsterte William Eva zu, als sie die erste Kontrolle passierten.

Eva wusste, dass hier bevorzugt Mörder, Drogenhändler und Terroristen untergebracht waren.

Sie hatte vorgeschlagen, dass William zuerst einmal allein mit seinem Sohn sprach. Nach einer Stunde wollte sie mit der Befragung fortfahren, hatte aber nichts dagegen, wenn der Vater weiter anwesend war. Sie wusste, wie kostbar für die beiden diese Besuchszeit war.

Der Warteraum war stickig, eine Klimaanlage dröhnte mehr als dass sie kühlte. Aus einem kleinen vergitterten Fenster beobachtete Eva am Himmel die Wolken, die über die Insel zogen und keine Notiz vom Leben auf der Erde nahmen. Sie kamen und gingen. Ein grünblauer Bienenfresser landete auf dem schmalen Sims und schaute durch das Gitter. Ein schwarzer Streifen lag über den Augen des Vogels und Eva musste unwillkürlich schmunzeln, da er sie an die Panzerknacker aus den Donald Duck-Heften erinnerte, die sie ihrem Sohn immer geschenkt hatte. Wie passend, überlegte sie, ein kleiner Knastbruder.

Ihre Gedanken wurden von einem Wärter unterbrochen, der sie aufforderte, ihm zu folgen. Ein grauer Gang, über dem Neonlampen vibrierten, führte unterbrochen von zwei Sicherheitsschleusen in den Raum, in dem William mit seinem Sohn an einem Tisch saß.

Eva erschrak zutiefst, als sie Brian Seldrigde gegenübertrat. Es war ihr, als stünde ein vollkommen anderer Mensch vor ihr. Seine Augen waren rotgeweint, die Haut blass, ja fast grau.

Die Detektivin nahm auf dem zweiten Stuhl Platz, den ein Wärter aus einer Ecke geholt hatte.

„Brian", fing sie an, „ich hoffe, Ihr Vater hat Ihnen eindringlich Ihre Lage beschrieben. Ich werde mich nicht mit Höflichkeitsfloskeln aufhalten. Deshalb komme ich gleich zur Sache: Was hat es mit dem Rauschgift, das man in Ihrem Wagen gefunden hatte, auf sich?"

„Ich schwöre Ihnen, ich habe keine Ahnung, wie das Zeug in meinen Wagen kam. Als wir ausstiegen, um zu dem Tempel zu wandern, war es noch nicht drin!"

„Und wie kommen dann Ihre Fingerabdrücke auf die Verpackung?"

Brian Seldridge biss sich auf die Lippen. Er schaute erst zu seinem Vater, dann zu Eva Larson.

„Vielleicht hatte ich das früher mal in der Hand gehabt. Ich habe hin und wieder solche Päckchen abgeholt und weitergegeben."

„Brian!" William Seldridge schaute seinen Sohn entgeistert an. „Wir hatten doch eine Abmachung! Du hattest mir in die Hand versprochen, nach deiner letzten Verhaftung mit dem Dealen aufzuhören!"

Er schrie fast und fuhr sich mit einer Hand durch sein Haar, so als würde er die schlechte Nachricht dadurch auskämmen können.

„Daddy, ich weiß …" Brians Stimme zitterte. „Es war doch mehr ein Kurierdienst. Und immer nur Marihuana. Ich habe nie mit harten Drogen gedealt. Ich schwöre es."

William Seldridge konnte nur mit dem Kopf schütteln.

„Von wem haben Sie das Marihuana bekommen?"

„Das kann ich nicht sagen."

„Kannst du nicht, oder willst du nicht?" Die Stimme seines Vaters überschlug sich fast. Er schlug mit der Hand auf den Tisch.

„Das Gefängnis hier hat Ohren", flüsterte Brian und schaute sich um. Mit einer Kopfbewegung deutete er auf die Videokamera, die keine zwei Meter über ihnen an einem Balken angebracht war.

„Brian, das kann Sie das Leben kosten, wenn Sie uns keinen Namen nennen."

„Es kostet mich das Leben, wenn ich es tue. Sie können mich hier drinnen nicht beschützen."

In seinen Augen flackerte die blanke Angst.

So kommen wir nicht weiter, überlegte Eva.

„Sagt Ihnen der Name Gede Satia etwas?"

Brian Seldridge zuckte zusammen.

„Was ist? Antworte Frau Larson!"

„Gede Satia war der Junge, der an einer Überdosis gestorben ist. Du weißt doch, Daddy. Bei dem hat man das Zeug gefunden, auf dem meine Fingerabdrücke waren. Aber ich schwöre es, von mir hatte er das Marihuana nicht. Ich habe doch gar nicht gewusst, dass er überhaupt was nimmt. Ich habe erst nach seinem Tod erfahren, dass er sich mit dem Zeug, das ich mal in der Hand gehabt habe, das Leben genommen hat."

William Seldridge stöhnte auf. „Ich dachte mir doch, dass ich den Namen irgendwo schon einmal gehört habe."

Eva zögerte einen Moment und überlegte, wie sie die nächste Frage so unverfänglich wie möglich stellen konnte.

„Mister Seldridge, gehört dieser Sachverhalt zu dem Prozess Ihres Sohnes, den Sie aus dem Weg geräumt haben?"

Sie hatte sich daran erinnert, dass Seldridge ihr in seinem Büro gestanden hatte, einen Polizisten bestochen zu haben, um das Rauschgift als Beweismittel verschwinden zu lassen. Er nickte.

„Gut. Das müssen wir irgendwie anderweitig klären. Nun noch einmal zu dem Abend, als Sie zusammen mit Carina zu dem Tempel gefahren sind. Ich habe mir notiert, dass sie dorthin wollte, um sich vor Shivas Schrein zu werfen, um mit ihrer toten Mutter zu sprechen. Da kommt doch ein junges, amerikanisches Mädchen nicht von selber drauf. Wer hat ihr das gesagt?"

Brian presste die Lippen aufeinander.

„Rede!"

Doch der junge Australier sagte kein Wort und sank in sich zusammen.

„Bitte, Brian! Wir können dir nicht helfen, wenn du uns etwas verschweigst!"

William Seldridge war vollkommen verzweifelt.

Eva Larson hatte eine Idee. Sie stand auf und forderte William auf, es ihr gleich zu tun.

„Dann müssen wir eben gehen", sagte sie und schob sich zwischen William Seldridge und dem Tisch, hinter dem sein Sohn saß. Mit den Augen deutete sie Brian an, dass sein Vater nun die Videokamera verdeckte.

„Jetzt, oder nie", flüsterte sie ihm zu. „Wie sind die Namen?"

„Naga."

Bei dem Namen schauderte es Eva.

„Und sein Vater, der Magier. Er hat Carina gesagt, dass sie bei Vollmond nachts in den Tempel sollte. Er hat mir auch die Tropfen gegeben. Aber ich schwöre, ich dachte, das sei irgend so ein Liebestrank. Das hat er jedenfalls gesagt. Ich habe ihr im Tempel noch einige Tropfen auf die Zunge geträufelt. Genau so, wie es der Magier gesagt hatte. Und dann geschah etwas Seltsames. Es war, als würde sich ein großer, fliegender Schatten vor uns herabsenken. Wie ein gespenstischer Vogel. Ich stand ein paar Schritte hinter Carina. Sie schrie vor Angst und fiel einfach um. Ich wollte ihr gerade zu Hilfe eilen, da bekam ich einen Schlag auf den Kopf. Mehr weiß ich nicht. Wirklich!"

Hinter ihnen waren Stimmen zu hören.

Zwei Wärter kamen mit schnellen Schritten auf die Gruppe zugeeilt.

„Duduk! Sejurus duduk! Hinsetzen. Sofort hinsetzen!"

„Maaf. Entschuldigung!" Eva Larson nahm auf ihrem Stuhl Platz und auch William setzte sich wieder.

Die beiden Wärter postierten sich links und rechts neben dem Tisch und bewegten sich für den Rest der Besuchszeit nicht vom Fleck.

An der Fähre wartete Raoul bereits auf die beiden.

„Das ist richtig toll hier", sagte er mit Überschwang und kassierte dafür einen strengen Blick seiner Mutter. „Na ja, für einen Touristen zumindest", versuchte er seine Aussage abzuschwächen.

Eva hörte ihrem Sohn nur mit halbem Ohr zu, während er von dem Wald, den Höhlen und dem schönen Strand auf der Insel schwärmte. Ihre Gedanken gingen zurück ins Gefängnis und sie spürte den Schmerz Brians und seines Vaters buchstäblich in ihrem Herzen. Sie musste dringend mit Nyoman Sedeng sprechen.

William Seldridge hatte nach dem Besuch bei seinem Sohn kein Wort mehr gesagt. Er stand an der Reling der Fähre und starrte ins Wasser. Erst beim Aussteigen wandte er sich wieder an die Detektivin.

„Frau Larson, ich bin verzweifelt. Ich glaube meinem Sohn, dass er nichts von dem Marihuana in seinem Auto wusste. Und irgendwie glaube ich ihm auch, dass er die K.O.-

Tropfen für eine andere Substanz hielt."

„Mich beschäftigt, wessen Fingerabdrücke noch auf der Verpackung des Rauschgifts waren. Vielleicht weiß Superintendant Sedeng ja mehr."

Im Hotel ging Eva Larson auf ihr Zimmer, Check-out war erst um 12 Uhr und sie hatte noch eine Stunde Zeit. Sie versuchte Nyoman Sedeng zu erreichen und hatte Glück.

Nach dem Austausch von Höflichkeiten kam sie gleich zur Sache und berichtete von ihrem Besuch bei Brian Seldridge.

„Zwei Spuren würde ich gerne verfolgen. Haben Sie herausgefunden, wie der richtige Name von Naga, dem Drachen, lautet?"

„Ja. Das Kennzeichen, das der Wachmann aufgeschrieben hatte, brachte uns auf den Namen Wayan Satyawati. Er ist dreifach angeklagt worden wegen Rauschgifthandels, doch niemals verurteilt. Ich habe mir seine Akte angeschaut. Sehr dubios. Seine Fälle landeten immer wieder beim gleichen Richter. Das ist höchst ungewöhnlich, da die Bearbeitung bei Gericht eigentlich nach dem Zufallsprinzip und Dringlichkeit unter den Richtern aufgeteilt wird. Die Chance, dreimal vor dem gleichen Richter zu landen, geht Richtung Wunder. Ich werde das der internen Ermittlung gegen Korruption melden. Mal sehen, was da raus kommt."

„Ermitteln Sie bereits gegen diesen Wayan?"

„Nein. Ich habe die Information heute erst bekommen."

„Ich habe da so ein Bauchgefühl. Könnten Sie die Fingerabdrücke auf der Marihuana-Verpackung mit seinen abgleichen?"

„Ja, mache ich. Aber ich habe keine große Hoffnung auf Übereinstimmung. Wir haben die zweiten Abdrücke ja schon einmal mit unserer Datenbank abgeglichen. Ohne Ergebnis."

„Besteht die Möglichkeit, von Wayan Satyawati noch einmal neue Abdrücke zu besorgen?"

„Ja, ich habe ihn gleich morgen zum Verhör einbestellt. Um 10 Uhr vormittags."

„Mit welcher Begründung, wenn ich fragen darf?"

„Allgemeine Befragung aller Bekannten von Carina."

„Wir fahren heute noch zurück und nehmen das letzte Flugzeug nach Denpasar. Wenn ich darf, würde ich gerne bei dem Verhör dabei sein. Geht das?"

„Mmh. Normalerweise dürfen nur Anwälte und andere Polizisten mit anwesend sein. Sie könnten aber das Verhör von einem Nebenraum aus beobachten."

„Ja, danke. Das ist ein großes Entgegenkommen."

„Sagt Ihnen der Name Wayan Satyawati etwas?" fragte Eva William Seldridge auf dem Rückweg nach Surakarta.

„Nein."

„Das ist der richtige Name dieses Mannes, der sich Naga, der Drache, nennt."

Eva erzählte, dass er sein Auto immer außerhalb des Villengeländes geparkt hatte und ein Bekannter sowohl von Carina von Wolfsberg als auch seines Sohnes war.

Raoul verfolgte neugierig die Unterhaltung der beiden vom Vordersitz aus.

„Wieso heißt der jetzt auch Wayan?" wollte er wissen. „Ich dachte Wayan sei ein Frauenname."

Da die Konversation auf Englisch geführt wurde, schaltete sich nun Bimo in das Gespräch ein.

„Die Namen auf Bali sind sehr ungewöhnlich. Im Grunde genommen werden die Kinder durchnummeriert. Es wird nicht immer nach Geschlechtern getrennt."

„Echt?"

„Ja. Das erste Kind kann Wayan, Putu, Gede oder Luh heißen. Luh bedeutet Blume und kann allerdings nur Mädchen gegeben werden. Gede bedeutet 'groß' und wird nur männlichen Kindern gegeben. Made, Nengah oder Kadek nennt man die zweiten Kinder. Nyoman oder Komang heißen die dritten. Ketut ist der Name für ein viertes Kind. Dann geht die Namensfolge wieder von vorne los."

„Das ist ja echt verrückt. Dann heißen also alle gleich?"

„Nun, im Prinzip ja. Aber normalerweise haben die meisten noch einen Spitznamen oder geben sich einen Zusatz."

„Ich verstehe nicht, warum man so einfallslos ist. Es gibt doch Tausende von Namen auf der Welt."

„Dazu muss man die Balinesen besser kennen. Bei der Geburt geben sie ihrem Kind seinen wahren Namen. Doch den kennt nur die Mutter, der Vater und das Kind, dem der Name ins Ohr geflüstert wird. Offiziell wird dann der allgemeine Name nach Rangfolge vergeben. Um die Dämonen zu verwirren."

„Wie das denn?"

„Wenn alle gleich oder ähnlich klingen, dann fällt es den Dämonen schwer, eine bestimmte Person auszumachen und von ihr Besitz zu ergreifen."

„Das erzählen Sie aber jetzt nur uns Touristen?" fragte Raoul den Fahrer halb im Scherz.

„Nein, durchaus nicht. Ein Name trägt eine bestimmte Schwingung. Und die kann der Dämon ausmachen. Wenn jetzt aber zum Beispiel ein Schwarzmagier einen Fluch über eine Person ausspricht und einen Dämon losschickt, um sich an dessen Fersen zu heften, dann fällt es ihm schwer, zum Beispiel in einem Dorf einen Made oder Gede oder Ketut auszumachen, wenn es davon Dutzende gibt."

„Ist ja cool. Wenn also ein Schwarzmagier einen Dämon in die Villa, in der wir zur Zeit wohnen, zu einem Raoul schickt, dann findet er mich?"

„Im Glauben der Balinesen: Ja. Das beste Beispiel für das Geheimnis, das um die Namen auf Bali gemacht wird, ist die Stadt Karangasem am Fuße des Gunung Agung. Als 1963 große Teile der Stadt nach einem Vulkanausbruch zerstört worden waren, beschlossen die Stadtväter, die Stadt umzubenennen und tauften sie Amlapura, um die Dämonen zu verwirren und durch die Neuerschaffung des Namens alles alte Karma loszuwerden."

14. Kapitel

Schon eine gute Stunde vor dem Verhör waren Eva und Raoul Larson bei Nyoman Sedeng, um die neuesten Entwicklungen in dem Fall abzugleichen.

„Brian Seldridge hat furchtbar Angst, dass ihm in dem Gefängnis etwas passiert. Nur nachdem wir die Videoüberwachung im Besuchszimmer ausgetrickst haben, hat er den Namen Naga genannt. Seltsamerweise erwähnte er auch den Vater von ihm. Er nannte ihn einen Magier. Wissen Sie etwas über ihn."

Nyoman Sedengs Gesicht nahm einen sehr ernsten Ausdruck an. Täuschte sich Eva, oder wurde seine Stimme deutlich leiser?

„Ja. Wayan Satyawatis Vater gilt als einer der bedeutendsten und somit auch gefährlichsten lebenden Leyaks."

„Was ist ein Leyak?"

„Es ist ein Schwarzmagier, der die Lontars, die geheimen Schriften, studiert hat. Allerdings nicht um zu helfen oder zu heilen wie ein Balian, ein Mensch, der weiße Magie ausübt, sondern um sich selbst zu bereichern, anderen Leid zuzufügen oder im Namen Dritter Unheil zu stiften."

„Glauben Sie persönlich an solche Kräfte?"

„Liebe Eva, ich glaube nicht nur daran, ich habe etliche Beispiele sowohl in der Wirkung der Weißen Magie, als auch der Schwarzen Magie erlebt."

„Das interessiert mich", sagte Raoul. „Können Sie uns mehr darüber erzählen?"

„Das sind keine Geschichten, die man einfach so zum Zeitvertreib erzählt. Ich kann nur eines sagen: Nehmen Sie die Kräfte eines Schwarzmagiers niemals auf die leichte Schulter."

Ein Kollege steckte den Kopf ins Zimmer und sagte, dass Wayan Satyawati bereits im Verhörraum sei. Nyoman begleitete Eva und Raoul in ein Nebenzimmer mit einer getönten Glasscheibe und schaltete einen Lautsprecher an.

Wayan Satyawati schritt in dem Verhörraum hin und her. Er war ein durchtrainierter, junger Mann mit langen schwarzen, glänzenden Haaren, die er streng zurückgekämmt und gebunden zu einem Pferdeschwanz trug. Auf dem Kopf steckte hinter die Ohren geklemmt eine verspiegelte Sonnenbrille. Sein Muscle-Shirt war schwarz und aus den angedeuteten Ärmel quollen zwei muskulöse Arme heraus, die so vor Kraft strotzten, dass die Adern deutlich hervortraten. Eva sah den langen, dunkelgrünen Drachen-Schwanz, der sich fast bis zum Ellenbogen um den Oberarm wand. Seine weißen, weiten Bermuda-Shorts reichten knapp über die Knie und die Füße steckten in schwarzweißen Sportschuhen mit dem Emblem einer bekannten europäischen Sportmarke.

„Der sieht eher aus wie ein Fotomodell als wie ein Drogendealer."

„Ja", stimmte Eva ihrem Sohn zu und beobachtete ihn weiter, wie er wie ein Tiger im Verhörzimmer auf und ab ging.

„Aber er ist nicht so cool, wie er tut. Schau Dir mal seine abgebissenen Fingernägel an. Das lässt tief in seine Psyche blicken."

Eva wusste aus ihrer langjährigen Arbeit bei der Polizei, die ja immer etwas mit Psychologie zu tun hatte, dass Fingernägelkauer in ihrer Kindheit oft traumatische Erlebnisse hatten, Ängste, mit denen sie nicht umgehen konnten. Das Kauen war dann ein Ventil, um mit diesem gewaltigen Gefühl umzugehen. Manche Therapeuten gingen sogar soweit, das Abkauen der Nägel als eine Art Kapitulation anzusehen, niemanden mehr die Krallen zeigen zu können, was meist auf einen nahestehenden Erwachsenen hindeutete, der absolute Macht über die Person besaß.

Wayan Satyawati war nun stehengeblieben und schaute finster durch die Glasscheibe, die auf seiner Seite verspiegelt war. Er hob drohend seine Faust gegen die unsichtbare Eva und ihren Sohn, als Nyoman den Raum betrat.

„Was werfen Sie mir vor?" Er drehte sich um, ging auf den Superintendanten zu und baute sich vor ihm auf. Er überragte Nyoman Sedeng um einen halben Kopf.

„Sollte ich Ihnen etwas vorwerfen?" Der Polizeibeamte konterte geschickt und forderte Wayan auf, sich hinzusetzen.

Mit finsterem Blick nahm der Drache gegenüber Nyoman Sedeng Platz.

„Sagt Ihnen der Name Carina von Wolfsberg etwas?"

„Sollte er?"

„Ja. Wir haben Zeugenaussagen, dass Sie des Öfteren zu Besuch in der Ferienvilla der jungen Frau waren."

„Und? Ist das ein Verbrechen?"

„Nein. Nur fragen wir uns, warum Sie Ihr Auto vor dem Grundstück geparkt und bei den Wachleuten stets nur Ihren Spitznamen angegeben haben."

„Vielleicht gehe ich gerne ein Stück zu Fuß. Und vielleicht gefällt mir der Name Naga besonders gut."

Der Superintendant reagierte nicht auf diese Provokation.

„Wie haben Sie Carina von Wolfsberg kennengelernt?"

„Weiß ich nicht mehr."

„Kennen Sie Ketut Candra?"

„Wen?"

„Die Person, von der Sie nach Zeugenaussage die Anweisung bekamen, für ihn etwas aus Jakarta abzuholen. Um was für eine Art Auftrag handelte es sich?"

Wayan lehnte sich breitbeinig auf seinem Stuhl zurück und grinste. Er machte eine unflätige Handbewegung in Richtung Scheibe und lachte hämisch.

„Kopi? Kaffee?"

Nun war es Nyoman Sedeng, der sich Richtung Scheibe drehte und mit den Augen zwinkerte.

„Ja. Aber wenn es noch länger dauert, werde ich meinen Anwalt anrufen."

„Nein. Es dauert nicht mehr sehr lange. Nur noch wenige Fragen."

Nyoman Sedeng ging aus dem Zimmer und kehrte mit einer Tasse ohne Henkel zurück.

„Es herrscht hier wohl Notstand bei der Polizei", lästerte Wayan. Er war gezwungen, die Tasse mit einer Hand zu umgreifen.

Eva lächelte hinter der Glasscheibe. Dieser Nyoman war schon geschickt, um einen ganzen Satz Fingerabdrücke zu bekommen, und Wayan fiel auf diesen Trick arglos herein.

„Sie wissen, dass Brian Seldridge wegen Besitz von zwei Kilogramm Marihuana festgenommen wurde?"

„Wie dämlich ist das denn, sich erwischen zu lassen."

„Das kann Ihnen nicht passieren, oder?"

Wayan sah den Superintendanten fragend an. Er konnte nicht heraushören, auf was Nyoman Sedeng heraus wollte.

„Laut meinen Akten wurden Sie wegen Rauschgiftbesitz und Verkauf von Drogen bereits dreimal verhaftet und vor Gericht gestellt."

„Dann wissen Sie ja auch, dass ich dreimal freigesprochen wurde."

„Ja. Interessant. Und jedes Mal von dem gleichen Richter."

Wayan schloss die Beine, legte die Arme auf den Tisch und beugte sich vor.

„Ja, weil der Richter ein kluger Mann ist."

„Ich schicke die Tasse gleich ins Labor", sagte Nyoman Sedeng und packte sie vorsichtig in eine Plastiktüte, die er mit einem Klebestreifen versiegelte.

„Was halten Sie von dem Kerl?"

Eva überlegte.

„Ich glaube, er hält sich für sehr schlau. Leugnet nicht, dass er Carina kennt. Er weiß, das ist zwecklos, weil wir seine Anwesenheit durch Zeugen nachweisen können. Er gibt auch indirekt zu, Brian Seldridge zu kennen. Hält den Australier für dumm, weil er sich hat erwischen lassen. Irritiert hat mich seine Aussage über den Richter. Ich denke, es wäre gut zu versuchen, mit ihm zu reden. Das klang sehr danach, dass er den Richter entweder in seiner Hand hat oder ihn bedroht."

„Ja, das fand ich auch."

Raoul verabschiedete sich von seiner Mutter. Er hatte sich mit Ganjar Kristanto, dem Football-Spieler, verabredet, der ihm die besten Bars von Sanur zeigen wollte, in denen vorwiegend Studenten verkehrten.

Eva Larson fuhr mit dem Taxi ins Krankenhaus. Am Krankenbett traf sie Alexander von Wolfsberg und seine Frau Charlotte. Der Zustand von Carina war unverändert.

Eva bat die beiden für einen Moment hinaus auf den Flur.

„Wenigstens ein Ort, wo uns dieser verdammte Ketut Candra nicht belauschen kann", schimpfte der Immobilienmakler.

„Meinen Sie, dass er gemerkt hat, dass wir in seinen Raum eingebrochen sind?" Charlotte schaute Eva fragend an.

„Nein, ich glaube nicht. Ich finde es nur äußerst unangenehm, mich von ihm im Schlafzimmer und im Bad beobachten zu lassen. Dieser Mistkerl!"

Die Detektivin erzählte den beiden von ihrem Besuch bei Brian Seldridge im Gefängnis.

„Mir kommen einige Dinge äußerst seltsam vor. Brian leugnet vehement, dass er das Marihuana in seinem Wagen hatte. Nur mal angenommen, er sagt die Wahrheit – dann haben wir ein Problem. Wer hat es dann in den Wagen gelegt? Der Australier gibt zwar zu, Ihrer Tochter ein Mittel gegeben zu haben. Aber er bestreitet, dass es K.O.-Tropfen gewesen waren. Er nannte es so was wie ein Liebeselexier, das er von einem – halten Sie sich fest – 'tukang sulap', einem bekannten Magier bekommen hat. Und der ist ausgerechnet noch der Vater von diesem mysteriösen Naga, dem Drachen, dessen Identität wir jetzt aber kennen."

Alexander von Wolfsberg schnaufte hörbar ein und aus. Charlotte legte ihren Arm um seine Hüfte und drückte ihn leicht an sich.

„Was zum Teufel hat meine Tochter mit einem Magier zu tun?"

„Das würde ich auch gerne wissen."

Eva informierte die beiden, dass dieser Magier Carina wohl geraten hatte, nachts bei Vollmond zu diesem Tempel zu fahren, um sich dort Shiva zu Füßen zu werfen.

„Was sollte das denn?"

„Er behauptete, dass sie dort durch Shivas Kraft mit ihrer toten Mutter sprechen könne. Carina macht sich wohl wegen des Selbstmords ihrer früheren Frau schlimmste Vorwürfe!"

„Ich habe ihr hundertmal gesagt, dass sie daran bestimmt

nicht schuld ist!" Alexander von Wolfsberg schüttelte den Kopf.

„Carina hat doch sonst nichts mit Okkultismus zu tun. Wie konnte sie nur auf einen solchen Schwachsinn hören!"

„Nun ja, der Vater von Naga, oder wie wir jetzt wissen – Wayan Satyawati – ist laut Auskunft von Nyoman Sedeng ein gefährlicher und einflussreicher Mann. Ich denke, dass ein Schwarzmagier seines Ranges sehr manipulativ handelt und durchaus in der Lage ist, einer jungen, verunsicherten Frau wie Ihrer Tochter schnell etwas zu suggerieren."

Im Gang knallte ein Fenster zu. Die drei sahen sich erschrocken an.

Es war schon spät und Eva hatte gerade ihr Licht ausgemacht, als es klopfte. Raoul streckte den Kopf durch die Tür.

„Schläfst du?"

„Nein, jetzt nicht mehr."

Ihr Sohn tippelte auf Zehenspitzen in ihr Zimmer und setzte sich zu ihr auf das Bett.

„So wie du grinst, hattest du einen netten Abend", stellte seine Mutter fest und lächelte.

„O ja. Ich kann nur sagen: tepuk tangan!

„Ich verstehe. Prost! Wer hat dich nach Hause gefahren?"

„Ganjar hat einen eigenen Fahrer. Kommt wohl aus reichem Elternhaus. Er hat mich den ganzen Abend über eingeladen. Jetzt könnte ich allerdings ein bisschen Frischluft vertragen. Gehst du mit an den Strand? Bei Vollmond spazieren?"

Raoul rollte mit den Augen und Eva verstand.

Obwohl es kurz vor Mitternacht war, hatte es nicht wirklich abgekühlt. Barfuß gingen sie durch den feinen Sand. Er war angenehm und nicht mehr so heiß wie tagsüber, weil nur noch vom Mond beschienen.

„Was hast du herausgefunden?"

„Ganjar Kristanto war mit Gede Satia mehr als nur gut befreundet. Er sagt, sie seien wie Brüder gewesen. Und er schwört, dass Gede Satia niemals Drogen genommen hat."

„Aber dem widerspricht die Obduktion. Nyoman Sedeng hat mir den Bericht gezeigt. Eindeutige Überdosis. Und man hat das Marihuana ja auch bei Gede Satia gefunden."

„Mama, er schwört es!"

„Vielleicht kannte er seinen Freund doch nicht so gut. Sucht lässt sich bis zu einem gewissen Grad gut kaschieren."

„Nein. In diesem Fall ist es nicht möglich. Gede Satia war ja Mitglied des Football-Teams. Und die haben jeden Monat eine Drogenkontrolle vorgeschrieben. Gede Satia ist nicht ein einziges Mal aufgefallen."

„Das würde zumindest mit der Aussage seines Vaters übereinstimmen. Der beharrt ja auch darauf, dass sein Sohn niemals Drogen genommen hatte."

„Gede Satia war eher ein stiller Typ. Ein Künstler. Neben dem Studium betrieb er ein kleines Airbrush-Studio. Besprühte Autos, Motorräder und Yachten mit seiner Kunst."

„Aber Brian Seldridge hat mir gegenüber zugegeben, dass der Stoff, mit dem sich Gede Satia aus dem Leben befördert hatte, von ihm stammte. Zumindest, dass er es als Kurier befördert hat. Wieso sollte er das sagen? Er steckt so schon genug in der Klemme."

Sie gingen am Flutsaum entlang. Die Wellen, die sich weit hinaus im Meer brachen, glänzten silbern im Mondlicht.

„Also mir fällt gerade etwas auf: Gede Satia, der niemals Drogen nimmt, stirbt an einer Überdosis, die er vielleicht von Brian Seldridge bekommen hatte. Der Vater von Brian,

William Seldridge, besticht einen Beamten, um das Rauschgift als Beweis verschwinden zu lassen. Sein Sohn kommt frei. Wo ist dieses verdammte Marihuana geblieben? Ich möchte wetten, dass es irgendwie in Brian Seldidges Wagen gelandet ist. Seinen Weg quasi zurück gefunden hat. Jetzt wird der Junge ein zweites Mal angeklagt."

„Ganz schön konstruiert, findest du nicht auch?"

„Ja. Aber irgendwie scheint da ein Funken Wahrheit daran zu sein."

Ein Nachtvogel flog dicht an ihnen vorbei. Erschrocken blieben sie stehen.

Wie aus dem Nichts erschien plötzlich eine dunkle Gestalt vor ihnen. Instinktiv fasste Eva ihren Sohn an der Hand.

„Mondsüchtig?"

Die Stimme gehörte Ketut Candra.

„Ja, wir Europäer lieben es, bei Mondschein spazieren zugehen. Was machen Sie so spät noch am Strand?" fragte die Detektivin.

„Ich halte Ausschau nach Dämonen", zischte der Balinese. Das Weiße in seinen Augen wurde vom Mondlicht bizarr reflektiert.

„Hol Dich der Teufel!" zischte Eva auf Deutsch zurück.

„Iblis membuat Anda." Ketut Candra stieß ein hämisches Lachen aus und ging an ihnen vorbei Richtung Villa.

„Dieser Schweinehund kann Deutsch! Ich habe es gewusst."

Eva presste die Lippen zusammen und versuchte sich daran zu erinnern, was sie alles in der Villa während diverser Telefonate ihrem Kollegen Alfons gegenüber berichtet hatte.

„Was hat er gesagt?" Raoul verstand kein Wort.

„Er sagte 'Hol Dich der Teufel' auf indonesisch. Also hat er mich verstanden."

Evas Handy klingelte. Sie sah die Nummer und stellt auf Lautsprecher.

„Alfons, du kommst mir gerade recht."

„Auch dir einen wunderschönen Abend!"

Eva hatte vergessen, dass es in Deutschland halb sieben Uhr abends war.

„Entschuldigung, mein Lieber. Ich bin ein wenig durcheinander. Ich spaziere gerade mit Raoul – ja, Grüße an dich, – am Strand entlang ..."

„... Ich verstehe", unterbrach sie ihr Kollege. „Nachtspaziergang im Mondschein, während ich hier schufte."

„Alfons", protestierte die Detektivin, „du weißt sehr wohl, dass wir im Haus keine sicheren Gespräche führen können. Ich bin hier nicht zum Vergnügen."

„Jetzt reg dich wieder ab", beschwichtigte Alfons, „du weißt doch, wer das sagt, oder?"

„Also, was gibt es?"

„Ich habe einige interessante Passagen in den Videoaufzeichnungen gefunden. Wo ist dein Laptop gerade?"

„Wieso? In meinem Zimmer?"

„Und wo bist du gerade?"

„Sagte ich doch – am Strand!"

„Und du glaubst, dass ich dir jetzt die Dateien übermittle, während du dich Lichtjahre von deinem Computer entfernt befindest?"

„Ich habe ein Passwort. Schon vergessen, Alfons?"

„Und schon vergessen, du Neunmalkluge, dass Ketut Candra dich gefilmt hat? Dir quasi über die Schulter geschaut hat, während du dein Passwort eingetippt hast?"

„Mist. Du hast recht. Verdammt noch mal! Dann sind alle Passwörter auf allen Computern im Haus geknackt?"

„Davon kannst du ausgehen."

„Ich muss unbedingt Charlotte und Alexander warnen."

„Ah, jetzt heißt er schon Alexander? Ich dachte, er heißt 'Kotzbrocken'."

„Ja und nein. Er ist etwas kompliziert, aber ich denke, er hat einen weichen Kern."

„Eva Larson, wie sie leibt und lebt! Immer das Gute im Menschen finden."

„Sei nicht so zynisch, Alfons."

„Gut. Jetzt ein paar Infos zu Ketut Candra."

„Der Mistkerl kann Deutsch!"

„Ja, das weiß ich. Er hat in der indonesischen Botschaft in Bad Godesberg gearbeitet. Er ist nicht dumm. Hat Betriebswirtschaft studiert und ist dann für fünf Jahre nach Deutschland in den diplomatischen Dienst eingetreten. Dann wechselte er in das indonesische Konsulat nach Los Angeles."

„Ist doch seltsam", unterbrach ihn Eva. „Geht ausgerechnet in die Stadt, in der auch Alexander von Wolfsberg und seine Familie lebt."

„... und auch Frank Liebermann."

„Den hatte ich schon ganz vergessen. Was hat Ketut Candra mit Liebermann zu tun?"

„Einiges. Es gab im Trubel des Untergangs des Frank Liebermann einige Skandale. Einer, der aufgedeckt wurde, war ein Bestechungsskandal, in den das indonesische Konsulat involviert war."

„Lass mich raten. Ketut Candra und Liebermann haben Geschäfte gemacht."

„Ja. Ketut Candra hat streng geheime Unterlagen seinem Komplizen Liebermann zukommen lassen, der an der Börse mit diesen Informationen Millionen verdient hat. Die übrigens verschwunden sind ..."

„… Genau wie Liebermann. Ist doch ein merkwürdiger Zufall, oder?"

„Und wie ich dich kenne, glaubst du nicht an Zufälle."

„Korrekt."

„Aber ich bin da auf noch etwas Seltsames gestoßen. Alexander von Wolfsberg hat mir doch die Kontonummer gegeben, auf das er das Geld für die Ferienvilla überwiesen hat. Jetzt rate einmal, wem das Konto gehört."

„Frank Liebermann?"

„Falsch und richtig. Lionel Frankmann alias Frank Liebermann. Das Konto ist bei der Bank of Indonesia in Jakarta registriert!"

„Jetzt haben wir diesen Verbrecher!" Raoul hatte die Unterhaltung bislang wortlos verfolgt.

Seine Mutter sah das anders.

„Wenn wir bislang die Fakten zusammenlegen, ergibt sich nicht wirklich etwas Strafbares. Ketut Candra kauft im Namen von Frank Liebermann die Villa hier auf Bali. Er stellt sie seinem Patenkind Carina von Wolfsberg zur Verfügung. Das ist doch alles nachvollziehbar."

„Der gute Onkel Frank! Das glaubst du doch selber nicht." Raoul konnte seiner Mutter beim besten Willen nicht zustimmen.

„Nein, das glaube ich auch nicht. Lasst uns mal zusammenfassen, was wir noch wissen: Die Haushälterin Wayan hört, wie Ketut Candra dem Drachen, den wir jetzt als Wayan Satyawati kennen, aufträgt, ein Päckchen bei seinem Chef in Jakarta abzuholen. Nun wissen wir, dass dieser Chef Frank Liebermann alias Lionel Frankmann ist. Frage: Um was für ein Päckchen handelt es sich? Warum hat Ketut Candra die Villa verwanzt?"

„Das kann ich nicht beantworten", sagte Alfons. „Aber

ich habe noch eine wichtige Info für euch: Es gibt kein Auslieferungsabkommen von Kriminellen aus Indonesien in die USA."

„Verdammt. Das weiß Liebermann natürlich auch. Aber warum sollte es uns kümmern, ob Liebermann ausgeliefert wird? Das ist nicht unser Job. Wir können höchstens an die indonesischen Behörden weitergeben, dass sich ein Straftäter in Jakarta aufhält."

„Darf der hier unter falschem Namen agieren?" wollte Raoul wissen.

„Wenn er genügend Beamte schmiert ..."

Das Handy gab keinen Mucks mehr von sich.

„Der Akku ist leer. Lass uns ins Bett gehen."

Der bleiche Vollmond schien direkt auf Evas Kopfkissen. Sie starrte ihn an wie eine Mondsüchtige, die den Blick nicht abwenden konnte. Und tatsächlich war sie in Gedanken bei diesem Gestirn, war es gerade einmal 28 Tage her, als sich Carinas Leben auf so schicksalhafte Weise verändert hatte.

Eva dachte an das blasse Gesicht der jungen Frau im Krankenhaus, das noch vor einem Monat vielleicht optimistisch gewirkt hatte. Sie dachte an ihre letzte Party am Strand, auf der sie zu viel getrunken und geraucht hatte. Aber ihren Emails nach zu urteilen, freute sie sich auf den Besuch von Alexander von Wolfsberg und ihrer Stiefmutter Charlotte, mit der sie sich offenbar gut verstand. Es sollte ein schöner Abschluss ihres Auslandssemesters werden. Vielleicht sollte es überhaupt ein Abschluss ihres alten Lebens werden. War das der Grund, warum sie noch einmal mit ihrer toten Mutter in Kontakt treten wollte?

Eva sah im Geiste die ausgelassene Stimmung am Strand. Sie sah Brian Seldridge, der in Carina verliebt war und sie anhimmelte. Wie er sich umsah und ihr dann einige Tropfen von dem vermeintlichen 'Liebeselexier' in ihr Glas träufelte.

Nur zu gerne gab er ihrem Wunsch nach, sie zu dem abgelegenen Tempel zu fahren. Er malte sich einen romantischen Abend mit ihr aus, wenn er ihr half. Eva versuchte sich vorzustellen, wie sie das Auto vor dem kleinen Warung parkten und sich kichernd auf den Weg machten. Es regnete stark, der Vollmond war von dunklen Wolken verhangen. Nur der Schein ihrer Taschenlampen tanzte über den matschigen Pfad und huschte über die Blätterwand des dichten Waldes.

Dann tauchte der Tempel vor ihnen auf. Düster. Sie gingen vorsichtig die alten, vermoosten Steinstufen hinauf. Vielleicht leuchteten sie Ranga, der Königin der Schwarzen Magie, in ihr grausames Gesicht. Carina schrie auf und Brian legte seinen Arm schützend um sie. Genau so hatte er sich das vorgestellt. Vor ihnen ragte die elfstöckige Götterpagode mit Shivas Schrein in den dunklen Himmel, von dem immer noch dicke Tropfen auf die vollkommen durchnässten, nächtlichen Besucher fielen.

Doch was passierte dann? Eva versuchte, sich an das letzte Verhör mit Brian zu erinnern. Was sagte er? Er hatte ihr noch einige Tropfen des Elixiers auf die Zunge geträufelt? Brian dachte, es sei gut für die Liebe, vielleicht dachte Carina, dass es zu dem Ritual gehörte, mit ihrer toten Mutter in Kontakt zu treten? Es erschien der Detektivin plötzlich schlüssig, dass beide junge Leute nicht wussten, dass es Liquid Ecstacy war. Dann erschien ein Schatten eines großen Vogels.

Genau in diesem Moment bemerkte Eva, dass sich der Mond, in den sie gestarrt hatte, verdunkelte. Sie sah, wie sich die Silhouette eines übergroßen Vogels auf ihren Balkon senkte. Langsam, gespenstisch. Eva riss vor Entsetzen die

Augen noch weiter auf und hielt den Atem an. Ein Hauch von Verwesung drang durch die geöffnete Tür in ihr Schlafzimmer. Der Vogel verwandelte sich in eine durchscheinende Männergestalt, die langsam in das Zimmer kam und an ihr Bett trat. Der Raum wurde eiskalt, so als wäre der Tod eingetreten.

„Ich halte die Seele von Carina in meinem Bann", ertönte eine dumpfe Stimme wie aus einer Gruft. „Jeden Moment kann ich über Leben und Tod entscheiden. Lassen Sie meinen Sohn in Ruhe. Ich warne Sie nur dieses eine Mal. Geschieht meinem Sohn etwas, so nehme ich mir Ihren Sohn. Er wird brennen …"

Der Magier öffnete eine Hand und blies Eva Asche ins Gesicht. Sie schloss instinktiv ihre Augen.

Als sie sie wieder öffnete, war es bereits morgens. Erschrocken setzte sie sich in ihrem Bett auf und schaute sich benommen um. Ihr weißes Kissen war mit Ruß verschmutzt. Vor ihrem Bett lag eine schwarze Feder.

15. Kapitel

Eva Larson schaffte es gerade noch ins Badezimmer und erbrach sich über der Toilette. Schweiß rann ihr in Bächen über den Körper und sie zitterte wie Espenlaub. Am liebsten hätte sie die Faust geballt und sie Ketut Candra entgegengestreckt, der sie möglicherweise genau in diesem Moment beobachtete. Sie sah ihn förmlich hämisch grinsen.

Aber die Detektivin nahm sich zusammen und duschte.

„Was ist denn hier passiert, Mama?"

Raoul hatte geklopft, doch als er von seiner Mutter keine Reaktion hörte, war er einfach in das Zimmer getreten.

Eva schlang sich einen Sarong um und öffnete die Badezimmertür.

„Hier steckst du, ich dachte schon, du wärest ausgeflogen. Wieso ist dein Bett so schwarz?"

Eva überlegte kurz.

„Vermutlich hat sich eine Aschewolke vom Gunung Agung in mein Schlafzimmer verirrt."

Sie versuchte, so heiter wie möglich zu klingen.

Raoul bückte sich und hob die schwarze Feder auf.

„Die Wolke kam wohl hereingeflogen?"

„Vermutlich", würgte sie die Unterhaltung ab.

Raoul setzte sich auf einen Sessel und streckte sich.

„Das war vielleicht eine seltsame Nacht", begann er, „ich hatte seit Jahren mal wieder einen Albtraum. Früher hast du mir erzählt, woher der Name stammt. Ich konnte mir immer gut vorstellen, dass ein Nachtalb auf meiner Brust saß und mir eine schreckliche, aber erfundene Geschichte erzählte. Das fand ich dann irgendwie lustig. Doch der Traum heute war anders. Ich träumte, dass ein riesiges Wesen in meinem

Zimmer stand, halb Vogel, halb Mensch. Seine Flügel standen in Flammen und das Nachtwesen sagte so was wie 'Es gibt kein Entrinnen, ich werde dich holen …'"

Eva Larson rannte zurück ins Badezimmer und erbrach sich erneut.

„Mama, alles in Ordnung? Geht es dir nicht gut? Soll ich einen Arzt holen?"

Raoul war hinter ihr her geeilt und legte einen Arm um seine Mutter. Sie versuchte, die Tränen vor ihm zu verbergen, doch dann schluchzte sie laut und schlang ihre Arme um seinen Hals.

„Ich werde dir noch heute ein Ticket nach Hause buchen", sagte sie mit erstickter Stimme.

„Kommt gar nicht in Frage. Ich lass dich doch hier nicht in diesem Zustand zurück. Bist du krank?"

„Ja. Ich glaube, ich habe eine Grippe und möchte nicht, dass du dich ansteckst."

Sie hoffte, so ihren Sohn zu einer Abreise zu bewegen. Doch damit bewirkte sie nur das Gegenteil.

„Ich sage Wayan, sie soll dir eine gute Hühnersuppe kochen. Du weißt schon, Hühnersuppe für die Seele."

Er lachte und Eva hörte, wie er die Treppe hinuntereilte.

Die Feder, die Raoul ihr auf den Nachttisch gelegt hatte, sah aus wie ein schwarzer Fehdehandschuh. Sie atmete tief durch.

„Wie du willst, Magier. Du magst hier Macht haben. Aber nicht über mich. Und erst recht nicht über meinen Sohn", sprach sie laut in den leeren Raum. Sie kam sich vor wie eine weiße Fee, die ihrem Widersacher den Krieg erklärte. Ihr war es egal, ob Ketut Candra das hörte oder nicht.

Die Videoaufzeichnung aus ihrem Schlafzimmer und dem ihres Sohnes von der heutigen Nacht hätte sie allerdings nur zu gerne gesehen. Doch erneut in den Technikraum einzubrechen, erschien ihr zu gefährlich.

Guter Rat war teuer. Eva versuchte Nyoman Sedeng anzurufen, doch er befand sich gerade in einer Dienstbesprechung und war nicht erreichbar. Sie musste dringend mit jemanden sprechen, der klug genug war, die balinesische Kultur mit etwas Abstand zu betrachten, jemand, der bei der Erwähnung eines nächtlichen Dämons nicht gleich in Panik ausbrach oder zu Lachen anfing …

Pan Satia verschwand fast hinter dem Schreibtisch in seinem Büro der Universität und hörte Eva mit ernster Miene zu. Als sie fertig damit war, ihm von dem Besuch auf der Gefängnisinsel Nusa Kambangan zu berichten, stand er auf und ging schweigend auf und ab. Schließlich blieb er vor ihrem Stuhl stehen und sah sie eindringlich an.

„Sie wissen zwar, dass im Obduktionsbericht meines Sohnes Tod durch eine Überdosis Marihuana angegeben wurde, bezweifeln es aber? Wie kommen Sie zu diesem anderen Schluss?"

„In meiner ganzen Laufbahn als Polizistin habe ich keinen einzigen Drogentoten durch Marihuana erlebt. Durch Heroin ja, durch Amphetamine auch. Ich denke, da war etwas anderes noch mit im Spiel. Vielleicht wurde er ja vergiftet. Es wurde nur nicht im Körper Ihres Sohnes nach anderen toxischen Substanzen gesucht."

„Sie meinen, er wurde vielleicht ermordet? Das bedeutet, er hat kein Selbstmord verübt?"

Pan Satia wirkte plötzlich sehr aufgeregt. Eva hatte vollstes Verständnis dafür, wusste sie von Nyoman Sedeng, was diese Information für den Vater und die ganze Familie bedeutete.

„Ich kann hier wirklich nur Vermutungen anstellen. Aber es passt einfach nichts zusammen. Ihr Sohn, der nie Drogen konsumiert hat, nimmt gleich so viel, dass es ihm sein Leben kostet? Das habe ich ebenfalls noch nie erlebt. Leider kann das nicht mehr nachgewiesen werden, da der Leichnam Ihres Sohnes verbrannt wurde."

„Wenn ich Sie recht verstanden habe, Frau Larson, dann bezweifeln Sie auch die schlechten Absichten von Brian Seldridge im Tempel?"

„Nun ja, das ist eine schwierige Interpretationsfrage, da es hier um Gefühle geht. Ich glaube, Brian war verliebt in Carina. Das ist sicherlich verständlich, denn Sie deuteten bei unserem letzten Besuch an, dass auch Ihr Sohn Gede in Carina verliebt war. Und wie ich aus Erzählungen der Hausangestellten herausgehört habe, war, oder besser ist Carina eine sehr sympathische junge Frau."

„Würden Sie einem Menschen, in den Sie verliebt sind, Drogen geben?"

„Natürlich nicht. Aber ich versuche, mich in Brian Seldridge hineinzuversetzen. Er bekommt von einem Magier …"

„Einem Magier?"

Die Detektivin sah, wie der Professor zusammenzuckte.

„Was hat ein Magier damit zu tun?"

„Darauf komme ich noch zu sprechen. Also, da glaubt ein junger Mann, er bekommt ein Liebeselixier, um seine Angebetete für sich zu gewinnen. Lassen wir es mal dahingestellt, ob wir beide das für moralisch richtig halten. Doch das Elixier ist in Wirklichkeit Liquid Ecstacy. Brian beschwört, dass er ihr zuerst heimlich auf der Party die Droge in ihr Getränk gegeben hat. Im Tempel träufelte er sie allerdings mit ihrer Zustimmung auf die Zunge, da der erwähnte Magier ihr gegenüber sagte, das sei ein Mittel, um mit ihrer verstorbenen Mutter Kontakt aufzunehmen."

Eva sah, wie der Professor zu seinem Stuhl zurück schlich und sich mit einem Seufzer setzte. Er stützte die Ellbogen auf den Tisch, fuhr sich mit seinen Händen über das Gesicht und strich sich dann die Haare glatt, die an den Ecken graue Strähnen zeigten.

„Brian Seldridge beteuert zudem, dass er nicht weiß, wie Ihr Sohn zu dem Marihuana kam, das ihm das Leben gekostet hat. Er sagte, dass er niemals gesehen hat, wie Gede Drogen nahm. Dies versichert übrigens auch sein bester Freund Ganjar Kristanto. Aber das wissen Sie ja sicherlich."

„Und wie kamen dann seine Fingerabdrücke auf die Verpackung der Drogen?"

„Das kann sich Brian auch nicht erklären. Er hält es für möglich, dass er das Päckchen schon mal in der Hand hatte. Er gab auch zu, gelegentlich als Kurier unterwegs gewesen zu sein."

„Dann erklären Sie mir einmal, wie das Päckchen Marihuana, das damals, als mein Sohn starb, als Beweismittel gegen Brian Seldridge beschlagnahmt worden ist, so einfach aus dem Gericht verschwinden konnte. Glauben Sie mir, wenn Brian Seldridge unschuldig wäre, dann hätte es niemand so einfach weggezaubert."

Eva Larson biss sich auf die Lippen. Sie konnte Pan Satia nicht die Wahrheit sagen. Nicht sie und nicht heute. Ihr Gespräch mit William Seldridge war vertraulich gewesen. Jetzt lastete es schwer auf ihrem Gewissen.

„Das war keine Zauberei! Da war viel Geld im Spiel!"

Sie konnte die Empörung des Professors gut verstehen.

„Wie mir der Superintendant Sedeng sagte, gab es ja zwei unterschiedliche Fingerabdrücke auf der Verpackung. Ich glaube, das ist eine Spur, der er gerade nachgeht. Da müssen Sie sich noch etwas gedulden. Das Ergebnis steht noch aus. Es gibt einen neuen Verdacht."

Wie aufs Stichwort klingelte Eva Larsons Handy. Es war Nyoman Sedeng.

„Was gibt es Neues, Superintendant?"

Das Ergebnis war niederschmetternd und erwartet zugleich. Die zweiten Fingerabdrücke gehörten Wayan Satyawati.

„Wieso konnten ihm die Abdrücke beim ersten Mal nicht zugeordnet werden?"

Jemand hatte im System die Abdrücke des Drachens gegen unbekannte ausgetauscht. Die Strafverfolgung Balis zeigte schwere Vergehen innerhalb des eigenen Systems auf und der Superintendant kündigte eine Untersuchung an.

„Was werden Sie konkret unternehmen?"

„Ich werde Wayan Satyawati festnehmen. Ich habe gerade einen Haftbefehl für ihn beantragt. Ich halte Sie auf dem Laufenden."

Eva Larson erschauderte. Obwohl sie versuchte, nicht an die seltsame Begegnung von heute Nacht zu denken, so drängte sie sich ihr auf.

Sie war froh, dass sich Raoul wieder mit Ganjar Kristanto verabredet und ihr versprochen hatte, erst wieder spät nach Hause zu kommen. Vielleicht konnte sie ihn sogar überreden, bei dem Football-Spieler zu übernachten. Doch alles der Reihe nach.

„Pan Satia, ich denke, es gibt noch eine andere Person, die Ihrem Sohn das Rauschgift gegeben haben könnte. Es handelt sich um einen gewissen Wayan Satyawati, der wegen ähnlicher Delikte bereits dreimal angeklagt und jedes Mal von ein und demselben Richter freigesprochen wurde."

„Ich verstehe."

Der Professor schien in sich zusammenzufallen.

„Ich sehe, das nimmt Sie ziemlich mit. Ich würde trotzdem gerne noch etwas anderes mit Ihnen besprechen, aber wenn es Ihnen nicht passt, können wir das Gespräch auch jetzt beenden. Ich möchte mich nicht aufdrängen."

Für kurze Zeit herrschte Stille im Büro. Nur der Deckenventilator surrte leise.

„Nein. Es geht schon wieder. Wie kann ich Ihnen helfen?"

„Bitte halten Sie mich nicht für paranoid oder überängstlich. Natürlich kann es auch sein, dass ich geträumt habe, oder dass ich es mir nur einbildete", stotterte Eva, weil sie nicht wusste, wie sie dem Professor die nächtliche Begegnung erklären sollte.

Dann fasste sie sich ein Herz und schilderte in allen Details den mysteriösen Besuch und die Drohung, die er ausgesprochen hatte. Sie ließ auch nicht aus, dass ihr Sohn ähnliches erlebt hatte und es für einen Albtraum hielt.

„Halten Sie mich für verrückt, wenn ich glaube, dass es der Vater von Wayan Satyawati war, der, den alle nur den Magier nennen?"

„Keineswegs, Frau Larson. Ich habe von dem Magier gehört. Solche Menschen sind bekannt auf Bali, besonders, wenn sie als überaus mächtig gelten. Man sagt, der Magier sei ein Leyak, ein Schwarzmagier der gefährlichsten Sorte."

„Davon habe ich schon gehört. Aber ich muss Ihnen eines sagen, Professor. Ich glaube weder an schwarze noch an weiße Magie. Zumindest nicht so, wie es die Menschen hier auf Bali tun."

„Das ist ein Fehler. Denn damit unterschätzen Sie diesen Magier. Ich bin ein belesener, studierter Mann und westlicher eingestellt, als es meiner Familie lieb ist. Doch ich habe

171

mit eigenen Augen gesehen, was passieren kann, wenn es ein Schwarzmagier auf eine Person abgesehen hat. In meiner eigenen Familie gibt es zwei Fälle, die ich persönlich bezeugen kann, bei denen Magie im Spiel war. In einem Fall hat die Cousine meiner Frau einen Magier gebeten, ihren untreuen Ehemann zu bestrafen. Keine zwei Tage später renkte er sich seinen Kiefer so aus, dass er ein schiefes Gesicht bekam. Kein Arzt konnte ihm bis heute helfen."

Eva Larson nickte. So eine ähnliche Geschichte hatte sie bei ihrem letzten Besuch auf Bali nicht nur gehört, sondern den Betroffenen auch gesehen.

„Der zweite Fall betraf meinen Bruder, der von seinem Geschäftspartner betrogen wurde und diesen vor Gericht brachte. Er gewann und der Mann musste wegen Betrugs für zwei Jahre ins Gefängnis. Doch der ehemalige Partner rächte sich und beauftragte einen Schwarzmagier, meinen Bruder umzubringen. Eines Abends fuhr mein Bruder nachts mit dem Auto den Tanah Lot Bypass nach Hause. Plötzlich stand ein riesiger Affe mit feurigen Augen mitten auf der Fahrbahn und mein Bruder wich aus. Das Auto geriet ins Schleudern und überschlug sich. Es fing Feuer und nur durch die Hilfe von zwei Mopedfahrern, die den Unfall beobachtet hatten und ihn aus dem brennenden Fahrzeug zogen, überlebte er schwerverletzt. Ich sage Ihnen, Frau Larson, dort auf der Strecke zwischen den Reisfeldern gibt es keine Affen!"

„Wenn Nyoman Sedeng heute Wayan Satyawati verhaftet, ist dann mein Sohn wirklich in Gefahr?"

Es war eigentlich mehr eine rhetorische Frage, denn Eva Larson fühlte, wie ihr Herz vor Aufregung klopfte.

„Gibt es nichts, was ich zu seinem Schutz tun kann?"

„Ich fürchte, es geht nicht nur um den Schutz Ihres Sohnes. Es geht auch um Ihren eigenen Schutz. Ich kann Ihnen in diesem Fall nur raten, einen weißen Magier, einen Balian aufzusuchen, der Schutzmaßnahmen für sie beide ergreift."

„Kennen Sie einen?"

„Ja. Allein werden Sie ihn nicht finden. Ich begleite Sie."

„Soll ich meinen Sohn benachrichtigen und ihn mitnehmen?"

„Nein. Aber ich werde mit Ganjar Kristanto telefonieren und ihn bitten, Ihren Sohn an einem besonderen Ort in Sicherheit zu bringen."

Eva Larson hatte ihren Fahrer nach Hause geschickt. Sie stand auf dem großen Parkplatz der Universität und versuchte Nyoman Sedeng zu erreichen. Vergeblich.

Obwohl es in Deutschland noch früh am Morgen war, rief sie ihre Büronummer an und hinterließ Alfons Jablonski eine Nachricht auf dem Anrufbeantworter. In kurzen Sätzen informierte sie ihren Kollegen über die neuesten Entwicklungen, die anstehende Verhaftung von Wayan Satyawati. Die Drohung des Magiers ihr und Raoul gegenüber erwähnte sie, schilderte aber nicht die näheren Umstände. Was hätte sie ihm auch sagen sollen? Dass ein Geisterwesen sie nachts heimgesucht hatte?

Sie sah einen großen, schwarzen Wagen in die Auffahrt biegen, wo sie auf den Professor wartete, der sie zu dem Balian chauffieren wollte. Auf der Motorhaube glänzte eine Art Gemälde. Durch die getönten Scheiben konnte Eva den Fahrer nicht erkennen und fühlte sich etwas mulmig, als der Wagen anhielt und sich ein Fenster elektrisch senkte. Aufatmend sah sie Pan Satia, der sie zum Einsteigen aufforderte.

„Ich fahre Sie zu einem Balian, der Verwünschungen und Drohungen auflösen kann. Ich habe uns beide angemeldet. Normalerweise empfängt er keine Ausländer, aber ich habe ihm Ihren speziellen Fall geschildert. Und ich habe ihm gesagt, wer die Drohung ausgesprochen hat. Er sagte, wir müssen uns unverzüglich auf den Weg machen, denn die Lage sei ernst."

Es waren knappe zwei Stunden Fahrzeit bis zu dem kleinen Dorf, in dem der Heiler lebte. Es lag in der Nähe des Muttertempels Besakih und so waren die Straßen sehr belebt.

Eva Larson hatte heute keinen Blick für die Landschaft. Die Reisfelder und Dörfer zogen an ihr vorbei, während sie sich Gedanken über diesen seltsamen Fall machte.

War es albern, sich von einem Literaturprofessor zu einem Balian fahren zu lassen, der sie vor dem Fluch eines Magiers schützen sollte, an den sie eigentlich gar nicht glaubte? Aber andererseits? Was war das denn heute Nacht in ihrem Schlafzimmer gewesen? Warum fühlte sie die Bedrohung so körperlich?

Auch Pan Satia war während der Fahrt wortkarg und in Gedanken versunken.

Pak Sirkus Partha saß auf einem Stuhl vor seinem Haus und rauchte eine Nelkenzigarette, die durch den ganzen Garten duftete. Auf einem kleinen Tisch neben ihm dampfte eine frische Tasse Kaffee.

Pan Satia faltete die Hände und verbeugte sich voller Ehrfurcht. Eva Larson tat ihm gleich. Sie hatte ihren Sarong und ihren Gebetsschal umgelegt und wartete auf Anweisungen, denn sie hatte keine Ahnung, wie sie sich in Gegenwart dieses ungewöhnlichen Mannes verhalten sollte.

Das Alter des Balians war kaum einzuschätzen. Der Professor meinte, er sei so um die 85 Jahre, doch das konnte

Eva kaum glauben. Der Heiler war drahtig, hatte ein waches Gesicht und noch dunkles, volles Haar. Er lächelte sie an und sagte etwas auf Balinesisch, was sie nicht verstehen konnte.

„Wir sollen da vorne in den Raum gehen und auf ihn warten. Er trinkt nur noch seinen Kaffee, dann kommt er zu uns."

Der Raum war groß und nahezu unmöbliert. Am Rand standen Bänke, in der Mitte auf einem Podest ein alter Stuhl, vor dem eine Matte lag, die aussah, als hätte darauf bereits die halbe Bevölkerung Balis gelegen.

Eva schaute sich um. Eine Ratte balancierte über ihnen auf einem Balken. Räucherstäbchen glühten in einem Tongefäß und ihr Rauch verbreiteten einen angenehmen Duft nach Sandelholz.

Der Heiler war lautlos zu ihnen getreten und führte Eva auf das Podest. Er selber setzte sich auf den Stuhl, deutete ihr an, sich zu seinen Füßen zu setzen, mit dem Rücken gegen seine Beine gelehnt.

Er hörte Pan Satia aufmerksam zu, der ihm in einigen Sätzen wiederholte, warum sie seine Hilfe suchte. Seine Hände glitten durch ihre Haare und er begann, mit seinen Fingerkuppen die Kopfhaut abzutasten. Direkt am Scheitel spürte Eva einen plötzlichen Schmerz, der sie wie ein elektrischer Schlag durchzuckte.

„Großes Problem", hörte sie seine Stimme in gebrochenem Englisch. Dann sagte er wieder etwas in seiner Sprache zu dem Professor.

„Pak Sirkus Partha sagt, dass der Magier versucht, in Ihren Geist einzudringen und Macht über Ihr Handeln und Ihre Gedanken zu gewinnen. Er ist sehr stark und hat begonnen, den ätherischen Körper zu besetzen."

Eva Larson hörte zwar, was der Professor sagte, konnte

aber vor lauter Schmerzen den Sinn nicht richtig erfassen.

Der Balian war nun aufgestanden und vor sie getreten. Er blickte sie ernst an. Sie sollte sich nun mit dem Rücken auf die Matte legen. Er nahm den Stuhl weg, damit er um sie herum laufen konnte. Aus einem Beutel, der um seinen Hals hing, holte er einen geschnitzten kleinen Stab heraus und begann, Zeichen über ihren Körper zu malen und beschwörende Worte zu singen.

Eva merkte, dass diese Worte sie in eine Traumwelt trugen. Ihr fielen die Augen zu und sie sah mit ihrem inneren Blick ihren Körper auf dem Boden liegen, während ihr Geist sich langsam über ihn erhob. Sie beobachtete, wie erst ein weißes, dann ein goldenes Licht sie einhüllte und wie plötzlich ein lilafarbener Blitz in ihren Scheitel einschlug.

In diesem Moment begann sie unkontrolliert zu zittern und hörte sich schreien. Ihr ganzer Körper war ein einziges Beben. Doch sie merkte, wie etwas Dunkles, Unheilvolles aus dem Körper geschüttelt wurde, aus jeder Pore, aus ihrem Atem, mit jedem Herzschlag.

Mit einem Schlag hörte das Zittern auf. Sie war Schweiß gebadet, aus ihren Augen rannen Tränen. Tränen der Erleichterung. Auch wenn sie es sich nicht erklären konnte, dieser Balian hatte sie von einer dunklen Macht befreit, die angefangen hatte, sich über ihr Wesen auszudehnen.

„Terimah kasih, danke", hauchte sie und versuchte sich aufzusetzen. Der Professor reichte ihr die Hand als er sah, dass sie es ohne Hilfe nicht schaffte.

Der Heiler hatte den Raum verlassen und kehrte mit einem Tuch zurück, in dem ein Gegenstand eingewickelt schien. Er setzte sich zu Eva und überreichte ihr das Tuch. Mit dem Kopf deutete er ihr an, das Mitgebrachte auszuwickeln. Zum Vorschein kam ein Dolch mit fein verziertem Griff und wellenförmiger Klinge, die sie aus einem silbernen Schaft zog.

Eva hielt den Atem an. Sie wusste, was sie da in Händen hielt: einen Kris, einen rituellen Dolch von unschätzbarem Wert. Sie hatte ein Exemplar in einem Museum bewundert und konnte sich noch daran erinnern, dass die Klinge nach einer alten Kunst aus mehrfach gefalteten Stahl geschmiedet wurde.

„Das ist jetzt deine persönliche Waffe. In der Klinge liegt die spirituelle Kraft, die Magie. Niemand außer dir darf diesen Dolch berühren, trage ihn bei dir, solange du auf Bali bist. Er ist dein höchstes Gut. Nur er ist in der Lage, dich und deinen Sohn zu schützen. Hüte dich vor dem Magier. Er wird wieder versuchen, sich deiner zu bemächtigen."

Die Worte kamen von irgendwo her. Eva konnte ihren Ursprung nicht ausmachen. Es war so, als würde ein unsichtbarer Geist zu ihr sprechen.

Allmählich wurde sie wieder klar im Kopf. Der Balian und der Professor waren schon längst aus dem Raum gegangen, während die Detektivin versuchte, ihre Gedanken und Gefühle zu ordnen. Der Dolch lag wie eine schwere Last in ihren Händen, viel schwerer, als er in Wirklichkeit war. Sie ahnte, dass er eine schicksalhafte Bedeutung für sie haben würde.

Das Sonnenlicht blendete sie, als sie zu den beiden Männern trat.

„Hier ist noch ein besonderer Schutz für deinen Sohn", sagte Pak Sirkus Partha und gab ihr ein ledernes Band, an dem ein silbernes Medaillon hing. Es war verziert mit Schriftzeichen und Symbolen.

„Dies soll er tragen, solange er sich auf der Insel aufhält."

„Danke."

Eva wusste, das der Kris unbezahlbar war. Und doch fragte sie den Heiler, was sie ihm schuldete.

„Eine gute Tat für Bali."

Er faltete seine Hände zum Gruß und ging in sein Haus. Eva war ratlos.

„Was soll ich jetzt tun?" fragte sie Pan Satia.

„Ich weiß es auch nicht. Aber er hat mir versichert, dass er kein Geld von Ihnen will. Manche Dinge muss man nicht verstehen. Und manche Dinge versteht man erst später. Machen Sie sich keine weiteren Gedanken. Es war seine Entscheidung, so zu handeln. Akzeptieren Sie es einfach."

Sie gingen zurück zum Auto. Der Weg war leicht abschüssig, so dass Eva Larson einen guten Blick auf die Motorhaube hatte und das Bild darauf besser sehen konnte als vorher auf dem Universitätsparkplatz.

„Das ist ja wunderschön", sagte sie zu Pan Satia. „Wer hat das gemacht?"

„Mein Sohn mit einer besonderen Airbrush-Technik. Er war künstlerisch hoch begabt."

„Es sieht fast aus wie ein Adler."

„Es ist Garuda, unser heiliger Göttervogel."

Eva Larson erstarrte. Nun begriff sie die Sätze der alten Frau aus dem Warung, in dem sie mit Nyoman Sedeng und Raoul nach dem Besuch des Tatortes im Tempel Pura Panca Mahabuta eingekehrt waren.

Ein Mann kam in jener Nacht auf Garuda, dem Göttervogel, angeflogen. Er war festlich gekleidet und hatte einen wertvollen Kris in seinem Tempelschal stecken. Die Frau konnte den silbernen Knauf erkennen, in dem Symbole eingeritzt waren. Der Mann folgte einem anderen Mann und einer Frau hinein in den Wald. Heraus kam er allein und flog auf Garuda wieder davon.

„Pan Satia! Was haben Sie getan?"

Sie fasste den Professor am Arm und sah ihm tief in die Augen, die sich langsam mit Tränen füllten.

16. Kapitel

Eva Larson konnte das Schweigen nicht länger ertragen.

„Halten Sie bitte an!"

Pan Satia bog in eine Schotterstraße ein, die durch ein kleines Wäldchen zu Reisfeldern führte. In der Ferne stand ein Bauer mit den Füßen im Wasser und setzte zarte Pflänzchen. Aus einem kleinen Dewi-Schrein kräuselte sich zu Ehren der Reisgöttin Rauch aus schwelenden Räucherstäbchen.

Der Professor parkte in einer kleinen Bucht und schaltete den Motor aus. Er beugte sich über das Lenkrad und verbarg sein Gesicht in seinen Händen. Die Detektivin konnte sehen, wie heftiges Schluchzen seinen Körper erbeben ließ und wartete geduldig, bis Pan Satia sich wieder beruhigt hatte.

„Er war mein einziger Sohn", begann er, „und er hatte noch sein ganzes Leben vor sich. Er spielte Football, hatte viele Freunde und war ein begabter Künstler. Ich habe ihm so sehr ein schönes Leben gewünscht."

Eva nickte mitfühlend und seufzte. Sie konnte ihn nur zu gut verstehen.

„Und dann steht eines Tages die Polizei vor der Tür und du hörst, dein Sohn ist tot. Wenn das nicht schon schlimm genug wäre! Doch sie sagen, er habe sich mit Rauschgift das Leben genommen. Mein Gede! Das konnte nicht sein!"

Eva Larson hatte in ihrer Laufbahn schon viele Eltern erlebt, die wenig über ihre Kinder wussten. Doch hier hatte sie einen anderen Eindruck. Nichts deutete darauf hin, dass Gede Satia auf die schiefe Bahn geraten war. Es war alles so rätselhaft.

„Dann kam der Prozess gegen Brian Seldridge. Seine

Fingerabdrücke waren auf der Marihuana-Verpackung, die neben meinem Gede gelegen hatte. Natürlich weiß ich, dass seine Verurteilung mir meinen Sohn nicht zurückgebracht hätte. Aber es schien zumindest gerecht, dass derjenige bestraft würde, der ihm das Teufelszeug besorgt hatte. Doch bei Prozessbeginn war das Marihuana plötzlich verschwunden. Kein Rauschgift, keine Verurteilung. Das gibt es doch nicht!"

Den letzten Satz schrie er fast und hämmerte mit den Händen auf das Lenkrad.

„Und dann, was haben Sie dann gemacht?"

„Ich wusste ja, dass nur ein Polizist in der Lage war, das Beweismittel verschwinden zu lassen. Ein Neffe von mir, der bei Gericht arbeitet, ließ mir eine Liste von jenen Beamten zukommen, die mit dem Fall beschäftigt waren. Glauben Sie mir, Frau Larson, es war nicht sehr schwer dahinter zu kommen, um welchen Beamten es sich handelte."

Die Detektivin konnte über den Professor nur staunen.

„Wie haben Sie das herausgefunden?"

„Es kamen eigentlich nur drei Polizisten in Frage. Ich habe sie in meiner Freizeit beschattet. Schnell war klar, um wen es sich handelte. Ich folgte ihm an drei Abenden in ein Spielcasino in einem Hotel in Kuta und beobachtete, wie er große Summen Geld verspielte. Mehr als er im Monat verdiente. Ich habe ihn heimlich fotografiert."

„Und dann haben Sie ihn erpresst?"

„So, wie Sie das sagen, klingt es kriminell. Ich habe ihn mit den Bildern konfrontiert und ihn aufgefordert, mir das Päckchen mit dem Marihuana auszuhändigen."

„Da hatten Sie aber Glück, dass er das noch hatte, oder?"

„Nun, es ist ein Unterschied auf Bali, sich bestechen zu lassen oder mit Rauschgift zu handeln. Das eine ist mehr oder weniger ein Kavaliersdelikt, das andere ein Schwerverbrechen. Das überlegt sich ein Beamter schon zweimal. Darauf hatte ich spekuliert."

„Bis hierhin kann ich Ihnen noch folgen, aber den Rest der Geschichte kann ich mir nicht zusammenreimen."

„Lassen Sie uns ein Stückchen gehen, es ist so stickig hier im Auto."

Sie stiegen aus und folgten dem Schotterweg, bis sie auf eine Baumgruppe trafen, die genügend Schatten spendete. Das helle Sonnenlicht tanzte durch die großen Blätter auf dem Boden wie eine fröhliche Schar Kinder.

„Eigentlich wollte ich das Päckchen zur Polizei bringen. Anonym – so hatte ich es dem Beamten versprochen. Er hat vier Kinder und eine Entlassung wäre eine Katastrophe für ihn gewesen."

Eva wunderte sich über Pan Satias Großzügigkeit.

„Doch es kam alles anders. Ich hatte mich mit Carina verabredet. Sie wollte mir Fotos bringen, die sie auf der letzten Party machte, auf der auch Gede eingeladen war. Wir trafen uns in einem kleinen Café, in dem auch mein Sohn früher verkehrte. Sie brachte mir die Bilder und wir schauten sie gemeinsam an. Als sie ging, blieb ich noch etwas sitzen. Von der Terrasse aus konnte ich sehen, wie plötzlich Brian Seldridge mit seinem Auto auftauchte und Carina zu ihm einstieg. Mir blieb fast das Herz stehen."

„Wussten Sie denn nicht, dass die beiden sich kannten?"

„Doch natürlich, sie waren ja im gleichen Semester. Aber ich war schockiert, dass sie mit ihm befreundet war."

„War sie nicht wirklich."

Pan Satia schaute die Detektivin fragend an.

„Wie meinen Sie das?"

Eva Larson überlegte kurz, ob sie den Professor einweihen sollte. Dann entschied sie, ihm zu erzählen, dass sie zusammen mit den von Wolfsbergs die heimlichen Videoaufzeichnungen aus der Villa gestohlen hatte.

„Man sieht ganz deutlich, dass Carina nichts mit Brian zu tun haben wollte. Das liest sich auch so in ihren Emails an ihn."

„Aber warum ist sie dann mit ihm ins Auto gestiegen, warum mit ihm auf die Party gefahren, warum anschließend in den Tempel?"

„Genau weiß ich das nicht. Aber ich nehme an, dass Brian Seldridge sie in Kontakt mit dem Magier gebracht hatte. Irgendeine Verbindung gibt es da. Sind Sie den beiden auf die Party gefolgt?"

„Ja, aber erst viel später. Ich wusste ja, wo die Studenten feierten. Ich bin nach Hause gefahren und habe erst einmal abgewartet und überlegt, wie ich das Rauschgift am besten Brian Seldridge wieder unterschieben konnte. Dann dachte ich mir, es wäre eine gute Idee, es ihm in den Wagen zu legen und dann der Polizei einen Tipp zu geben."

„Ja, das klingt nach einem guten Plan. Warum haben Sie es nicht so gemacht?"

„Als ich am Strand nach Brians Auto suchte, sah ich, wie Carina zusammen mit ihm über den Parkplatz torkelte. Ich war zu weit entfernt, um eine Abfahrt zu verhindern. Also bin ich schnell zu meinem Wagen zurück gelaufen und dann hinter ihnen her gefahren. Das war nicht einfach."

„Warum?"

„Es war dunkel und Brian raste wie ein Idiot. Auf der Hälfte der Strecke fing es dann auch noch an, heftig zu regnen. Es grenzt an ein Wunder, dass ich sie nicht verloren habe."

„Und dann folgten Sie ihnen bis zum Tempel."

„Ja. Nachdem ich Brian das Marihuana, das ich in Gedes Sporttasche gesteckt hatte, in den Kofferraum gelegt habe."

„Wieso die Sporttasche?"

„Das war symbolisch gedacht. Für meinen Sohn. Und ich dachte, wenn Brian Seldridge sie sieht, dann würde er sich daran erinnern, was er Gede angetan hat."

„Aber Brian hat die Tasche nicht wiedererkannt."

„Nein, das weiß ich jetzt auch."

Pan Satia schaute über die Reisfelder und Eva Larson folgte seinem Blick. Das helle Grün der jungen Pflänzchen im Vordergrund lachte ihnen vor schierer Lebenslust ins Auge. Ein großer Kontrast zu ihrer Stimmung.

„Was geschah dann im Tempel?"

„Als ich dort eintraf, sah ich die beiden zusammenstehen. Brian holte ein Fläschchen heraus und träufelte aus einer Pipette Tropfen in Carinas Mund. Wenn ich heute darüber nachdenke, muss ich zugeben, dass das nicht nach Zwang aussah. Ich sah sie noch nach vorne torkeln und dann brach sie auch schon zusammen. Direkt vor Shivas Meru. Damals sah es für mich so aus, als wollte sich Brian auf sie stürzen. Da zog ich meinen Kris, den ich meist bei mir trage, und schlug ihn mit dem Griff auf den Kopf."

Der Professor zog aus seinem Hosenbund seinen Dolch hervor und zeigte ihn Eva Larson. Das war seltsam. Sie hatte nun ihrem eigenen Kris, den ihr der Balian anvertraut hatte.

„Ich wollte Carina doch nur schützen! Ich dachte, Brian Seldridge wollte sich an dem wehrlosen Mädchen vergreifen!"

Eva Larson schüttelte den Kopf.

„Eines verstehe nun überhaupt nicht. Warum haben Sie dann das Mädchen hilflos im Tempel liegen gelassen?"

Pan Satia griff sich ans Herz.

„Frau Larson, als ich gerade Brian mit den Tempelschals meines Sohnes fesselte", flüsterte er und schaute sich um, so als dürfe niemand die nächsten Sätze hören, „senkte sich plötzlich ein dunkles Wesen wie aus dem Nichts in den Tempel herab. Ich schwöre es Ihnen, bei allem, was mir heilig ist. Es sah aus wie eine Missgeburt Rangas, das Schrecklichste, was ich jemals gesehen habe. Es beugte sich über die leblose Carina und ich sah, wie es ihre Seele raubte. Ich rannte um mein Leben."

17. Kapitel

„Wie, er ist verschwunden?"

Eva Larson zog die Augenbrauen zusammen und schüttelte den Kopf, während sie Nyoman Sedeng am Telefon zuhörte.

Drei Beamte waren zusammen mit dem Superintendant auf das Anwesen von Wayan Satyawati gefahren, das er zusammen mit seinem Vater bewohnte. Das große Haus lag am Rande eines Dorfes in der Nähe von Mengwi inmitten von Reisefeldern und war von einer hohen Mauer umgeben.

Zwei steinerne Drachen flankierten das Tor, das bei ihrer Ankunft bereitwillig geöffnet wurde.

„Es schien, als hätte uns der Magier erwartet. Er behauptete, er wisse nicht, wo sein Sohn sei, vermutlich habe er eine Reise angetreten, da ein Koffer fehlte."

Daraufhin wurden sofort die Flughafen- und Hafenbehörden benachrichtigt, aber bislang fehlte jede Spur von dem Gesuchten.

„Haben Sie das Haus durchsucht?"

„Liebe Eva …"

„Entschuldigen Sie, Nyoman. Das war eine dumme Frage."

Der Superintendant versprach, sich wieder bei der Detektivin zu melden, wenn sich etwas Neues ergab.

Pan Satia hatte sie zum Krankenhaus gefahren, doch sie war nicht gleich ins Krankenzimmer von Carina von Wolfsberg gegangen, sondern hatte sich in einen kleinen, leeren Warteraum gesetzt, um durchzuatmen.

Eva Larson war ratlos. Ihr waren nun zwei Straftaten

bekannt, doch sie erkannte überhaupt keinen Sinn darin, Nyoman Sedeng einzuweihen.

Da gab es William Seldridge, der durch Bestechung Beweismaterial gegen seinen Sohn Brian verschwinden ließ. Und Pan Satia, der durch Erpressung das Marihuana wieder ans Tageslicht beförderte.

Von dem korrupten Beamten ganz zu schweigen.

Aber wenn sie Brian Seldridge Glauben schenkte, und dazu war sie sehr geneigt, hatte er Gede Satia das Rauschgift überhaupt nicht gegeben. Und Gede Satia war nach allem, was sie bislang gehört hatte, nicht süchtig, was seine medizinischen Werte bewiesen, die er jeden Monat als Football-Spieler kontrollieren lassen musste. Im Gegenteil, er war vollkommen clean bis seine Obduktion etwas anderes attestierte.

Da blieb fast nur noch eine Möglichkeit offen: Gede Satia wurde tatsächlich ermordet.

Das Handy klingelte und riss sie aus ihren Gedanken.

„Mahlzeit", hörte sie Alfons Jablonski sagen. Sie schaute auf die Uhr. Es war bereits schon später Nachmittag auf Bali.

„Schön, dich zu hören." Sie seufzte.

„Na, du klingst ja nicht wirklich begeistert. Was ist los?"

Alfons Jablonski war immer der Richtige, wenn es darum ging, ihr Herz auszuschütten. Wie ein Fels in der Brandung hatte er sich um sie nach der Trennung von ihrem Mann gekümmert, mit ihr zusammen den Polizeidienst quittiert und mit der Detektei noch einmal ganz von vorne angefangen.

Bei genauer Betrachtung war er nicht nur ihr Kollege, er war ihr bester Freund. Dabei wurde er vom Schicksal selbst nicht verwöhnt. Seine erste Frau, eine Polizistin, die Eva nicht mehr kennengelernt hatte, war im Dienst erschossen worden. Der Mörder wurde nie gefasst. Das war kurz bevor Alfons in ihre Abteilung versetzt wurde. Eva gönnte es ihm von Herzen, als er fünf Jahre später seine Zahnärztin heiratete. Eine humorvolle, warmherzige Person. Doch ein angeborenes Bauchaorten-Aneurysma, das nie erkannt worden war, riss beim Tanzen auf einem Kreuzfahrtschiff Richtung Karibik. Jede Hilfe kam für sie zu spät.

Wie Alfons mit diesen zwei Schicksalsschlägen fertig geworden ist, konnte Eva nur ahnen. Nach der Trauerzeit zog er sich öfters in ein buddhistisches Kloster zurück und kam, das musste Eva eindeutig erkennen, jedes Mal ein bisschen fröhlicher zurück.

Eva erzählte ihm in gestraffter Form alles, was sich am heutigen Tag zugetragen hat und Alfons hörte ihr zu, ohne sie zu unterbrechen.

„Alfons, jetzt stehe ich vor einem Rätsel. Wäre ich noch bei der Polizei, müsste ich gegen zwei Väter ermitteln. Oder besser gesagt, hier auf Bali ermitteln lassen. Der eine hat versucht, seinen Sohn durch Bestechung zu retten, der andere wollte seinen Sohn rächen. Ich bin mir auch im Klaren darüber, dass ich mich auch strafbar mache, wenn ich diese beiden Taten nicht anzeige. Am liebsten würde ich meine Sachen und Raoul packen und verschwinden. Ich weiß ohnehin nicht, was ich für Alexander und Charlotte von Wolfsberg und Nils Schwester Marja noch herausfinden kann."

„Vielleicht habe ich ja noch etwas für dich. Dank der Videos, die du entdeckt hast und wegen denen ich mir die letzten Nächte um die Ohren geschlagen habe, bin ich auf einen neuen Aspekt gestoßen. Du sagtest Gede Satia sei in Carina verliebt gewesen?"

„Ja."

„Aber da gab es noch einen anderen …"

„… Ich weiß, Brian Seldridge. Das ist nichts Neues."

„Warte es doch erst mal ab, was ich zu sagen habe. Da gibt es drei bemerkenswerte Szenen. Bei der einen sind Gede und Carina zu sehen, die zusammen auf einer Liege am Pool sitzen, erst Händchen halten und sich dann küssen. Brian Seldridge geht dazwischen und es gibt ein Wortgefecht."

„Sagte ich doch …"

„Immer mit der Ruhe. Gede und Carina ziehen sich zurück. Brian bleibt frustriert am Pool. Wie aus dem Nichts taucht dann dieser Naga, der mit dem Drachen-Tatoo, auf. Leider ist die Tonqualität sehr schlecht und du weißt ja, wie miserabel mein Englisch ist. Aber ich bin mir sicher, dass Naga, besser gesagt dieser Wayan Satyawati, so was sagt wie 'Finger weg, das ist mein Mädchen' und Brian sagt 'Das wüsste ich aber, noch scheint Carina Gedes Freundin zu sein'."

„Ach, das ist ja interessant. Bislang war mir nicht bekannt, dass auch Wayan Satywati Interesse an Carina hatte."

„Aber es wird noch besser. Zwei Tage später sitzt Gede allein am Pool, als Wayan Satyawati an ihn herantritt. Das sieht echt bedrohlich aus. Ich verstehe so etwas wie 'Carina gehört mir. Wenn du sie nicht in Ruhe lässt, bist du tot!' Gede schubst Wayan ein Stück von sich weg. Der zückt ein Messer und will gerade auf Gede losgehen, als Carina dazu kommt. 'Was ist hier los', schreit sie und fordert Wayan auf, sofort das Haus zu verlassen. Der droht mit der Faust und schreit irgend etwas, aber das kann ich nicht verstehen."

„Und lass mich raten, von wann die Video-Aufzeichnung ist? Kurz vor Gedes Tod."

„Genauer gesagt, zwei Tage vor seinem Tod. Doch das ist noch nicht alles. Am selben Abend gibt es noch ein sehr, sehr seltsames Treffen zwischen Ketut Candra, Brian Seldridge und Wayan Satyawati, die genau in dieser Reihenfolge auf der Bildfläche des Wohnzimmers kurz vor Mitternacht erscheinen. Ketut sitzt bei einem Glas Whisky auf der Couch, so als wäre er der Boss im Haus."

„Ist er ja auch irgendwie", unterbricht ihn seine Kollegin.

„Also, der sitzt da eine ganze Weile, als Brian Seldridge hereinkommt. Er hat eine schwarze Reisetasche dabei. Die stellt er auf den Tisch, macht den Reißverschluss auf und holt …"

„… und holt ein in Plastik verschweißtes Päckchen heraus!"

Eva Larson ist ganz aufgeregt.

„Genau, du Hellseherin. Ketut Candra fragt, ob die Übergabe am Fährhafen in Gilimanuk problemlos gewesen sei und ob der Boss ihm noch andere Instruktionen mitgegeben hat. Brian Seldridge verneint, nur, dass er das Päckchen direkt an Wayan Satyawati weitergeben soll. Und wie aufs Stichwort erscheint Naga, der Drache."

„Jetzt weiß ich endlich, wie die Fingerabdrücke von Brian auf das Päckchen kamen. Doch selbst wenn wir das Video der Polizei übergeben, entlastet das den Australier in keiner Weise. Er ist dann zwar kein Dealer mehr, aber ein Drogenkurier. Könnte mir vorstellen, dass die balinesische Justiz da keinen großen Unterschied macht. Ich fürchte, der Junge ist verloren."

„Das hört sich ja fast so an, als hättest du Mitleid mit dem Knaben."

„Ja, irgendwie schon. Bei uns bekommst du bei dieser Menge Marihuana als Drogendealer zwischen zwei und fünf Jahren Knast. Hier wird dir das Leben genommen. Nicht, dass ich für Dealer irgendeine Sympathie hege, aber ich mache schon noch den Unterschied zwischen einem Studenten, der Marihuana verkauft, um sein Taschengeld aufzubessern, und einem professionellen Rauschgifthändler. Hätte Brian Seldridge Kokain, Heroin, Crystal Meth oder Amphetamine verkauft, würde mein Urteil definitiv härter ausfallen."

Da stimmte Alfons Jablonski seiner Kollegin zu. Aber er war noch nicht fertig mit seinem Bericht.

„Wayan Satyawati nimmt Brian Seldridge das Päckchen aus der Hand. Er sagt, er solle verschwinden. Und jetzt wird es interessant. Er sagt – nein, er befiehlt eher – er solle die Finger von Carina lassen, sonst würde ihm auch etwas Schlimmes zustoßen."

„Er sagte wirklich, dass ihm a u c h etwas Schlimmes zustoßen würde?"

„Ja, genau so habe ich es verstanden."

Eva Larson überlegte kurz und wollte gerade etwas sagen, als Jablonski noch eine weitere Information auf Lager hatte.

„Weißt du, die Videoüberwachung lief ja gleichzeitig immer in allen Räumen. Ich habe aus einer Eingebung heraus nachgeschaut, ob Carina in ihrem Zimmer war. Ja, war sie. Sie war sogar schon im Bett. Doch dann ist sie noch einmal aufgestanden. Und wenn ich den Zeitstempel auf der Aufnahme vergleiche, verließ sie ihr Zimmer genau zu dem Zeitpunkt, als Wayan Satyawati die Villa betrat."

„Und wo ist sie hingegangen?"

„Das kann ich nur raten. Ich denke, sie ist die Treppe hinuntergeschlichen, die nicht überwacht wurde. Denn in den anderen Zimmern taucht sie nirgendwo auf."

„Du meinst, sie hat die drei Männer belauscht?"

„Davon gehe ich aus."

Eva Larson ging ein Licht auf.

„Ja, natürlich. Jetzt verstehe ich auch ihre Aussage Wayan Satyawati gegenüber, dass sie wüsste, was er getan hat."

„Und, was hat er deiner Meinung nach getan?"

„Er hat Gede Satia ermordet!"

Langsam ging Eva Larson den Krankenhausgang entlang. Ihre Gedanken sprangen hin und her. Sie fand keine Lösung, wie sie beweisen konnte, dass der Drache den Sohn des Professors auf dem Gewissen hatte. Oder steckte da sogar noch viel mehr dahinter?

Nur aus Eifersucht einen Widersacher zu ermorden, ja, das könnte schon sein. Andererseits: Warum so ein Aufwand mit dem Marihuana? Alle Welt wusste doch eigentlich, dass Gede Satia kein Drogensüchtiger war. Alles passte nicht zusammen. Oder perfekt, nur dass sie es nicht sehen konnte.

Die Detektivin klopfte leise an die Tür des Krankenzimmers. Von innen war kein Geräusch zu hören. Nur das monotone Piepen des Überwachungsmonitors.

Zwar standen zwei Stühle neben Carinas Bett, aber Alexander und Charlotte von Wolfsberg waren nicht im Zimmer.

Eva Larson blieb am Fußende des Bettes stehen und betrachtete nachdenklich das Gesicht des jungen Mädchens, das künstlich am Leben erhalten wurde.

Ihr fielen die Worte von Pan Satia ein und sie schloss für einen Moment ihre Augen. Im Geiste versuchte sie, sich die Szene im Tempel zu vergegenwärtigen: Brian gab Carina die Tropfen, sie brach bewusstlos zusammen, Pan Satia schlug den Australier nieder und sah dann dieses Wesen, das herabschwebte und Carinas Seele stahl. Was um alles in der Welt konnte damit gemeint sein?

Als sie die Augen wieder öffnete, fiel ihr Blick auf das Gemälde von Shiva. Was willst du mir sagen, fragte sie den Gott. Er zeigte sich hier von seiner gütigen Seite und blickte voller Mitgefühl hinunter auf die schlafende Carina. Aber sie kannte auch Shivas zweites Gesicht: Das des Zerstörers.

Im Hinduismus, wie auch in anderen östlichen Religionen, gab es nicht den Gegensatz zwischen Gut und Böse. Da gab es nur Lila, das Spiel Gottes und Maya, die Täuschung, die Illusion. Shiva erschien den Seelen als diabolisches Wesen oder in seiner göttlichen Gestalt. Das hing ganz vom Seelenzustand des Betrachters ab.

Eva ging an die rechte Bettseite, setzte sich auf einen der beiden Stühle und legte ihre Hand auf Carinas Oberarm, eine der wenigen Stellen dieses jungen Körpers, die unter der Bettdecke herausragte und nicht mit einem Schlauch, Verband oder Maske bedeckt war.

„Was um alles in der Welt hat der Magier gesagt, um so ein intelligentes Mädchen davon zu überzeugen, dass Shiva die Macht hätte, dich mit deiner toten Mutter sprechen zu lassen?"

In diesem Moment ging die Tür auf. Eva Larson wollte sich gerade erheben, weil sie glaubte, Alexander und Charlotte von Wolfsberg wären zurückgekommen, als sie erstarrte. Obwohl sie ihn real noch nie gesehen hatte, wusste sie auf Anhieb, wer das Zimmer betrat. Es war Wayan Satyawatis Vater: der Magier.

„Bleiben Sie doch sitzen, Frau Larson", begrüßte er sie in einem Plauderton, so als seien sie alte Bekannte.

Die Detektivin fühlte sich auf ihrem Stuhl wie festgenagelt.

„Das arme Mädchen!" Er schaute in Richtung Carina. „Ein letztes Gespräch mit ihrer toten Mutter, das war ihr größter Wunsch."

Eva versuchte, sich aus dem Bann des Magiers zu lösen. Er hat keine Macht über mich, versuchte sie sich einzureden.

Sie erntete ein hämisches Lächeln.

„Natürlich habe ich Macht über Sie, Frau Larson.

Menschen wie Sie sind so leicht zu beherrschen. Und wissen Sie auch warum? Weil Sie so labil sind. Weil Sie so in Ihrer Vergangenheit verstrickt sind. Sie hängen an alten Fehlern, die Sie oder andere gemacht haben, wie Drogensüchtige an der Nadel. Bravo. Kauen Sie doch noch zwanzig Jahre darauf herum. Oder besser: Bis zu Ihrem Lebensende. Ihre negativen Gedanken sind reinstes Aphrodisiakum für mich! Schuldgefühle, Minderwertigkeitsgefühle, Ängste, Geheimnisse – all diese Dinge machen mein Leben so lebenswert. Sie nähren meine Macht."

Eva wusste in diesem Augenblick instinktiv, dass er Recht hatte. Sie fühlte sich ihm mental vollkommen ausgeliefert.

„Lassen Sie meinen Sohn in Ruhe! Hatte ich Sie nicht gewarnt? Haben Sie das nicht verstanden? Hatte ich nicht deutlich gemacht, Auge um Auge, Zahn um Zahn, wie man es in Ihrer Bibel so schön sagt? Aber nein, Sie wissen es ja besser."

Der Magier war nun an die andere Seite von Carinas Bett getreten und strich der jungen Frau über die Wange.

„Mein Sohn ist in dieses Mädchen verliebt, wussten Sie das? Ich verstehe ihn. Sie ist ein wunderbarer Mensch, so freundlich. Wayans Mutter war nicht sehr fürsorglich. Vielleicht lag es ja daran, dass ich sie gegen ihren Willen geschwängert hatte."

Eva Larson versuchte, wieder Herrin über ihren Körper zu werden.

„Ich habe sie getötet, weil mein Sohn mich darum bat. Er war damals immerhin schon zwölf Jahre alt und wusste, was er tat. Nun, das war kein großer Verlust. Ein seltsamer Gegenstand war in ihrer Kehle stecken geblieben und sie ist daran erstickt. Schrecklicher Anblick. Ich werde ihn nie vergessen. Was für ein Genuss."

Sein hartes Lachen klang wie ein böser Husten.

„Mein Sohn ist leider ein sehr, sehr schwacher Mensch. So impulsiv, so wenig verantwortungsvoll. Ich sagte, Finger weg vom Rauschgift. Du musst Abstand haben von den Sachen, mit denen du dein Geld verdienst."

Schlagartig wurde Eva Larson klar, dass Wayan Satyawati süchtig war. Mit diesem Impuls kehrte langsam ihre Kraft und ihre Sprache wieder zurück. Sie setzte ihr spöttischstes Lächeln auf.

„Lassen Sie mich raten: Wayan ist ihr einziger Sohn und sie haben trotz Ihrer angeblich so großen Macht es nicht geschafft, ihn drogenfrei zu bekommen."

Im gleichen Moment bereute sie schon ihren Kommentar. Wie ein Blitz schoss der Magier um das Bett herum und hielt Evas Kinn in seiner rechten Hand, während seine Linke sie an der Schulter hinunterdrückte und so am Aufstehen hinderte. Er beugte sich zu ihr hinunter und flüsterte ihr ins Ohr.

„Sollte mein Sohn verhaftet werden, dann wird Ihr Sohn brennen. Ich finde Sie. Überall auf der Welt!"

Der Überwachungsmonitor von Carina fing plötzlich an, ein lautes Warnsignal auszusenden. Wenige Sekunden später kam Dr. Verhofen in Begleitung einer Schwester ins Zimmer gerannt.

„Alle raus hier", ordnete er an.

„Oh, da scheint noch etwas Carina in ihrem Körper zu sein!"

Mit diesem hämischen Satz verließ der Magier das Zimmer. Er stieß dabei fast mit Charlotte und Alexander von Wolfsberg zusammen, die gerade in das Zimmer eilten.

„Wer war das denn? Was wollte der Mann in Carinas Zimmer? Kennen Sie ihn, Eva?"

Alexander von Wolfsberg trommelte mit den Fingern auf die Platte des kleinen Tisches und schaute die Detektivin ungeduldig an.

Die drei saßen in dem kleinen Besprechungsraum, den sie schon einmal benutzt hatten, und warteten auf den Arzt.

Eva Larson überlegte eine Weile. Was sollte sie auf diese Frage antworten? Dass der Mann schon einmal nachts als Dämon in ihr Zimmer geflogen war und Asche auf ihr Bett gestreut hatte? Das klang selbst für ihre eigenen Ohren mehr als absurd.

Noch bevor sie etwas sagen konnte, rettete der Arzt sie aus dieser Situation.

„Das kann schon einmal vorkommen", sagte er, „dass ein Komapatient emotional auf einen Besucher reagiert. Ich habe es erst vor kurzem erlebt. Da gab es einen jungen Motorradfahrer, der verunglückt war und mit schweren Verletzungen in ein tiefes Koma fiel. Er reagierte weder auf seine Eltern, noch auf seine Geschwister. Aber jedes Mal, wenn seine Freundin zu Besuch kam, konnten wir auf dem Monitor einen deutlichen Anstieg der Herzschläge erkennen."

„Also, als ich zu Carina ins Zimmer ging, war der Herzrhythmus noch ganz stabil. Erst als der …". Hier stockte Evas Bericht. Du liebe Güte, überlegte sie, die werden mich alle für verrückt halten, wenn ich weiterspreche.

Doch wieder wurde sie gerettet. Nyoman Sedeng war in das Zimmer getreten.

„Ist mir auf dem Flur gerade der Vater von Wayan Satyawati begegnet?" fragte er in die Runde.

„Ja", antwortete Eva erleichtert.

„Wer?" Alexander von Wolfsberg hakte nach.

„Wayan Satiyawati haben wir als Naga, den Drachen,

identifiziert. Sie wissen schon, derjenige, der immer vor dem Haus geparkt hat und unter verschleierter Identität Ihre Tochter besucht hat."

Nun mischte sich Charlotte ein.

„Und was hat sein Vater bei Carina zu suchen?"

„Ich denke, die beiden kennen sich", sagte Eva Larson vorsichtig. „Soweit ich herausgefunden habe, war er es, der Carina versprach, mit ihrer toten Mutter zu kommunizieren. Ich denke auch, dass sich Carina über seine Anwesenheit aufgeregt hat. Ist das ein gutes oder schlechtes Zeichen?"

Die letzte Frage war an den Arzt gerichtet.

„Nun, das lässt sich nicht so einfach beantworten. Ich habe da eine persönliche Meinung, die unter Wissenschaftlern jedoch kontrovers diskutiert wird. Ich denke, dass sich ein Komapatient in keinem passiven Zustand befindet. Er lebt jedoch am äußersten Rand des Bewusstseins, am Übergang zwischen Leben und Tod. Ich glaube, es ist eine Schutzzone, in der man sich aufhält, um mit einer extrem bedrohlichen Situation umzugehen."

Alexander von Wolfsberg war aufgestanden und ging unruhig im Zimmer auf und ab.

„Sie meinen also, Carina hört, was wir sagen, wenn wir in ihrem Zimmer sind?"

„Ja. Ich bin durchaus dieser Ansicht. Meiner Erfahrung nach ist ein komatöser Zustand ein Notfallprogramm, bei dem Schmerzen abgeschaltet sind. Aber es gibt noch eine Hirntätigkeit, die mit einem Elektroenzephalogramm messbar ist."

Das Handy des Superintendanten klingelte.

„Sie entschuldigen mich."

Er verließ den Raum und wenige Momente später ging ihm Eva Larson nach.

„Gibt es etwas Neues von dem Flüchtigen?"

„Wir haben hier ein großes Problem. Die Fahndung nach seinem Fahrzeug hat nichts ergeben. Wayan Satyawati könnte überall sein. Indonesien hat über 17.000 Inseln, auf die er sich ohne Vorzeigen seines Ausweises zurückziehen kann. Ich denke nicht, dass er so dumm ist, mit dem Flugzeug zu fliehen. Und ich denke, jemand hat ihn gewarnt."

„Ein Polizist?"

„Ja, bedauerlicherweise halte ich das für sehr wahrscheinlich. Wir haben die undichte Stelle in unseren Reihen noch nicht gefunden. Ich denke, es war auch derjenige, der die Fingerabdrücke in unserem System vertauscht hat. Zu Ihrem Schutz habe ich zwei Polizeibeamte vor der Villa postiert. Nur für den Fall, dass Ketut Candra vor hat, dahin zurückzukehren."

Die Detektivin nickte und wandte sich ab. Sie wollte zurück zu den anderen in den Besprechungsraum. Doch Nyoman Sedeng hielt sie am Arm zurück.

„Eva, haben Sie mir etwas zu sagen? Ich fühle, dass es etwas gibt, was ich wissen sollte. Was wollte der Magier in Carinas Zimmer?"

„Ich weiß nicht, ob er wirklich zu dem Mädchen wollte. Ich glaube, er wollte zu mir", sagte sie leise.

„Das müssen Sie mir erklären."

Hinter dem Krankenhaus lag ein kleiner Park. Eva Larson und Nyoman Sedeng fanden eine unbesetzte Bank unter einem blühenden Tulpenbaum. Die Luft war schwanger mit einem seltsamen Duft aus süßlichen Blüten, Sterilisationsmitteln und Abgasen von der Jalan Ngurah Rai, deren sechsspuriger Verkehr im Hintergrund lärmte.

Die Detektivin wusste nicht so recht, wie sie anfangen

sollte und was sie erzählen konnte, ohne William Seldridge oder San Patia zu belasten.

„Wayan Satyawatis Vater bedroht mich und meinen Sohn", begann sie zögerlich und erzählte dann, was in der Nacht geschah, als sie den unheimlichen Besuch hatte. „Er hat angekündigt, Raoul zu töten, wenn sein eigener Sohn verhaftet wird."

Nyoman Sedeng schwieg. Er kniff die Lippen zusammen und starrte vor sich auf den Boden.

„Ich habe Pan Satia, Gedes Vater, von der ersten Drohung erzählt und er ist mit mir zu einem Balian gefahren. Pak Sirkus Partha hat eine Schutzformel über mich gesprochen und mir einen Kris geschenkt. Glauben Sie mir, Nyoman, es fällt mir sehr schwer, Ihnen das zu erzählen, weiß ich doch, wie absurd es in Ihren Ohren klingen muss."

Sie schaute ihren Begleiter von der Seite an und versuchte, eine Reaktion auf seinem Gesicht abzulesen. Nyoman Sedeng schwieg weiter. Dann seufzte er und atmete schwer durch.

„Eva, wir haben es hier mit einem sehr, sehr gefährlichen Menschen zu tun. Ich weiß nicht, ob Sie wissen, was ein Leyak wirklich ist. Hier geht es nicht nur um schwarze Magie. Hier geht es um die Beherrschung von Mächten, die über unsere normale Vorstellung weit hinaus gehen."

„Das weiß ich."

„Ja, Sie mögen vielleicht glauben, dass Sie es wissen. Aber außerhalb unserer Kultur haben nur sehr wenige Menschen Zugang zu dem wahren Verständnis, was ein Leyak wirklich kann."

Nyoman Sedeng schaute sich um, bevor er weitersprach.

„Es ist die Dunkelheit, die einen Schwarzmagier so mächtig macht. Gewiss, auch am Tag besitzt er böse Kräfte.

Doch die sind nichts im Vergleich zu dem, was er nachts anrichten kann."

Eva erinnerte sich daran, was Pan Satia ihr über seine eigenen Erfahrungen anvertraut hatte und erzählte es dem Superintendant.

„Ja, das glaube ich sofort. Ein Leyak hat die Fähigkeit, sich nachts zu verwandeln. Dabei bleibt der physische Körper zurück. Er scheint zu schlafen, während er seinen Dämon ausschickt. Es gibt viele Geschichten von den verschiedensten Formen, die er annehmen kann. Es wird von riesigen Affen, kopflosen Monstern, unheimlichen Lichtwesen und Vögeln berichtet. Diese Wesen können direkten Schaden anrichten, Menschen töten, Krankheiten verbreiten, Ernten vernichten. Sie locken ihre Opfer aus ihren Häusern und verwickeln sie in Unfälle oder lassen eine Kokosnuss auf ihren Kopf fallen. Das mag für westliche Ohren seltsam klingen, für uns Balinesen sind das verbürgte Tatsachen. Oft rauben sie ihren Opfern Seelenanteile, die sie geschickt verbergen, und beherrschen dann diese Menschen und bestimmen, ob sie leben oder sterben."

Eva fröstelte es. Sie dachte an Pan Satias Geschichte aus dem Tempel und wie der Leyak Carinas Seele stahl.

„Gibt es denn keine Möglichkeit, diese Teufel zu besiegen?"

„Doch, die gibt es natürlich. Sonst hätte das Böse auf dieser Welt ja schon gesiegt. Die einzige Waffe ist ein Mysterium. Es ist die Erkenntnis, dass Gut und Böse zwei Seiten einer Medaille sind. Sie gehören zusammen und sind untrennbar vereint. Es ist der Mensch, der sich für die eine oder die andere Seite entscheidet."

„Ich verstehe nicht ganz …"

„Mit Hass lässt sich das Böse nicht besiegen. Im Gegenteil: Es wird es verstärken. Um einen Leyak zu töten, bedarf es großer Liebe …"

„Großer Liebe?" Eva Larson schrie die beiden Worte mit solchem Zorn, dass sie sich selber darüber erschrak. „Der Magier droht, meinen Sohn zu töten und ich soll ihm mit Liebe begegnen? Nyoman, das geht über meinen Verstand hinaus!"

„Genau darum geht es, Eva. Ihr Verstand tut Ihnen hier keinen guten Dienst."

„Wenn der Magier mir oder meinen Sohn etwas antun will, dann zücke ich den Kris und steche ihn in seine Eingeweide!"

„Sie haben mir nicht zugehört, Eva."

Allein bei dem Gedanken an ein erneutes Zusammentreffen mit diesem unheimlichen Wesen raste Evas Herz. In Gedanken sah sie sich, wie sie diesen Dämon vernichtete. Sie würde um ihren Sohn kämpfen, wie eine Löwin um ihr Junges.

„Mama?" Die Stimme von Raoul holte sie aus ihrem geistigen Kampf gegen den Leyak zurück in die Wirklichkeit.

Auf dem Weg ins Krankenhaus hatte sie ihn angerufen und herbestellt, damit sie zusammen zurück in die Villa fahren konnten.

„Du siehst so wütend aus. Ist was passiert? Alexander und Charlotte sagten mir, dass du mit dem Superintendant hinausgegangen bist."

Eva Larson stand auf und umarmte ihren Sohn. Sie ging mit ihm ein paar Schritte. Aus ihrer Tasche holte sie das Amulett, das ihr Pak Sirkus Partha für Raoul mitgegeben hatte.

„Bitte hänge das um. Das habe ich von einem Heiler be-

18. Kapitel

Der Chauffeur fuhr Charlotte und Alexander von Wolfsberg, Raoul und Eva Larson zusammen vom Krankenhaus zurück zur Villa. Es war eine schweigsame Fahrt.

Es regnete und das monotone Geräusch des Scheibenwischers versetzte die Fahrgäste in einen dämmrigen Zustand. Eva schaute aus dem Fester und beobachtete durch die großen Tropfen auf den Scheiben die Reflexion der Stadt. Sie schloss die Augen. Nur für einen Moment, dachte sie sich, nur mal zum Entspannen.

Das Auto hielt an und der Motor erstarb. Was war los? Eva blinzelte und sah, dass sie bereits an der Villa angekommen waren. Es goss nun in Strömen. Jemand öffnete die Wagentür und hielt einen Schirm über sie.

„Terima kasih, danke", sagte sie und blickte auf.

Sie erstarrte vor Schreck.

Die Augen, auf die sie traf, gehörten Wayan Satyawati, dem Drachen. Sie waren gelb und wässrig und Eva wusste, dass er mit Drogen zugedröhnt war. Es war niemand mehr im Wagen und als sie die Waffe in seiner Hand sah, wusste sie, dass es keinen anderen Ausweg gab, als ihm ins Haus zu folgen.

Nasser Kies knirschte unter ihren Füßen. Wayan Satyawati ging hinter der Detektivin. Eva Larson blieb stehen und drehte sich langsam um. In der Drehung steckte sie die rechte Hand in ihre Hosentasche und tastete nach ihrem Smartphone. Zweimaliges leichtes Schütteln genügte und sie hatte die Sprachaufzeichnung aktiviert. Für den Fall der Fälle.

Der Regen lief ihr über das Gesicht, während der Drache sie trocken unter dem Schirm angrinste. Eva Larson schluckte, ließ sich aber nicht beirren.

„Wayan, ich weiß, dass Sie in Carina verliebt sind. Aber was für eine Liebe ist es, wenn man so viele Menschen ins Unglück stürzt?"

„Es gibt auch eine andere Art der Befriedigung, meine Teuerste." Wayan Satyawatis Stimme klang schrill. „Alle haben es gebüßt, dass ich Carina nicht haben konnte. Gede Satia habe ich eigenhändig umgebracht."

Er überlegte kurz, so als müsse er mühsam seine Gedanken sammeln.

„Fast eigenhändig zumindest. Ketut Candra hat mir geholfen. Er hielt Gede fest, während ich ihm das Rauschgift verabreichte. Nachgeholfen habe ich mit Belladonna, das seine Atmung dann endgültig zum Stillstand brachte. Hat bei der Autopsie wohl keiner kontrolliert. Und nun ist er nur noch Asche!"

Er lachte boshaft.

„Aber warum haben Sie Brian Seldridge mit hineingezogen? Er war doch ein Freund von Ihnen?"

„Ein Freund von mir? Nein. Ich habe keine Freunde. Ihn das Rauschgift abholen zu lassen, mit dem ich Gede Satia getötet habe, war genial, meinen Sie nicht auch? Zwei Fliegen mit einer Klappe."

So war das also, überlegte Eva Larson und ihr wurde klar, dass das alles bis ins Kleinste geplant war. Doch das konnte unmöglich der Plan dieses jungen Mannes sein, der beim Stehen schwankte und dem seine Gesichtszüge beim Sprechen leicht entglitten. Hinter dem Ganzen stand ein kühler Denker.

„Ich glaube, Sie waren wohl eher der Handlanger Ihres Vaters, der …"

Ein harter Schlag ins Gesicht ließ die Detektivin verstummen.

„Noch ein Wort, und ich lege Sie gleich hier um."

Ketut Candra stand an der Haustür, ein falsches Lächeln auf den Lippen.

„Willkommen in meinem bescheidenen Heim, Frau Ex-Kommissarin. Sie sehen gar nicht gut aus."

Auch er hielt einen Revolver in der Hand und winkte sie damit in die Villa. Eva blutete aus der Nase und hielt sich einen Ärmel ihrer Bluse davor.

Das Haus war innen hell erleuchtet. Aus dem Augenwinkel sah Eva Larson Wayan geknebelt und gefesselt gegen die Wand gelehnt sitzen. Die Haushälterin schaute sie mit großen Augen ängstlich an. Neben ihr bemerkte Eva zwei Polizisten, die Rücken an Rücken mit einem Plastikstrick zusammengeschnürt waren. Das mussten die beiden Beamten sein, die Nyoman Sedeng vor der Villa postiert hatte. Auch sie hatten Knebel im Mund. Daneben lag leblos der Chauffeur. Eine kleine Blutlache entsprang seinem Kopf und vergrößerte sich langsam auf dem gefliesten, weißen Boden.

Wenige Schritte entfernt sah sie ihren Sohn. Raoul drehte sich zu ihr um. Im selben Moment schlug Ketut Candra ihm mit der Waffe auf den Kopf. Eva schrie vor Entsetzen auf. Bei dem Versuch, ihm zu Hilfe zu eilen, drückte ihr jemand einen Wattebausch ins Gesicht. Diesen Geruch kannte sie. Es roch nach Äther und obwohl sie dem Drang, einzuatmen, widerstehen wollte, gelang ihr das nicht.

Frank Liebermann nahm sich einen Stuhl, drehte ihn um und setzte sich rittlings darauf. Auf der hohen Lehne verschränkte er die Arme und stützte seinen Kopf mit dem Kinn darauf.

„Was für ein schöner Anblick, armer Prinz. Noch schöner, als ich zu hoffen gewagt hatte. Viele Jahre habe ich darauf gewartet, viele lange Jahre auf Rache gesonnen. Und nun ist alles perfekt."

Alexander von Wolfsberg zerrte an seinen Fesseln und funkelte seinen Widersacher an. Unartikulierte Laute kamen aus seinem mit Isolierband verklebten Mund.

Eva Larson hatte die letzten Worte wie durch einen Nebel hindurch gehört. Langsam kam sie wieder zu sich. Was war geschehen? Beim Versuch, ihre Gedanken zu ordnen, purzelten diese durcheinander wie Würfel in einem Knobelbecher, den jemand anderes schüttelte.

„Du hättest mein Haus in Los Angeles nicht kaufen dürfen. Jeder andere, nur du nicht."

Voller Hass schoss Liebermann die Worte auf von Wolfsberg ab, der wie von Pfeilen getroffen, zusammenzuckte.

„Wer glaubst du eigentlich, wer du bist? Du adeliges Nichts, du Sohn eines Versagers. Meine Familie gehörte zu den angesehensten in ganz Kalifornien. Mein Vater und ich haben zusammen das 'Palais Liebermann' entworfen und gebaut. Und du? Was hast du im Leben schon kreativ geleistet? Immobilien verschachert. Ein Verkäufer! Und dann besitzt du die Frechheit, mein Unglück an der Börse auszunutzen und einfach so in mein Haus zu ziehen!"

Alexander röchelte.

„Ja, ich weiß schon, was du sagen willst: Dass es zwangsversteigert wurde. Was du nicht weißt: Ich hatte einen Mittelsmann, der zur Versteigerung sollte. Er ist auf dem Weg dorthin verunglückt. Als das Haus dann weg war, hat sich mein Vater das Leben genommen. Das war zu viel für ihn. Und du bist Schuld daran, du Bastard!"

Liebermann war aufgesprungen und versetzte Alexander einen Faustschlag, dass er mitsamt des Stuhles, an den er festgebunden war, umkippte.

Eva geriet langsam in Panik. Sie hatte schon öfter als ihr lieb war mit hasserfüllten Menschen zu tun gehabt. Hass war die Steigerung von Wut und ging meist so weit, dass derjenige, der dieses unkontrollierte Gefühl hegte, den Menschen, auf den er es projizierte, in der Regel verletzen, wenn nicht gar töten wollte. Eine gefährliche Sache, der man mit Logik oder mit Überzeugungsarbeit nicht beikommen konnte.

„Aber glaube mir, ich hatte damals schnell einen Plan B. Meine liebe Frau Cynthia war leicht davon zu überzeugen, dass wir so schnell wie möglich wieder an unser Haus kommen mussten. Oder glaubst du, du edler Ritter, du kommst an galoppiert und schon würde die Frau, mit der ich fünf Jahre zusammen war, sich dir einfach so an den Hals werfen?"

Liebermann lachte bitter. Seine Augen hatte er zu zwei schmalen Schlitzen zusammengekniffen.

„Ich hatte eine klare Abmachung mit dieser Schlange. Sie sollte dich heiraten, um die Ecke bringen und dann beerben. So wäre alles in der Familie geblieben. Ich hatte die totale Kontrolle über sie. Sie folgte mir wie ein Hündchen an der Leine. Der, der das Koks besorgt, sagt, wo es lang geht. Ich hatte sie ja erst auf den Geschmack gebracht. Das wusstest du nicht, nein?"

Alexander von Wolfsberg blutete aus einer Platzwunde am Kopf und wimmerte am Boden liegend. Frank Liebermann hatte sich über ihm aufgebaut und stieß ihm seinen Fuß in den Unterleib.

„Das hier ist für mein Haus, und das hier ist für Cynthia!" Er trat erneut zu.

Eva Larson spürte Übelkeit und war noch schwer benommen.

„Cynthia war ein taffes Mädchen, musst du wissen. Sie wollte eigentlich Medizin studieren. Medizin! Als wäre das etwas für eine Frau! Kam nicht in Frage! Ich wollte eine Familie, um unsere Tradition fortzusetzen. Und dann wurde sie schwanger und wir haben schnell geheiratet. Alles schien perfekt zu sein."

Für einen Moment schien Frank Liebermann die Kontrolle über sich zu verlieren. Es stierte ins Leere, so als wollte er die Vergangenheit erneut vor sein geistiges Auge zerren.

„Sie hat unser Kind verloren! Unseren Sohn einfach verloren! Das konnte sie doch nicht machen! Man verliert doch nicht einfach ein Kind, oder?"

Sein Gesichtsausdruck nahm einen gequälten, fast irrsinnigen Ausdruck an.

„Von da an ging alles bergab. Sie hätte besser auf unser Kind aufpassen müssen. Sie hat nur noch gejammert und geweint. Das konnte niemand aushalten. Und da habe ich es ihr besorgt, das Kokain. Zur Beruhigung hatte ich ihr gesagt und gezeigt, wie man es schnupft. Ich konnte damit ja umgehen. Sie dagegen klammerte sich an diesen weißen Schnee wie eine Ertrinkende an einen Rettungsring. Es erhellte ihr Gemüt, allerdings nur solange, wie sie das Zeug nahm."

Frank Liebermann ging um Alexander von Wolfsberg herum, packte ihn unter den Achseln und richtete den Gefesselten mitsamt dem Stuhl wieder auf.

„Und du dachtest wohl, ich hätte nichts mehr unter Kontrolle, als ich dir meine Frau überließ, oder?"

Er riss Alexanders Kopf an den Haaren zurück und schlug ihn.

„Doch was macht sie, anstatt dich wie geplant umzubringen? Sie wird schwanger von dir. Und was erzählt sie mir? Sie könne dich nicht töten, sie habe sich in dich verliebt. In so einen Penner!"

Es fehlte nur noch, dass Geifer aus seinem Mund tropft, überlegte Eva, die allmählich wieder Herrin ihrer Sinne wurde.

Frank Liebermann war in Rage und sein Redeschwall so zwanghaft, als müssten die Worte unbedingt aus seinem Mund heraus, sonst würde er daran ersticken.

„Sie liebte dich, und noch mehr ihre Tochter. Aber noch viel mehr das Kokain. Und ich war ihr Dealer. Also musste ich Plan C schmieden. Ich hielt sie an der kurzen Leine mit dem Stoff. Gerade so, dass niemand es merkte. Ich zwang sie, mich als Carinas Taufpaten vorzuschlagen. Als Wiedergutmachung quasi dafür, dass du mir mein Haus weggenommen hast. Ich hätte nie damit gerechnet, dass du dich auf so etwas einlässt. Aber ich halte dich ohnehin für einen Idioten."

Liebermanns Handy klingelte. Fast wie aus einer Trance erwacht, fingerte er es aus seiner Hosentasche.

„Nein, noch nicht jetzt. Ich sage Bescheid, wenn ich soweit bin."

Er schaltete das Telefon aus und legte es neben sich auf einen Tisch.

„Carina, die Süße. Ich hasse sie noch mehr als dich. Wie konnte Cynthia es wagen, dein Kind auszutragen und meines zu verlieren? Sie verdiente den Tod!"

Sein Gesichtsausdruck verdunkelte sich.

„Cynthia wollte endlich clean sein und bat mich, ihr ein Substitutionsmittel zu besorgen. 'Mach ich', hab ich gesagt. Dabei hätte sie wissen müssen, dass bei Kokain nur Abstinenz wirkt. Ich habe ihr also fröhlich Amphetamin besorgt. Macht ja auch glücklich. Bis sie gemerkt hat, was das ist, war sie so süchtig nach dem Zeug, dass sie mir hoch und heilig versprach, dich endlich um die Ecke zu bringen, wenn ich ihre Tochter verschone."

Eva Larson war nun klar, dass irgend etwas an Liebermanns Plan schief gegangen war.

„Ich hielt sie so knapp wie möglich und gab ihr jeweils nur eine kleine Dosis. Betteln sollte sie jedes Mal! Sie war total auf Entzug, nachdem deine Tochter ihr das Speed ins Klo geschüttet hat. Gott, was für ein Drama! Sie hatte sich nicht mehr unter Kontrolle. Sie rief mich an und erzählte mir unter Tränen, was vorgefallen war. Ihre Tochter wollte sie unter allen Umständen aus dem Spiel lassen. Ich riet ihr, dich anzuzeigen und zu behaupten, du hättest deine eigene Frau geschlagen. Vielleicht konnte ich dich ja so loswerden. Ich sah schon die Schlagzeilen vor mir: 'Luxus-Immobilienhändler schlägt hilflose Frau und Kind'."

Er trat von Wolfsberg gegen das Schienbein.

„Doch dann machte die liebe Cynthia einen großen Fehler. Kaum war sie wieder einigermaßen klar bei Verstand, erzählte sie mir, dass ihre Schwiegermutter Marja mit ihr und Carina gesprochen und ihr ins Gewissen geredet hatte, die Wahrheit zu sagen. Nun hatte ich die Nase endgültig von Cynthia voll. Ich traute ihr in ihrem verwirrten Geisteszustand durchaus zu, dass sie vor Gericht plötzlich umkippte. Es tat ihr so leid, Carina angegriffen zu haben!"

Frank Liebermann äffte Cynthia nach und rieb sich theatralisch die Augen.

„Sie wollte sich unbedingt entschuldigen. Bei ihr, bei dir. Das konnte ich nicht riskieren. Ich besorgte ihr das finale Ticket ins Nirvana. Persönlich habe ihr die Tabletten eingeflößt, bis sie ihren letzten Atemzug tat."

Eva Larson beobachtete besorgt ihren Peiniger.

Frank Liebermann war ein gut aussehender Mann mit mittellangen, dunkelblonden Haaren, die er zu einem Pferdeschwanz zusammengebunden hatte. Er wirkte ein bisschen älter als auf den Fotos, die Alfons ihr übermittelt hatte. Seine blauen Augen stachen aus seinem gut gebräunten Gesicht hervor. Nur seine spitze Nase und der verkniffene Mund wirkten wie zwei Makel. Er trug ein typisches Balihemd in türkis mit schwarzem Muster über der langen Leinenhose, unter der zwei Segelschuhe hervorlugten. Seine Hände waren wohl gepflegt und sorgfältig maniküriert, doch nun krallten sie in die Lehne des Stuhls wie Krallen eines Ungeheuers.

Eva Larsons Mund war nicht verklebt. Sie blinzelte ein paar Mal mit den Augen, um den Schleier auf der Netzhaut loszuwerden, dann schaute sie sich um. Von Raoul keine Spur zu sehen. Ihr Herz verkrampfte sich.

„Wo ist mein Sohn?" fragte sie Frank Liebermann, der langsam den Kopf zu ihr herum drehte.

„Ah, die Frau Kommissarin ist auch wieder bei uns."

„Ich bin keine Kommissarin mehr. Ich bin private Ermittlerin. Aber das wissen Sie ja längst. Wo ist mein Sohn?"

Sie versuchte die Panik in ihrer Stimme zu unterdrücken.

„Zusammengeschnürt wie ein Paket auf seinem Bett. Und daneben haben wir deine liebreizende Frau Charlotte gelegt", sagte er mit einem teuflischen Lächeln und wandte sich wieder Alexander zu. „Nach dem Brand, den du aus Verzweiflung gelegt hast, wird man denken, man habe es mit einem klassischen Fall von Eifersucht zu tun. Dein unbeherrschtes Gemüt ist ja jedem bekannt."

Alexander von Wolfsberg stöhnte auf und rollte mit den Augen.

„Hast du etwas gesagt, mein armer Prinz?"

Frank Liebermann ging hinüber zu seinem Opfer und riss ihm mit einem kurzen Ruck das Klebeband vom Mund.

„Hier kannst du schreien, so lange du willst. Keiner wird dich hören. Na ja, vielleicht die Geckos, die aber beim Feuer schnell Reißaus nehmen werden."

Alexander von Wolfsberg schluckte schwer.

„Frank, hör zu. Ich gebe dir alles, was ich besitze. Aber bitte lasse Frau Larson, ihren Sohn und meine Frau gehen. Es ist doch nur eine Sache zwischen uns beiden."

„Nein. Das wäre nur das halbe Vergnügen. Ich tilge Deine Familie aus. Und die Zeugen. Danach werde ich mein Leben einfach weiterleben. Den Verlust dieser Villa hier verbuche ich als Versicherungsfall."

Er wandte sich wieder Eva Larson zu.

„Sie, meine Liebe, waren zu neugierig. Während Sie brennen, können Sie sich ja noch überlegen, ob es dieser Dreckskerl wert war, für ihn zu sterben."

Er machte eine Kopfbewegung hin zu Alexander von Wolfsberg, der zwei Meter von ihr entfernt saß und an seinen Fesseln zerrte.

Eva Larson hörte Schritte. Ketut Candra kam auf sie zu und grinste sie an.

„Alles erledigt, Boss. Die beiden Pakete liegen fest verschnürt oben zusammen im Bett."

„Damit kommen Sie nicht durch. Sie kommen mit vier Morden nicht davon. Spätestens wenn man die Handschellen findet, mit denen Sie Raoul und Charlotte gefesselt haben, wird der dümmste Polizist wissen, dass es Mord war."

Eva Larson versuchte Haltung zu bewahren, um nicht den

Verstand zu verlieren. Irgendwo musste es doch einen Ausweg geben.

„Da machen Sie sich mal keine Sorgen, Gnädigste. Deshalb wurden auch die beiden mit Stricken gefesselt. Wie gesagt, Alexander legt das Feuer aus Eifersucht und nimmt sich selbst das Leben. Sie, Frau Larson, sehen das Feuer und rennen ins Haus, um Ihren Sohn zu retten. Dies wird mein Hausverwalter Ketut Candra der Polizei erzählen. Was der Nachwelt erhalten bleibt, ist eine Tragödie! Asche zu Asche, Staub zu Staub."

Er zeichnete ein Kreuz in die Luft.

„Ich muss mich jetzt verabschieden."

Liebermann wandte sich zum Gehen.

„Bitte, Frank, tu das nicht!" flehte Alexander von Wolfsberg. Sein Widersacher drehte sich noch einmal um und überlegte kurz.

„Ja, und dann werde ich als Patenonkel den Stecker bei Carina ziehen. Dann sind alle tot, mausetot." Er lachte diabolisch.

„Du Teufel. Du verdammter Teufel!"

Eva wusste, dass Frank Liebermann keine Gnade kannte. Ihr liefen aus Verzweiflung die Tränen übers Gesicht als sie sah, wie er zusammen mit Ketut Candra das Zimmer verließ.

„Eva, es tut mir so leid. Es tut mir so furchtbar leid. Ich bin an allem Schuld", sagte Alexander. Und seine Stimme klang so dunkel, als käme sie bereits aus dem Grab. „Ich habe damals in Los Angeles die Villa von Liebermann gekauft, um mich wirklich an ihm zu rächen. Er hatte mir die Schulzeit zu einer Tortur gemacht. Und da bot sich die Gelegenheit."

„Rache", sagte Eva matt, „Rache zieht immer Rache nach sich. Das ist wie ein Fluch, der so lange anhält, bis alle tot sind. Denn aus Unrecht kann sich niemals Recht entwickeln. Einzig das Verzeihen kann allem ein Ende setzen."

„Können Sie Frank Liebermann verzeihen, dass er hier Ihren Sohn verbrennt, um an mir Rache zu nehmen?"

Darauf antwortete Eva nicht mehr. Es roch bereits nach Feuer und erster Rauch schwebte wie ein Dämon auf sie zu. Sie dachte an Raoul und dann dachte sie an ihren Mann Peer. Was hatte sie gerade vom Verzeihen zu Alexander gesagt?

Alexander von Wolfsberg hatte angefangen, das Vaterunser zu sprechen.

„... und vergib uns unsere Schuld, wie auch wir vergeben unseren Schuldigern ..."

19. Kapitel

Eva Larson fühlte sich schwerelos. Sie schaute auf und sah nur weißes Licht.

Ich bin im Himmel, überlegte sie. Und doch bewegte sie instinktiv ihre Hände und ihre Füße. Wie jemand, der nachprüfen wollte, ob er querschnittsgelähmt sei. Alles wackelte perfekt.

Das weiße Licht wurde immer gleißender. Wie schön.

„Frau Larson!"

Was für ein seltsamer Traum, sie hörte die Stimme von Carinas Arzt und sie lächelte.

„Frau Larson, bitte schauen Sie mich an."

Ihr Blick wurde fixiert von einem Gesicht, das sich über sie beugte und das helle Licht plötzlich verdeckte.

Das ist kein Engel, überlegte sie. Benommen kniff sie die Augen zusammen und konzentrierte sich.

Plötzlich verkrampfte sich alles in ihr und sie versuchte, sich aufzurichten. Wo war Raoul, wo war ihr Sohn? Wo war sie?

Eine sanfte Hand drückte sie wieder zurück auf ihr Bett.

„Sie sind im Krankenhaus", kam die Stimme ihrer Frage zuvor.

„Wo ist mein Sohn? Kann ich ihn sehen?" brachte sie mit Anstrengung hervor.

„Es tut mit leid, aber …"

Den Rest wollte Eva Larson nicht hören. Was hatte der Arzt über Koma gesagt? Ein Notfallprogramm, wenn man den Schmerz nicht fühlen möchte? Augen schließen, Programm einschalten.

„… Ihr Sohn befindet sich noch bei einer Untersuchung."

Den zweiten Teil des Satzes hatte sie nicht mehr gehört.

Jetzt war sie gestorben.

„Mama, kannst du mich hören?"

Sie lächelte, als sie die Stimme von Raoul hörte.

„Ja, mein Liebling, ich kann dich hören", flüsterte sie.

Eva Larson fühlte, wie ihr Sohn seinen Kopf auf ihre Schulter legte und anfing zu weinen.

„Du musst doch nicht weinen, mein Schatz. Jetzt sind wir für immer zusammen."

Raoul weinte immer mehr. Seine Tränen rannen ihren Hals hinunter und kitzelten.

„Das sind sicher die Medikamente. Das gibt sich wieder. Es war nur eine kurze Ohnmacht."

Diese Stimme gehörte eindeutig Dr. Verhofen. Und der Satz galt nicht ihr.

Vorsichtig öffnete Eva Larson ihre Augen.

Ihr Sohn hatte seinen Kopf erhoben und sie sah, dass er mit rot verweinten Augen bei ihr auf die Bettkante saß. Der Arzt stand neben dem Bett und hielt ihre Hand.

Aus einem Impuls heraus wollte sie ihre Hand wegziehen. Doch das ging nicht, denn eine Kanüle mit einer Injektionsnadel steckte in einer Ader und diente als schmerzliches Hindernis.

„Beruhige Sie sich bitte."

Nun bemerkte sie erst, dass der Arzt ihren Puls fühlte, ihre Hand dann sanft auf die Bettdecke legte, und einen Eintrag auf ein Krankenblatt schrieb.

„Wie lange bin ich schon hier?"

„Zwei Tage."

„Zwei Tage …?"

Eva Larson hatte Schwierigkeiten, sich zu konzentrieren. Kurze Sätze mussten genügen. Fürs erste.

„Bin ich verletzt?"

„Ja und nein. Sie hatten eine Rauchvergiftung. Ansonsten konnten keine weiteren Verletzungen bei Ihnen festgestellt werden."

Vor der nächsten Antwort hatte Eva Angst.

„Was ist mit Charlotte und Alexander von Wolfsberg?"

„Alexander hat ebenfalls eine Rauchvergiftung. Und eine gebrochene Rippe. Er liegt im Zimmer nebenan. Charlotte wurde wie Raoul niedergeschlagen. Ihr Sohn kam zum Glück mit einer Platzwunde am Hinterkopf und einer leichten Gehirnerschütterung davon. Charlotte hatte weniger Glück. Sie hat durch den Schlag ein Schädel-Hirn-Trauma erlitten. Es kam vor wenigen Stunden zu einer Hirnblutung. Wir wissen noch nicht, wie stark ihr Hirn geschädigt ist."

Eva Larsons Herzschlag erhöhte sich. Sie atmete schwer. Dr. Verhofen hatte wieder ihre Hand ergriffen.

„Ruhig atmen. Ein und aus. Ein und aus. Ein und …"

Ich schlafe jetzt einfach noch ein bisschen, verschrieb sie sich als Medikation und fiel in einen traumlosen Dämmerzustand.

„Eva!"

Nyoman Sedengs Stimme klang bekümmert.

„Hören Sie mich?"

„Ja", hauchte sie, ohne die Augen zu öffnen. Sie wusste immer noch nicht, warum sie eigentlich noch lebte.

„Bitte sehen Sie mich an!"

Vorsichtig blinzelte Eva Larson.

Ihr Bett stand in einem abgedunkelten Raum. Die Jalousien an den Fenstern waren herabgelassen, ein Überwachungsapparat stand links von ihr und sie konnte den blauen Verlauf ihrer Pulsfrequenz aus dem Augenwinkel heraus sehen. 74 Schläge pro Minute. Das war normal, oder?

„Saya sangat khawatir, Eva."

„Mit Verlaub, Superintendant, mein Indonesisch ist zwar heute nicht so gut, aber ich denke, Sie müssen sich keine Sorgen um mich machen."

Sie versuchte zu lächeln.

Der balinesische Polizeibeamte rückte sich einen Stuhl an das Bett der Detektivin.

„Nyoman, was ist passiert? Ich erinnere mich nur noch an den Rauch. Und daran, dass ich dachte, ich würde jetzt sterben."

Eva Larson hatte die Schüsse nicht mehr gehört, die Ketut Candra und Frank Liebermann niederstreckten.

Wayan Satyawati fanden Polizisten fast bewusstlos in seinem Auto, das draußen vor dem Villengrundstück auf der Straße parkte.

„Er hatte so viel Speed konsumiert, dass sein Herz raste, als man ihn verhaftete. Er halluzinierte und erzählte etwas von einem Todesvogel, der gekommen war, um alle zu vernichten. Wir haben ihn unter Bewachung in die psychiatrische Klinik von Denpasar eingewiesen."

Bei der Erwähnung des Todesvogels erhöhte sich Evas Herzschlag erneut. 80, 85, 90, 95, 100 Schläge. Aber sie konnte sich einigermaßen beruhigen.

„Wenn wir Pech haben, behalten sie ihn da. Sein Vater sitzt uns schon mit einem Anwalt im Nacken und plädiert auf unzurechnungsfähig. Es gibt weder Zeugen, die gesehen haben, dass er unmittelbar etwas mit dem Brand zu tun hatte, noch haben wir Rauschgift bei ihm gefunden. Das scheint er alles verkonsumiert zu haben."

„Aber Nyoman, das kann doch nicht wahr sein. Sie hatten doch einen Haftbefehl wegen der Fingerabdrücke auf dem Marihuana-Päckchen. Und er hat mich mit einer Waffe bedroht und mir gegenüber den Mord an Gede Satia gestanden! Von wegen unzurechnungsfähig!"

„Bei der Anerkennung der Fingerabdrücke auf dem Marihuana-Päckchen gibt es offensichtlich noch interne Ungereimtheiten. Sie wissen ja, dass erst ein Schuldiger für das Tauschmanöver ermittelt werden muss. Und wegen des Mord-Geständnisses steht sein Wort gegen Ihr Wort."

Plötzlich fiel ihr etwas ein.

„Mein Handy! Wo ist mein Handy?" Sie schaute sich aufgeregt um. „Es war in meiner Hosentasche!"

„Das wird bei Ihren Sachen sein. Soll ich es Ihnen bringen?"

Die Detektivin nickte schwach. Nyoman Sedeng schaute sich kurz um. Dann stand er auf.

„Ich frage die Schwestern, wo Ihre Kleidung ist. Ich kann sie hier gerade nicht sehen."

Für einen kurzen Moment ließ er sie allein.

Evas Kopf wurde immer klarer. Und damit kamen auch all die Fragen, die sie dringend dem Superintendant stellen wollte.

Die Tür ging auf und Nyoman Sedeng kam zusammen mit Raoul zurück in ihr Zimmer.

„Mama, wir haben das Handy gefunden. Aber der Akku ist leer."

Er hielt ihr das Smartphone hin.

„Hast du dein Ladekabel dabei?"

Ihr Sohn grinste sie an.

„Immer am Mann."

„Gut, dann lade es. Bei fünfzig Prozent, bringe es mir. Warte bitte draußen."

Nun waren sie wieder allein im Zimmer.

„Was ist mit Wayan, der Haushälterin. Geht es ihr gut? Und dem Chauffeur? Und den beiden Polizisten?"

„Ja, Wayan ist unverletzt. Der Chauffeur hat eine schwere Kopfverletzung, ist aber über den Berg. Die Ärzte sind optimistisch, dass er keine bleibenden Schäden davon tragen wird. Die beiden Beamten sind unverletzt."

Eva Larson versuchte sich aufzurichten. Doch es gelang ihr nur mühsam. Nyoman Sedeng sprang sofort auf, betätigte einen Hebel unter dem Bett und das Kopfteil stellte sich langsam auf. Fürsorglich brachte er ihr Kissen hinter dem Rücken in eine angenehme Position. Dabei kam er ihr sehr nah.

„Danke."

Sie schaute ihn an und bemerkte, dass sie ihn das erste Mal wirklich wahrnahm. Er war ein gut aussehender Mann, wohl um die fünfzig Jahre alt. Groß für einen Balinesen. Die Gesichtshaut war zart, seine Haare glänzend, mittellang und gepflegt. Seine Augen hatten eine ganz besondere Ausstrahlung. Eva sah Fürsorge, Intelligenz, Humor und Intuition in ihnen aufblitzen.

Warum hatte sie das nie bemerkt? War es wirklich so, dass sie in ihre eigenen Probleme so verstrickt war, dass sie den Wald vor lauter Bäumen nicht mehr sah?

„Eva?"

Sie hatte sich kurz in seinen Anblick verloren und lächelte.

„Warum wurden wir gerettet?"

Nun war es Nyoman Sedeng, der lächelte.

„Können Sie sich daran erinnern, dass Sie mir von den Überwachungskameras von Ketut Candra erzählten? Wir haben dann eigene installiert …"

„Nyoman!"

„Nein, Eva, nicht wie Sie meinen. Natürlich keine in den Zimmern."

Er lachte.

„Obwohl ich darauf bestanden hatte", sagte er scherzhaft. „Nein, wir haben sie in der Auffahrt angebracht, um zu sehen, wer da ein- und ausgeht. Da dieses Haus mit Drogen in Bezug stand, war es nicht schwer, für die Überwachungsaktion eine Genehmigung zu bekommen."

„Ich verstehe."

„Niemand ahnte, dass es um Leben und Tod ging."

Nyoman Sedeng schaute Eva ernst an.

Er war vor zwei Tagen zum Spätdienst eingeteilt. Der Beamte, der die Aufgabe hatte, den Monitor mit den Aufnahmen vor der Villa zu überwachen, alarmierte ihn sofort, als er sah, was sich da abspielte.

„Sie können sich nicht vorstellen, was ich empfand, als ich erst beobachten musste, wie meine beiden Beamten, die ich zum Schutz im Wachhäuschen der Villa postiert hatte, mit vorgehaltener Waffe ins Haus gebracht wurden. Und dann die Limousine vorfuhr und ich plötzlich mitansehen musste, wie erst die anderen von Ketut Candra und dann Sie von Wayan Satyawati ins Haus gebracht wurden."

Nyoman Sedeng fuhr sich mit beiden Händen durch die Haare und seufzte. Die Szene schien wieder in seinem Geist aufzutauchen.

„Nyoman, ich habe Rauch eingeatmet. Das war das letzte, an das ich mich erinnere. Wie haben Sie es eigentlich geschafft, von Denpasar aus bis zur Villa rechtzeitig kommen, um uns zu retten?"

Nyoman Sedeng schaute Eva lächelnd an.

„Das Zauberwort heißt 'Helikopter'. Nach den Bomben-anschlägen in Kuta vor ein paar Jahren hat unsere Einheit nachgerüstet. Keine fünfzehn Minuten später waren wir vor Ort."

Der Superintendant legte den Kopf schief.

„Beim ersten Anzeichen von Rauchentwicklung wurden auch die Polizei- und Feuerwehrstationen im Umkreis von zehn Kilometern alarmiert. Als der erste Löschzug eintraf, stand die Villa in Flammen und die Feuerwehrleute ergriffen sofort Maßnahmen. Sie konnten nicht ahnen, dass sie damit die Pläne von Liebermann und Ketut Candra vereitelten."

„Und wie kam es dann zu der Schießerei?"

„Unmittelbar zu Beginn der Löscharbeiten traf der erste Polizeiwagen mit vier Beamten ein. Wayan, die Haushälterin, konnte sich von den Fesseln befreien und lief den Einsatzkräften entgegen, um sie vor den bewaffneten Männern zu warnen, die sich noch auf dem Grundstück befanden und wohl das Gelingen ihrer Aktion abwarten wollten. Als sich die Polizisten dem Haus näherten, eröffnete Ketut Candra sofort das Feuer auf sie. Er wurde schwer verletzt, als er über den Strand flüchten wollte. Übrigens liegt er nur drei Zimmer weiter und wird streng bewacht. Seine Prognose sieht ganz gut aus. Sprich, er wird sich einem Prozess wegen Mordes und versuchten Mordes stellen müssen. Frank Liebermann versuchte, die Polizeisperre an der Villenzufahrt mit seinem Geländewagen zu durchbrechen. Er wurde erschossen. Das ist die Kurzfassung."

„Und eine etwas längere Version?"

„Als ich ankam, waren die Löscharbeiten schon fast abgeschlossen. Raoul und Charlotte von Wolfsberg wurden gerade von einer Ambulanz abtransportiert. Apropos Raoul: Die Geschichte wird Sie interessieren. Ich kann sie kaum glauben. Charlotte bekam das Medaillon, das Ihr Sohn um den Hals trug, trotz ihrer schweren Kopfverletzung zu fassen und konnte es öffnen. Mit dem kleinen Messer, das wohl darin versteckt war, durchschnitt sie mit letzter Kraft den Strick, mit dem er gefesselt war. Anschließend tat er das mit ihren Fesseln. Unglaublich!"

Eva Larson schloss die Augen. Im Geiste dankte sie dem Balier für das Amulett.

„Sie und Alexander fand ich bewusstlos im Pool-Haus."

„Das war wohl Rettung in letzter Sekunde."

„Das können Sie laut sagen!"

Es klopfte leise. Raoul steckte seinen Kopf durch den Türspalt.

„Mama, dein Handy wäre jetzt soweit."

Eva Larson atmete erleichtert auf, als sie die ersten Geräusche ihres Mitschnitts hörte. Die Aufnahme hatte also geklappt.

„Das ist ja ungeheuerlich", sagte Nyoman Sedeng, als er hörte, wie Wayan Satyawati der Detektivin den Mord an Gede Satia gestand.

„Ich weiß, dass heimliche Mitschnitte von Gesprächen bei uns in Deutschland vor Gericht selten Bestand haben, da sie widerrechtliche Eingriffe in das Persönlichkeitsrecht darstellen. Vielleicht wird es hier auf Bali in diesem Fall anders gehandhabt."

Nyoman Sedeng überlegte kurz.

„Ich bin zwar kein Anwalt, aber ich bin mir sicher, es wird berücksichtigt, dass Sie das Gespräch aufgezeichnet haben, weil Sie sich in akuter Lebensgefahr befanden. Das wird sicherlich anders gewertet. Das klingt alles andere als ein Geständnis eines Unzurechnungsfähigen. Und selbst wenn die Sache mit den Fingerabdrücken auf dem wieder aufgetauchten Marihuana-Päckchen ins Leere laufen sollte, schließt sich die Schlinge immer enger um seinen Hals. Damit kommt Wayan Satyawati nicht mehr durch. Schätze, er wird Brian Seldridge bald Gesellschaft auf Nusa Kambangan leisten.“

20. Kapitel

Nach fünf Tagen konnte Eva Larson aus dem Krankenhaus entlassen werden. Sie fühlte sich körperlich ganz gut, doch ihre Psyche war angeknackst. Ihr Geist lief wie ein Hamster in einem Rad, ohne irgendwo anzukommen.

Sie hatte Raoul vor zwei Tagen nach Hause geschickt – natürlich unter seinem starken Protest. Nur das Argument, er könnte mit seinem Großvater nach Los Angeles fliegen und zusammen mit ihm Marja von Wolfsberg berichten, was sie herausgefunden hatten, überzeugte ihn dann schließlich. Diese Seite seiner Familie kannte er noch gar nicht.

Nach seiner Abreise war ihr wesentlich wohler. Ihr Sohn befand sich nun nicht mehr in Reichweite von Wayan Satyawatis Vater, der ihr, wenn sie im Krankenhaus eingeschlafen war, wie ein Nachtalb erschien und ihr solche Atemnot verursachte, dass jedes Mal ein Arzt kam, der sie wecken und beruhigen musste.

Nyoman Sedeng holte sie in ihrem Krankenzimmer ab und war mit ihr auf dem Weg zum Fahrstuhl, als sie ein Zimmer mit einem Polizisten davor passierten.

Die Kugel in Ketut Candras Brust hatte nur knapp sein Herz verfehlt. Er sollte Ende der Woche in das Kerobokan Gefängnis in Denpasar auf die Krankenstation überstellt werden, um dort auf seinen Prozess zu warten. Ein Todesurteil schien ebenso wahrscheinlich wie die anschließende Überstellung auf die Insel Nusa Kambangan, wo alle Hinrichtungen stattfanden.

„Hier liegt er also?"

Eva war vor seiner Tür stehengeblieben.

„Ja. Er ist von erstaunlich robuster Statur."

„Kann ich kurz zu ihm?"

Nyoman Sedeng konnte den Wunsch der Detektivin verstehen. Doch er zögerte, überlegte, ob das vernünftig sei, in Hinblick auf den Prozess. Nur jetzt keinen Fehler machen!

„Bitte, Nyoman!"

Der Superintendant wechselte mit dem Dienst habenden Polizisten ein paar Sätze. Dann öffnete er die Tür und sie traten zusammen in das Krankenzimmer.

Es unterschied sich kaum von dem Raum, in dem Eva Larson die letzten Tage verbracht hatte. Auch hier waren die Jalousien heruntergelassen und der Überwachungs-Monitor lieferte bunte Daten und monotone Geräusche.

Ketut Candra hielt die Augen geschlossen. Eva sah, dass seine Hände links und rechts mit Handschellen an einem Sicherheitsgitter befestigt waren. Er hatte sie zu Fäusten geballt und die Adern traten auf dem Handrücken hervor wie blaue Flüsse.

Eva Larson atmete zufrieden auf. Ja, das war gut so, den Mann, der sie bedroht und ihren Tod billigend in Kauf genommen hatte, hier so wehrlos liegen zu sehen.

Jedes Video, dass er in unberechtigter Weise in der Villa aufgenommen hatte, konnte gegen ihn verwendet werden. Er war der Verursacher der Aufnahmen und war nicht wie die anderen ohne Genehmigung gefilmt worden. Diese Nachricht von Nyoman hatte sie in eine fast fröhliche Stimmung versetzt.

Sie traten dicht an das Bett heran.

Ketut Candra öffnet die Lider. Es lag so viel Bosheit in seinem Blick, dass Eva instinktiv einen Schritt zurücktrat.

„Sie sind verloren", sagte er und fixierte sie mit seinen Augen. Es war, als stachen zwei Dolche in Evas Seele. Dann begann er zu lachen. Hämisch, schadenfroh, hysterisch. Sein Herzschlag erhöhte sich und der Überwachungsapparat schlug Alarm.

Die Tür wurde aufgerissen und ein Arzt kam gelaufen. Er schickte Eva und Nyoman aus dem Zimmer.

„Ich habe keine Angst vor dir."

Eva sagte das beim Hinausgehen und drehte sich noch einmal kurz um.

„Wizard akan datang!" schleuderte Ketut Candra ihr hinterher.

„Was bedeutet das?"

„Der Magier wird kommen", sagte Nyoman Sedeng und schloss die Tür hinter ihnen.

Alexander von Wolfsheim hatte eine andere Villa in der Nähe des Künstlerortes Ubud gefunden und Eva eingeladen sein Gast dort zu sein, so lange sie wollte.

Nyoman Sedeng begleitete die Detektivin noch bis zur Limousine, die der Immobilienmakler ihr geschickt hatte und verabschiedete sich dann. Sie versprach, sich am nächsten Tag noch Zeit für eine letzte Zeugenaussage zu nehmen und auch, mit dem Superintendanten an ihrem letzten Abend vor der Reise, Essen zu gehen.

Sie lächelte, als sie ihm zum Abschied winkte und sah aus dem Rückfenster, dass er ihr noch nachschaute, bis der Wagen in der Jalan Bypass Ngurah Rai vom dichten Verkehr verschluckt wurde.

An einer großen Kreuzung staute sich der Verkehr. Polizisten winkten einen kleinen Prozessionszug in Richtung Meer. Vorneweg liefen Kinder mit lachenden Gesichtern, gefolgt von Fahnenträgern. Trommler mit dunkellila Jacken und goldenen Sarongs übertönten mit ihren rhythmischen

Schlägen den Straßenlärm. Die Frauen trugen Schirme mit schwarz-weiß karierten Stoffen, die nicht nur das Böse, sondern auch die Sonne abhalten sollten.

Nahtlos fügte sich der belebte Badeort Sanur mit seiner dichten Bebauung an die Hauptstadt an. Das Straßenbild wurde aber zunehmend durch gepflegte Grünflächen und große Bäume aufgelockert. Schließlich verlor sich Evas Blick in einen Flickenteppich aus Reisfeldern und kleinen Dörfern.

Die Villen-Anlage, die Alexander von Wolfsberg vor den Toren der Touristenhochburg Ubud gefunden hatte, verschlug Eva die Sprache. Wie konnte so viel Luxus in einer so armen Umgebung Bestand haben, fragte sie sich, und folgte einem Hausangestellten über einen Holzsteg. Er führte offensichtlich an einer ehemaligen Reisterrasse entlang, die nun zu aneinander gereihten Pools umgewandelt war.

Ja, Dewi, die Reis-Göttin gab es noch. Aber sie hatte keinen Schrein, wie auf den Feldern der Bauern, sondern stand überlebensgroß in Stein gemeißelt vor einem kleinen, künstlichen Wasserfall und betrachtete verträumt den ankommenden Gast.

Evas Haus – denn 'Zimmer' konnte man das Holz-Konstrukt nicht mehr nennen – war so groß wie ihre Wohnung in München, ein Traum aus Bambus, bestückt mit wertvollen Möbeln, die alle so aussahen wie aus einem Prospekt, der für asiatischen Lifestyle warb. Das Bett allein, mit seinem Himmel aus fein gewebten Stoffen, hätte in Evas Augen schon einen Kunstpreis gewinnen müssen, von den Truhen, mit wertvollen Intarsien versehen, ganz zu schweigen.

Die Detektivin setzte sich auf ihre Terrasse und blickte hinunter auf den Ayung River, der sich wie eine braune Schlange durch die Landschaft wand. Ihr Handy klingelte.

„Mädchen, wie geht es dir?"

Es war so gut die Stimme von Alfons Jablonski zu hören.

„Ich komme gerade aus dem Krankenhaus und sitze hier inmitten von Reisfeldern und danke Gott, dass alles so gut für uns ausgegangen ist."

„Raoul hat mit alles erzählt, als ich ihn vom Flughafen abgeholt habe. Ehrlich, das nächste Mal lasse ich dich nicht mehr allein losziehen. Schon bei der Recherche über Liebermann hätte mir klar sein müssen, um was für ein Kaliber es sich bei diesem Menschen gehandelt hatte."

Kurze Stille.

„Ich könnte mich in den Hintern beißen!"

Eva lächelte.

„Mir geht es nicht anders. Ich hätte Raoul gar nicht erst mitnehmen dürfen. Einen Studenten! Andererseits …"

Sie überlegte.

„… Andererseits war er mir sehr behilflich. Die Sache mit der Sporttasche hätte ich sicherlich nicht ‚gecheckt' – wie er sagen würde."

„Die Polizei von Jakarta hat eine Razzia im Haus von Frank Liebermann, beziehungsweise von Lionel Frankmann, wie er sich dort nannte, durchgeführt und jede Menge Drogen sichergestellt. Seine philippinische Ehefrau, oder besser gesagt nun Witwe, wurde verhaftet. Ich warte noch auf einen Bericht von Interpol, die in die Sache auch involviert ist. Eva, wir hatten es mit Drahtziehern einer gefährlichen Drogenmaffia zu tun!"

„Ja. Nur leider wussten wir es nicht! Oder denkst du, wenn du einen Auftrag von der Schwester deines Schwiegervaters übernimmst, dass du in internationale Gaunereien verwickelt wirst?"

Sie tauschten noch einige Informationen aus.

„Wann kommst du wieder nach Hause? Soll ich dir einen Flug buchen?"

„Danke, das habe ich schon getan. Übermorgen geht mein Flieger spätabends gegen Mitternacht. Ich muss noch bei der Polizei meine Aussage vervollständigen und dann geht es zurück zu dir, mein Lieblingskollege."

„Apropos Lieblingskollege: Wie ist er denn, dein Superintendant?"

„Wie soll er sein? Ein toller Polizist eben."

„Peer meint, er sei gut aussehend, klug und ein Frauentyp."

Eva, die normalerweise bei der Erwähnung des Namens ihres Mannes verärgert reagierte, lachte.

Das irritierte Jablonski sehr.

„Eva. Du und dieser ..."

„Ja, ich und dieser tolle Polizist haben wunderbar zusammengearbeitet und werden morgen nach meiner letzten Zeugenaussage abends bei einem Essen den Fall abschließen."

„Mädchen ...!"

„Was?"

Eva schaltete ihren Laptop ein und klickte auf ihr Bildtelefon-Programm. Sie hatte von Raoul eine Nachricht erhalten, um wie viel Uhr sie ihn zu Gesicht bekommen konnte.

„Mama, alles in Ordnung?"

„Ja. Wirklich alles okay. Ich habe gerade online mein Ticket bestätigt. Du fliegst ja heute Nachmittag mit Opa nach Los Angeles zu seiner Schwester Marja. Wenn sie noch Fragen haben sollte, die ihr nicht beantworten könnt, dann machen wir es auch über dieses Bildtelefon, ja?"

„Okay! Ich habe übrigens vorhin noch mit Marco telefoniert. Der Gunung Agung hat sich offensichtlich wieder beruhigt. Es ist kein Vulkanausbruch zu befürchten. Da bin ich schon froh. Und Mama …"

„Ja?"

„Es war toll, mit dir zusammenzuarbeiten. Danke, dass du mich mitgenommen hast."

Eva hatte gerade die Verbindung beendet, als sie die Stimme von Alexander hörte.

„Störe ich?"

„Nein. Natürlich nicht."

Alexander von Wolfsberg war genau wie sie mit einer Rauchvergiftung im Krankenhaus gelegen. Aufgrund seiner stärkeren Konstitution konnte er bereits zwei Tage vor Eva entlassen werden.

„Ich muss schon sagen: Respekt! Wie Sie in dieser kurzen Zeit diese Traumunterkunft gefunden haben!"

Eva schüttelte Alexander herzlich die Hand.

„Um ehrlich zu sein, ich habe sie spontan gekauft! Wenn Carina aufwacht, möchte ich gerne, dass sie hier eine Heimat hat – oder zumindest ein Haus."

Eva wurde traurig ums Herz. Sie bewunderte den Optimismus dieses Mannes.

„Und ich möchte, wenn Charlotte aufwacht, dass sie hier mit mir eine Weile lebt. Ich denke, dass Los Angeles unserer Beziehung nicht so gut getan hat. Vielleicht muss sie erst heilen, damit wir zurückkehren können."

Eva dachte an Marja von Wolfsberg, die dann ganz allein in Amerika war, ein Land, in das sie nur aus Liebe, nie aus Überzeugung gegangen war.

Als hätte Alexander ihre Gedanken gelesen.

„Ich möchte meinen Onkel überzeugen, meine Mutter wieder nach Deutschland zurückzubringen. Das ist ihre Heimat. Und ich bitte Sie um Unterstützung bei diesem Vorhaben."

Eva erzählte Alexander, dass ihr Schwiegervater und Raoul sich gerade auf dem Weg nach Los Angeles befanden.

„Ich finde das auch eine gute Idee. Manchmal muss Schluss mit Leiden sein!"

Irgendwie sagte sie das auch zu sich selbst.

Alexander war gerade schon im Gehen, als er sich umdrehte.

„Ich habe heute zwei Karten für eine Tanzvorführung vor dem Palast von Ubud gekauft in der Hoffnung, du würdest mich begleiten."

Eva lächelte bei dem spontanen Übergang vom Sie zum Du und fand es angesichts des Dramas, das sie gemeinsam durchstanden hatten, vollkommen angebracht.

„Danke, Alexander. Da gehe ich gern mit dir hin."

„Pan Satia hat mir diese Veranstaltung empfohlen", sagte Alexander, als er zusammen mit Eva in der zweiten Reihe vor dem alten Ubud Palace Platz nahm.

Die Detektivin schaute ihn erstaunt an. Sie hatte gar nicht mitbekommen, dass sich die beiden Männer kennengelernt hatten. Aber sie sagte nichts dazu. Die Kulisse des Palastes hatte ihre Aufmerksamkeit gefesselt. Es war schon dunkel und der Eingang war mit Fackeln erleuchtet, die das Rot der Mauern besonders gut zum Leuchten brachten.

Die Spieler des Gamelan-Orchesters nahmen rechts am Rande des Tanzbereiches hinter ihren Instrumenten Platz.

„Die Vorführung heute ist etwas ganz besonderes. Pan

Satia sagte sogar, es sei eine Rarität. Wir sehen den Calon Arang Trance Tanz, der nur sehr selten aufgeführt wird. Er wird nur gezeigt, wenn Schwarzmagier mit ihren Kräften den Ort bedrohen."

Eva befiel ein ungutes Gefühl.

„Gibt es denn einen bestimmten Anlass?"

„Das wusste er auch nicht. Ein Priester hatte wohl einen beängstigenden Traum und forderte die Aufführung. Da bin ich mal gespannt."

„Hast du eine Ahnung, um was es bei dem Tanz genau geht?"

„Ja. Pan Satia hat mir die Geschichte in Kurzform erzählt."

Calon Arang war Witwe und eine gefürchtete Hexe. Die fleischgewordene Rangda. Sie hatte eine wunderschöne Tochter, Ratna Menggali. Da bekannt war, dass Hexen ihre Töchter in die schwarze Magie einweihen, hatte niemand so recht Lust, sie zu heiraten. Darüber wurde Calon Arang so wütend, dass sie das umliegende Land mit Seuchen und Dürre überzog. In seiner Not bat der regierende Raja Erlangga einen heiligen Asketen um Rat. Der schickte seinen eigenen Sohn Bahula, um Ratna Menggali zu heiraten. Die Schönheit war darüber so glücklich, dass sie ihrem zukünftigen Ehemann geheime Bücher aushändigte, in denen genau beschrieben wurde, mit welchen magischen Mitteln man die Hexe vernichten konnte.

Nachdem nun die magische Lehre bekannt war, spürte der Asket Calon Arang in einem Pura Dalem, einem Begräbnistempel, auf. Durch das Aufsagen eines heiligen Verses, gelang es ihm endlich, die Hexe zu besiegen. Nach einer Versöhnung, in der Calon Arang dem Asketen ihren Respekt und ihre Verehrung aussprach, fuhr sie geläutert in den Himmel.

„Ja, das ist eine schöne Geschichte", gab Eva zu. „Und das wird nun hier durch das Tanzspiel dargestellt?"

„Nein, nicht ganz. Das war nur die Hintergrundinformation, um wen es sich bei Calon Arang handelt. Hier stellt sich die Hexe in dem traditionellen Rangda-Kostüm dem Barong, einem balinesischen Fabelwesen, das zwar in der Unterwelt lebt, aber über gute Kräfte verfügt. An seiner Seite sind Kämpfer, die mit ihren rituellen Dolchen den Barong unterstützen und das Böse vernichten."

Unwillkürlich griff Eva an ihren Hosenbund, in dem der Kris steckte, den ihr der Balier gegeben hatte und ohne den sie sich keinen Meter bewegte. Selbst im Krankenhaus hatte sie darauf bestanden, dass er unter ihrem Kopfkissen lag. Sie schwor darauf, dass der Magier sie zwar in ihrem Zimmer besuchen, ihr aber nichts anhaben konnte.

Das Orchester begann mit der Musik, um mit den Göttern in Kontakt zu treten. Klänge aus Klangschalen, Xylophonen, Metallophonen, Gongs und Becken schwollen zu einem ungewöhnlichen Musikerlebnis an.

Aus dem Tempeltor trat die Hexe heraus und ging die steinernen Stufen hinunter. Ihr braunes Haar hing fast bis zum Boden. Lange Krallen bildeten den Abschluss ihrer Finger, mit denen sie stets drohende Bewegungen machte. Ihr folgte der Barong mit seinem zotteligen Kostüm und seiner goldenen Maske, aus der zwei große, kugelrunde Augen hervorstießen. Bald erschienen die Kris-Tänzer in schwarz-weiß karierten kurzen Sarongs und einem weißen Tuch um den Hals. Sie attackierten mit lauten Schreien Calon Arang und richteten ihre Dolche gegen sie. Schließlich vertrieben sie die Hexe, doch durch den Tanz waren die Kris-Tänzer so in Trance gefallen, dass sie der Reihe nach zu Boden fielen und die Dolche gegen sich selber richteten. Schnell eilten Helfer herbei, rangen ihnen die Waffen ab und versuchten die Männer, die sich nun auf dem Steinpflaster wie toll geworden wanden, zu beruhigen.

Nachdem alle wieder bei Sinnen waren, kam ein Priester, segnete sie und sprenkelte heiliges Wasser über ihre Köpfe.

Eva hatte das Spektakel mit gemischten Gefühlen angeschaut. Was war echt? Was gespielt? War das für die Touristen so eingeübt? Sie beobachtete die Männer, die immer noch auf dem Boden saßen. Manche hatten ihre Gesichter in ihren Händen vergraben, manche machten noch immer einen verwirrten Eindruck. Der Priester strich einigen behutsam über den Rücken und flüsterte ihnen etwas zu.

Auch Alexander von Wolfsberg hatte das Tanzspiel wie gebannt beobachtet. Balis Magie ließ nur die kalt, die ausschließlich die Materie zu ihrem obersten Gott erklärt hatten.

Die Gamelan-Spieler hatten begonnen, die Instrumente einzupacken, die Tanzfläche war nun vollkommen leer und alle Akteure hinter der Tempelmauer verschwunden.

„Ich schicke dich mit dem Chauffeur allein zurück, Eva. Ich habe noch eine Verabredung. Ich hoffe, das macht dir nichts aus."

„Nein", antwortete sie. Aber es lag ihr auf der Zunge zu fragen, was er so spät abends noch vorhaben konnte.

Die Limousine parkte in einer Nebenstraße und Eva verabschiedete sich von Alexander. Sie schaute auf die Uhr. Es war kurz nach 23 Uhr.

Die Fahrt an den Stadtrand dauerte zwanzig Minuten, was weniger an der Distanz, als an dem Stau lag, der sich selbst zu so später Stunde auf der Hauptstraße gebildet hatte.

Die Jalan Monkey Forest führte in gerader Linie durch das Stadtzentrum. Wie Perlen reihten sich Geschäfte, Wechselstuben, Kunstgalerien, Restaurants und Coffeeshops aneinander. Eva ließ das Fenster runter und atmete die warme Abendluft ein, die geschwängert war vom Duft der Frangipani-Bäume und exotischen Gewürzen.

Kurz vor dem Affenwald machte die Straße einen rechtwinkligen Linksschwenk und führte allmählich in die Außenbezirke. Eine geschotterte Stichstraße brachte sie zum neuen Anwesen der von Wolfsbergs.

Der Mann am Tor schien schon geschlafen zu haben. Er kam erst aus seinem Häuschen, als der Fahrer hupte. Von Hand hob er eine kleine Schranke hoch, die mehr zur Dekoration als zur Absicherung des Grundstückes diente.

Eva bedankte sich bei dem Chauffeur, der zurück nach Ubud fuhr, um später Alexander abzuholen. Ein junges Mädchen, das aus dem Nichts aufgetaucht war, fragte die Detektivin, ob sie noch etwas brauchte. Eva verneinte und die Hausangestellte zog sich zurück.

Der Holzsteg zu ihrem Haus war nun von Kerzen in Gläsern beleuchtet. Sie flackerten unruhig im Abendwind.

Neben ihrem Bett spendete eine kleine Tiffany-Lampe ein schönes Licht. Gerade genug, um sich zurechtzufinden. Auf einem Holztisch fand Eva eine Flasche mit balinesischem Rotwein und einen Zettel: 'Ich wünsche dir eine gute Nacht. Alexander.' Das war nett.

Eva öffnete die Flasche mit dem beigelegten Korkenzieher. Sie zog ihre Schuhe aus, schnappte sich ein Glas und ging hinaus auf ihre Terrasse. Eine große Rattanbank mit dicken, flauschigen Kissen lud geradezu zum Sitzen ein. Auf einem Beistelltisch lagen neben einem Windlicht Streichhölzer und Eva zündete es an.

Beine hochlegen, einen Schluck nehmen, Augen schließen.

Ganz in der Nähe huben Frösche zu einem mitternächtlichen Konzert an.

Ein starker Windstoß weckte Eva. Vor ihren Augen erlosch die Kerze auf dem Tisch. Es roch nach Aas. Das Restlicht ließ Konturen nur noch erahnen.

Ein dunkler Schatten senkte sich auf die Terrasse und Eva gefror das Blut in ihren Adern. Er war es. Er war da.

Übergroß schien der Magier vor ihr zu schweben. Kein Mensch, kein Tier, ein Wesen aus der Unterwelt. Augen wie zwei glühende Kohlen funkelten sie an.

Eva setzte sich auf. Instinktiv griff ihre Hand an den Knauf des Kris, der noch verborgen in seinem Schaft an ihrem Gürtel hing.

„Ich habe dich gewarnt", donnerte eine Stimme aus dem körperlosen Dämon. „Du dachtest wohl, du könntest mir entkommen! Ich werde dich ganz langsam töten, dafür, dass du mir meinen Sohn genommen hast!"

Ein diabolischer Schrei zerteilte die Nachtluft.

Eva stand benommen auf. Sie zog den Dolch heraus und richtete seine Spitze auf das Ungeheuer.

„Oh, was für ein schöner Kris! Ja, stich zu! Töte mich!"

Eva Larson schloss für einen kurzen Moment die Augen. Ihr Herz schlug bis in den Kopf und hämmerte die Worte des Magiers in ihr Bewusstsein. Sie fühlte Wut in sich aufsteigen.

Wie aus der Ferne legte sich plötzlich ein anderer Satz über seine Worte. Ein Satz, den Nyoman zu ihr gesagt hatte: ‚Mit Hass lässt sich das Böse nicht besiegen. Im Gegenteil: Er wird es verstärken. Um einen Leyak zu töten, bedarf es großer Liebe …'

Sie öffnete ihre Augen wieder. Der Magier und sie standen sich nun ganz nah gegenüber. Sie bräuchte nur den Arm ausstrecken und der Kris würde in den Dämon fahren und ihn vernichten. Oder …?

Eva hob die Hand, in dem sie den Dolch hielt. Mit einer schwenkenden Bewegung führte sie den Kris bis zu einer Stelle, an der der Magier in seiner menschlichen Gestalt sein Herz gehabt hätte. Die gewellte Klinge begann zu glühen.

„Nein, ich werde dich nicht töten."

Ihre zittrige Stimme verriet ihre Aufregung. Sie musste ihren ganzen Mut zusammennehmen, um weiterzusprechen. Ihre letzten Worten sollten nicht voller Zorn sein. So wollte sie nicht aus dem Leben scheiden.

Ihr Blick fiel entlang der leuchtenden Klinge des Kris.

„Auch wenn du dich der schwarzen, der dunklen Seite der Magie zugewandt hast. Ich sehe immer noch ein kleines Licht in dir leuchten. Es ist die Liebe eines Vaters zu seinem Sohn. Und ich sehe, es wird immer größer."

Eva zog die Hand zurück und presste den Kris an ihre eigene Brust. Das Licht des Dolches breitete sich auf ihrem ganzen Körper aus und darüber hinaus. Ihre ganze Aura schimmerte.

Die Augen des Magiers verglühten. Nur das kleine Licht, das der Kris in dem Dämon erweckt hatte, wurde immer größer und verschlang die Dunkelheit.

Ein greller Blitz durchzuckte die Nacht und mit einem Donnerschlag schälte sich aus der Dunkelheit ein furchterregendes Wesen. Rangda, die Königin der Hexerei und Herrscherin aller Dämonen sprühte Feuer aus Nase, Ohren und Mund. Aus ihren Augen tropfte Blut. Ihr heißer Atem verbrannte Evas Hand, mit der sie immer noch den Kris an ihren Körper presste.

Sie fletschte ihre riesigen Zähne.

„Du bist verloren. Du bist nicht mehr mein Diener. Vaterliebe ist dein Tod!"

Ihre Stimme gurgelte, als wolle ein Vulkan ausbrechen.

Sie riss ihren Mund noch weiter auf und mit einem Sog, der Eva von den Beinen riss, saugte sie den Dämon in sich ein.

„Eva!"

Benommen öffnete die Detektivin ihre Augen. Alexander von Wolfsberg hatte sich über sie gebeugt.

„Was ist passiert? Wo ist Rangda?" fragte sie verwirrt.

Er half ihr auf die Beine und sie ließ sich wieder auf die Rattanbank zwischen die Kissen sinken.

„Um Gottes Willen, was ist denn mit deiner Hand passiert?"

Was meinte er? Eva ließ den Blick an sich heruntergleiten. In ihrem Schoß umklammerte ihre rechte Hand den Kris. Der Handrücken zeigte große Brandblasen.

Alexander hatte sich neben sie gesetzt. Er drückte ihr das Weinglas in die linke Hand.

„Nimm erst einmal einen Schluck. Ich laufe jetzt schnell ins Haupthaus und hole den Verbandskasten."

Er eilte im Laufschritt davon. Die Schritte seiner nackten Füße wurden vom Holzsteg verschluckt und patschten dann auf den Fliesen des Hauses.

Eva trank einen Schluck. Der herbe Wein rann ihre Kehle hinunter und weckte die Lebensgeister. Sie steckte den Kris zurück in den Schaft und betrachtete ihr Hand.

Wahrscheinlich habe ich das alles nur geträumt, versuchte sie sich selbst zu beruhigen. Und die Brandverletzung hatte sie von …?

Auf jeden Fall konnte sie mit niemanden über diese nächtliche Begegnung sprechen. Nun, vielleicht ja doch mit

Nyoman oder auch mit Pan Satia. Oder aber auch mit Pak Sirkus Partha.

Alexander war mit einem Notfallkoffer zurückgekommen und breitete den Inhalt auf dem Beistelltisch aus.

„Ah, hier, das nehmen wir. Die Brandblasen sind zum Glück nicht offen. Das ist schon mal ein Pluspunkt."

Er strich eine Salbe auf die Verletzung, legte darüber eine sterile Gaze und umwickelte die Hand locker mit einem Verband.

„Oder willst du, dass wir gleich ins Krankenhaus fahren?"

„Nein, das geht schon. Morgen früh bin ich dann eh da und lasse es nachschauen."

Sie schaute ihn dankbar an.

„Wie spät ist es eigentlich?"

„Kurz nach eins. Ich bin gerade nach Hause gekommen und sah noch Licht in deinem Haus. Wollte nur nachschauen, ob du schon schläfst, oder ob ich auch ein Glas Wein abbekommen kann."

„Sicherlich. Ein zweites Glas steht noch drinnen auf dem Tisch."

Wenig später saßen sie zusammen auf der Bank.

„Ich fand dich hier auf dem Boden liegen. Du machtest einen etwas verwirrten Eindruck. 'Wo ist Rangda' wolltest du wissen. Wahrscheinlich hat dich der Tanz heute in Ubud zu sehr mitgenommen."

„Ja, wahrscheinlich hast du recht. Die Ärzte warnten mich und sagten, ich sollte kürzer treten. Vielleicht hätte ich nicht ausgehen sollen. War wohl ein Fehler."

„Wenn, dann war es mein Fehler. Habe überhaupt nicht daran gedacht, dass du noch so angeschlagen bist. Tut mir echt leid. Bitte sei mir nicht böse."

Eva hob ihr Glas und prostete Alexander zu.

„Du kannst bestimmt nichts dafür."

Dann fiel ihr noch etwas ein.

„Kann ich morgen dein Auto haben?"

21. Kapitel

Eva Larson besaß ein fotografisches Gedächtnis. Hatte sie einmal etwas gesehen, so konnte sie die Erinnerung daran jeder Zeit wieder ins Bewusstsein rufen.

Obwohl sie das erste Mal von Pan Satia zu dem Balier gefahren worden war, konnte sie dem Chauffeur von Alexander von Wolfsberg die genaue Route beschreiben. Die Ortsnamen kannte sie zwar nicht, wusste aber jede Abzweigung zu finden.

Die Detektivin hatte den Fahrer kurz nach Sonnenaufgang bestellt und das Frühstück ausgelassen. So erreichten sie das Dorf des Heilers am frühen Vormittag.

Pak Sirkus Partha saß auf einem Stuhl vor seinem Haus, rauchte und nickte ihr durch das verspiegelte Autofenster zu, als hätte er sie erwartet. Der alte Mann stand auf und ging ihr entgegen. Sie trug aus Respekt ihren besten Sarong, ihre weiße Bluse und hatte den Tempelschal um die Taille geschlungen.

„Selamat datang, willkommen", sagte er und verbeugte sich vor ihr. Sie erwiderte seinen Gruß. Sein Blick fiel auf ihre verbundene Hand. Er schüttelte leicht den Kopf und seufzte.

„Datang dalam."

Er lud sie in sein Haus und ging voran. Dieses Mal jedoch passierten sie den großen Behandlungsraum und betraten den Familientempel. Auf einem hölzernen Pavillon nahmen sie Platz.

Eva schaute sich um. Vor dem großen Schrein lagen frische Opfergaben und der Duft von Räucherstäbchen wehte zu ihnen hinüber.

„Ich möchte den Kris wieder zurückgeben. Er war mir ein guter Freund und Lehrer. Aber er gehört auf diese Insel."

Pak Sirkus Partha nickte.

Eva Larson zog den Dolch samt Schaft vorsichtig aus ihrem Tempelschal und zeigte ihn seinem ursprünglichen Besitzer.

„Ich habe ihn nicht verwendet", sagte sie und beschrieb dem alten Heiler genau, was in der Nacht geschehen war.

„Du täuschst dich. Du hast den Kris sehr wohl verwendet. Du hast seine Macht sehr weise eingesetzt. Manche Menschen denken, ein Kris sei ein Dolch, mit dem man kämpfen muss. Aber er ist eine rituelle Waffe. Hättest du dich vom Zorn überwältigen lassen, so hättest du die Macht des Magiers nur gestärkt. Dadurch, dass du jenes kleine Licht, was noch in seinem Herzen loderte, seine Vaterliebe, entdeckt hast, brach seine ganze Macht in sich zusammen."

Der Balian stand auf, ging ein paar Schritte über den Tempelhof und öffnete eine hölzerne Tür, die sich in einem kleinen Schrein befand.

„Dies ist der Sitz des Kris. Ort seiner Anbetung."

Eva Larson war ihm gefolgt. Als der Heiler sich zu ihr umdrehte, übergab sie ihm den Dolch mit einer Verbeugung.

Pak Sirkus Partha machte Anstalten, den Kris in den Schrein zu legen, hielt aber inmitten der Bewegung inne. Es war so, als lausche er einer Anweisung.

„Der Kris lässt dir nun eine Ehre zuteilwerden", sagte der Balier. „Nimm deinen Verband ab."

Gesagt, getan. Eva zögerte keinen Moment. Die Gaze klebte an der Haut und sie riss eine Brandblase auf bei dem Versuch, den Stoff zu entfernen. Wundwasser tropfte heraus.

Der Balier zog den Kris aus dem Schaft, verbeugte sich vor der Klinge und führte sie dann mit zeichnenden Bewegungen über Evas Handrücken. Er murmelte ein Mantra.

Eva wurde leicht schwindelig.

„Schließ jetzt die Augen", sagte der Heiler. Sie spürte, wie er den Kris mit der Klingenbreitseite über ihren Scheitel strich. Dreimal. Dann berührte er links und rechts ihre Schultern. Wie bei einem Ritterschlag, überlegte sie.

Sie durfte die Augen wieder öffnen und sah gerade noch, wie der Kris zurück in seinen Schrein gelegt wurde. Dann schloss der Balier die kleine Tür hinter dem wertvollen Schatz.

„Du hast Rangda gesehen. Ich kenne keinen Menschen, der die Königin der Dämonen wirklich zu Gesicht bekommen hat. Zumindest niemanden, der es überlebt hat."

Der alte Mann nahm Evas Hände in die seinen. Wie durch ein Wunder waren die Brandblasen verschwunden.

„Einen Leyak zu töten, ist fast unmöglich. Doch schafft es jemand, den seelenlosen Dämon, den er nachts an seiner Statt ausschickt zu besiegen, so stirbt auch der Körper des Magiers."

22. Kapitel

„Eva, Eva!"

Alexander von Wolfsberg kam der Detektivin den Krankenhausgang entgegengelaufen, als sie gerade in das Zimmer von Charlotte wollte. Sie ließ die Türklinke los und drehte sich zu ihm um. Sein Gesicht war tränenüberströmt. Eva Larson blieb vor Schreck fast das Herz stehen.

„Carina, es ist Carina, sie ist …" stotterte er und bekam vor lauter Aufregung keinen Satz zustande.

„Mein Gott, Alexander, es tut mir so leid", sagte sie mit großer Anstrengung und ging auf ihn zu, um ihn tröstend in die Arme zu nehmen.

„Nein, nein, sie ist nicht gestorben. Sie ist aufgewacht!"

Aufgewacht? Eva Larson hörte zwar diesen Satz, konnte ihn aber nicht so schnell einordnen. So sehr hatte sie sich erschrocken.

„Aufgewacht?" wiederholte sie vorsichtshalber.

„Ja. Heute kurz nach Mitternacht. Doktor Verhofen hat versucht, mich zu erreichen, aber das ging nicht. Mein Handy lag auf dem Nachtkästchen im Krankenzimmer meiner Frau. Ich hatte ihr Musik vorgespielt. ‚I just called to say I love you' und so was. Als ich bemerkte, dass ich es liegen gelassen hatte, war ich bereits auf dem Weg nach Ubud."

Die Worte sprudelten aus seinem Mund.

„Und dann dachte ich, ich komme auch mal ohne das Ding aus."

Alexander von Wolfsberg weinte immer noch, doch er hatte ein Lächeln in seinem Gesicht. Es war so, als regnete es und gleichzeitig schien die Sonne. Und dann tauchte dieser magische Regenbogen auf, der nur durch beide entstehen konnte.

„Das ist unglaublich."

Mehr brachte Eva gerade nicht über die Lippen.

„Nein, unglaublich ist, dass mein Handy in Charlottes Zimmer klingelte und meine Frau das Gespräch entgegennahm. Charlotte ist ebenso aufgewacht. Fast gleichzeitig mit meiner Tochter!"

Alexander von Wolfsberg umarmte die Detektivin und weinte seine ganze Freude und seine Anspannung auf ihre Schulter.

„Eva, in dieser Nacht ist ein Wunder geschehen!"

Charlotte war aus ihrem Koma erwacht und ansprechbar. Das Schädel-Hirn-Trauma hatte keine Schäden bei ihr hinterlassen.

„Es war seltsam. Ich war wie in einem Käfig gefangen. Mein Körper war dieser Käfig, mein Geist darin eingesperrt. Ich hörte Geräusche, dachte sogar einmal Musik zu hören …"

„ …Stevie Wonder zum Beispiel?"

„Ja, woher weißt du?"

Carina von Wolfsberg sah ihren Mann erstaunt an.

„Frag Eva."

Er gab die Frage lächelnd an die Detektivin weiter.

„Ich lass euch jetzt allein", sagte sie und blieb die Antwort schuldig. „Ich schaue noch kurz bei Carina vorbei, wenn es euch recht ist."

Das Zimmer von Carina von Wolfsberg schien heute sonniger als bei ihrem letzten Besuch.

Die junge Frau war immer noch sehr blass. Aber Eva

Larson konnte das erste Mal so richtig ihr Gesicht betrachten, da die Atemmaske entfernt worden war.

„Carina, ich bin Eva …"

„Ja, ich weiß, wer Sie sind. Mein Papa hat schon gesagt, was Sie alles für uns getan haben."

Den Beatmungsschlauch hatte man aus ihrem Hals gezogen. Doch er hatte Spuren hinterlassen. Ihre Stimme klang noch dünn und heiser.

„Bitte, setzen Sie sich zu mir."

„Ja, gerne."

Eva Larson setzte sich an die Bettkante, denn es stand gerade kein Stuhl in der Nähe. Carina von Wolfsberg ergriff ihre Hand.

„Sie waren schon einmal hier. Hier bei mir. Mit ihm. Sie haben es gesehen, dieses schreckliche Monster. Bitte glauben Sie mir, im Tempel, da ist etwas geschehen, irgend etwas ist in mich eingedrungen und hat meinen Körper besetzt. Bitte glauben Sie mir!"

„Ja, ich glaube dir. Ich glaube dir, weil er versucht hat, auch von mir Besitz zu ergreifen."

Carina von Wolfsberg fing leise an zu weinen. Eva streichelte ihr Gesicht.

„Jetzt wird alles wieder gut."

„Ja, jetzt wird alles wieder gut, weil Sie mir glauben. Jetzt fühle ich mich nicht mehr so allein."

„Das warst du nie. Charlotte und dein Vater lieben dich. Und deine Mutter tat das auch."

„Wie können Sie das wissen?"

„Weil es mir ihr Mörder persönlich erzählt hat."

„Ihr Mörder? Meine Mutter hat …"

Eva unterbrach Carina und legte eine Hand auf ihre Schulter.

„Nein. Deine Mutter hat keinen Selbstmord begangen. Frank Liebermann hat sie getötet."

Eva Larson wartete im Foyer des Krankenhauses auf Nyoman Sedeng, der noch ihre letzte Zeugenaussage in seinem Büro aufnehmen wollte. Alexander von Wolfsberg ging an ihr vorbei und grüßte nochmals kurz. Sie nickte zerstreut. Sie schaute auf ihre Hand. Seit dem Besuch bei dem Heiler war von der Brandverletzung so gut wie nichts mehr zu sehen. Nur noch eine leichte Rötung erinnerte an die Wunde.

Ende gut, alles gut, überlegte sie. Bald würde sie die Heimreise nach Deutschland antreten. Das Ticket war gebucht und bestätigt.

„Frau Larson, entschuldigen Sie die Verspätung. Ich habe gerade die Papiere des Staatsanwaltes für die weitere Inhaftierung von Ketut Candra bestätigen müssen."

Der Superintendant war durch die elektrische Tür des Krankenhauseingangs geeilt, die ihm nicht schnell genug geöffnet wurde und er mit beiden Händen etwas nachhalf.

„Nyoman, ich glaube, wir waren längst bei 'Eva'. Bitte nennen Sie mich so. Nach allem, was wir zusammen durchgemacht haben ..."

Die Detektivin lächelte den Beamten an und er lächelte zurück.

„Ja, natürlich. Entschuldigen Sie. Ich bin nur so aufgeregt."

Er umfasste zur Begrüßung ihre beiden Hände mit seinen und hielt sie fest.

„Aufgeregt, warum?"

„Ich habe etwas getan, was ich vor kurzem noch nicht für möglich gehalten habe. Haben Sie Zeit für einen Ausflug? Einen Sarong und einen Tempelschal dabei?"

Die Fahrt führte zunächst durch das dicht besiedelte Gebiet der Hauptstadt Balis bis Kuta. Das Touristenzentrum war um diese Tageszeit zwar belebt, aber nicht so voll wie in den Abendstunden, wenn sich alle auf den Weg zu den perfekten Plätzen des Sonnenuntergangs machten. Auf der Jalan Denpasar–Gilimanuk schließlich ebbte der Verkehr etwas ab.

Eva sah aus dem Fenster. Hinter Selemadeg bog die Straße nach Westen ab. Das Meer schimmerte nach wenigen Kilometern ab und zu zwischen den Häusern und den Feldern. Dann führte die Fahrt wieder ein Stück landeinwärts durch ländliches Gebiet.

Nyoman Sendeng war während der Fahrt sehr schweigsam. Und Eva hatte wenig Lust, ihn zum Reden zu animieren, hing sie doch ihren eigenen Gedanken über die Ereignisse der letzten Tage nach.

Nach einer ganzen Weile – Eva überlegte, ob sie eingeschlafen war – bog Nyoman von der Hauptstraße rechtwinklig ab und folgte einer kleinen Nebenstraße bis ans Meer. Sie mündete in einen Parkplatz.

„Es sind nur wenige Minuten, dann sind wir da."

Die Stimme des Superintendant holte Eva aus der Schläfrigkeit zurück. Die Medikamente, die sie die letzten Tage genommen hatte, forderten ihren Tribut. Sie atmete tief durch.

In dem Moment, als Nyoman den Motor abstellte, klingelte sein Handy.

„Verzeihung", sagte er in Evas Richtung, „es ist meine Dienststelle."

„Saya mengerti, ich verstehe." Er klappte das Telefon zu und schaute die Detektivin an.

„Der Magier ist tot. Ein Hausangestellter fand ihn heute Morgen leblos in seinem Bett. Nach vorläufiger Erkenntnis ist die Todesursache unbekannt. Ein Gewaltverbrechen liegt aber offensichtlich nicht vor."

Eva Larson nickte.

„Ich weiß", sagte sie matt.

Nyoman Sedeng schaute sie erstaunt an.

Vor ihren Augen breitete sich die Tempelanlage von Pura Rambut Siwi aus. Sie kannte den Tempel von ihrer ersten Bali-Reise her. Obwohl er zu den neun Haupttempeln Balis zählt, blieb er vom Tourismus weitgehend verschont.

Sanghyang Nirartha, ein hinduistischer Heiliger, der der Legende nach von Java in einer Kokosnuss-Schale nach Bali gereist war, um die Insel vor dem muslimischen Ansturm zu retten, hatte hier eine Haarsträhne hinterlassen. Dieses 'Pusaka', ein hochverehrter Tempelschatz, galt als vorübergehender Sitz des göttlichen Wesens.

Der Tempel glich einer Trutzburg in einer unscheinbaren Umgebung. Seine Schönheit entfaltete sich erst im letzten Moment, wenn man vor ihm stand. Schwarze Türme erhoben sich auf einem steilen Felsen über einem dunklen Strand vulkanischen Ursprungs, über den die Wellen mit salzigen Schaumkronen anlandeten.

Eine Steintreppe führte zum Meer und Nyoman und Eva gingen sie langsam hinab zum Meerestempel Pura Penataran, der von zwei Löwen bewacht wurde. Unten bemerkte Eva den Eingang zu einer Höhle.

„Das ist Pura Tirta", erklärte Nyoman Sedeng. „Man erzählt, das Höhlensystem erstrecke sich bis nach Singaraja!"

Doch Eva hörte Nyoman Sedeng nur noch mit halbem Ohr zu.

Sie hatte drei Männer am Ende der Treppe entdeckt, die ihr bekannt vorkamen.

Alexander von Wolfsberg, William Seldridge und Pan Satia sahen die Detektivin ernst an, als sie die Stufen hinab schritt.

„Nyoman, was soll das …?"

Doch noch bevor sie den Satz beenden konnte, war William Seldrigde auf sie zugelaufen.

„Eva, Frau Larson, Frau Kommissarin", rief er aufgeregt, „wie schön, dass Sie da sind und uns anhören wollen."

„Ach, will ich das?" fragte sie schwach.

Eva Larson setzte sich auf einen breiten Felsen und schaute hinaus auf das Meer. Große Wellen kamen angerollt, kleine Gestalten auf flachen Brettern versuchten in der Ferne auf ihnen zu reiten.

Neben ihr hatten vier Männer Platz genommen, zwei links und zwei rechts. Sie schwiegen. Es war ein verzweifeltes Schweigen.

Eva wusste, dass nur sie es brechen konnte.

„Wessen Idee war das hier?"

Sie schaute William Seldridge und Pan Satia an. Dann Alexander von Wolfsberg und Nyoman Sedeng.

„Einzig das Verzeihen kann allem ein Ende setzen" sagte Alexander von Wolfsberg. „Eva, erinnerst du dich noch daran? Das waren deine Worte, bevor …"

„… bevor wir beinahe Gott gegenüber getreten wären …?"

Ja. Daran erinnerte sie sich.

„Ich habe mit Pan Satia und William Seldridge gesprochen", fuhr Alexander fort. „Der Superintendant hat heute Mittag ein Treffen aller arrangiert, nachdem Carina und auch Charlotte wieder aufgewacht sind."

Jetzt meldete sich Pan Satia zu Wort.

„Ich danke Ihnen, Eva, dass Sie mir und meiner Familie die große Last eines Selbstmords meines Sohnes genommen haben."

Der Professor saß neben der Detektivin und hatte ihre Hand ergriffen.

Eva Larson schaute an ihm vorbei zu Nyoman Sedeng.

„Ja, ich habe Pan Satia die Aufzeichnung von Ihrem Handy vorgespielt. Ich meinte, er müsse das wissen."

Eva nickte.

„Und ich habe begriffen, dass es Wayan Satyawati war, der meinen Sohn Gede umgebracht hat. Ich gebe Brian Seldridge keine Schuld mehr an seinem Tod."

Es folgte eine Stille. Nur das Meer rollte seine Wellen über den schwarzen Strand.

Eva Larson runzelte die Stirn und schaute hinüber zu dem Diplomaten.

„Sie denken, auf meinem Sohn liegt die größte Last, nicht wahr?" William Seldridge atmete schwer.

„Immerhin war er es, der das Rauschgift transportiert hat."

„Ja. Ich weiß, dass er Fehler gemacht hat. Ich weiß auch, dass seine Handlungen kriminell waren. Aber ich weiß auch, dass ich große Verantwortung für sein Verhalten trage. Seine Mutter hat uns vor zehn Jahren verlassen und ich habe ihn gezwungen, wie ein Vagabund mein Leben zu führen. Ich habe aus ihm einen Heimatlosen gemacht, einen Menschen, der keine Wurzeln hat. Ich schäme mich unendlich dafür, dass ich ihm immer nur eine Heimat geboten habe, die aus Geld und Luxus bestand."

Worin gipfelte dieses Treffen?

„Nyoman, Sie sagten vor unserer Abfahrt, Sie hätten etwas getan, was Sie bis vor kurzem für unmöglich gehalten haben? Möchten Sie mir das jetzt erklären?"

Doch anstatt eine Antwort zu geben, stellte der Superintendant ihr eine Frage.

„Eva, was halten Sie von der Todesstrafe?"

Das war jetzt nicht sein Ernst? Die Detektivin schaute Nyoman Sedeng entgeistert an.

„Was ich von der Todesstrafe halte?"

„Ja."

Alle vier Männer blickten gespannt auf Eva Larson. Sie atmete tief durch.

„Ich bin absolut gegen die Todesstrafe", begann sie zögerlich, da sie immer noch nicht wusste, wohin das Gespräch führen sollte. „Das mag jetzt etwas philosophisch klingen, aber ich glaube daran, dass wir alle ein Recht auf Leben haben. Ein Staat und seine Justiz darf sich nicht als göttliche Einrichtung sehen, die über Leben und Tod entscheiden kann. Abgesehen davon, dass ein Todesurteil unumkehrbar ist, weiß man heute zudem, dass eine Hinrichtung keineswegs abschreckend wirkt, sondern zu einer Verrohung der Gesellschaft führt."

„Glauben Sie", fragte William Seldridge, „dass Brian für seine Tat hingerichtet werden soll?"

Eva seufzte.

„Nein. Natürlich nicht. Aber ich bin weder Richter noch Henker hier auf Bali …"

„… Aber Sie sind Mutter eines Sohnes!"

Eva wandte sich an Pan Satia.

„Was meinen Sie, Professor?"

„Bis vor kurzem dachte ich noch anders. Heute weiß ich – dank Ihnen –, dass Gede nicht von Brian umgebracht wurde."

„Aber von Wayan Satyawati. Ihm droht jetzt auch die

Todesstrafe. Was ist mit Ihnen, William, mit Dir, Alexander und mit Ihnen, Nyoman: Sollte Ihrer Meinung nach Wayan Satyawati sein Leben für diese abscheuliche Tat an Pan Satias Sohn Gede verlieren?"

Das Schweigen zwischen ihnen wurde durch das Schreien von Möwen zerschnitten. Dunkle Regenwolken brauten sich über ihnen zusammen und der Wind nahm zu. Ein Spiegelbild ihres inneren Zustandes.

Es war Alexander von Wolfsberg, der als erster wieder sprach.

„Nein. Ich bin auch im Fall von Wayan Satyawati nicht für ein Todesurteil. Allerdings aus anderen Gründen. Ich halte den Verlust eines Lebens für keine Strafe. Ich bin der Ansicht, dass ein Mensch für seine Fehler büßen muss. Was Brian Seldridge anbelangt, glaube ich, dass so ein Strafmaß für den Transport von Marihuana nicht angemessen ist."

„Du vergisst, dass er deiner Tochter die K.O.-Tropfen verabreicht hat, die zu ihrem Koma führten."

„Ja, das habe ich natürlich auch bedacht. Aber auch hier glaube ich Brians Aussage, dass er dachte, es handle sich um ein Liebeselixier."

„Ich bitte dich, Alexander. Wohin sollte denn die nicht einvernehmliche Einnahme des Elixiers führen, wenn nicht zu einer sexuellen Straftat!"

Eva war etwas lauter geworden. Zu oft hatte sie in ihrer Zeit bei der Polizei Mädchen und Frauen nach einer Vergewaltigung begleiten müssen, der eine Gabe von K.O.-Tropfen vorausging.

Jetzt schaltete sich William Seldridge ein.

„Eva, ich verstehe Sie voll und ganz. Das war verabscheuungswürdig, was mein Sohn da getan hat. Ich will es auch nicht dadurch beschönigen, dass er in Carina verliebt war.

Und ich möchte auch, dass er dafür zur Rechenschaft gezogen wird."

„Bitte, verstehe mich nicht falsch", sagte nun Alexander von Wolfsberg, „ich vergesse auch zu keiner Zeit, was meiner Tochter angetan wurde und fordere natürlich für sie eine Wiedergutmachung. Doch bin ich zu dem Schluss gekommen, dass keine Tat von Brian Seldridge den Tod des jungen Mannes nach sich ziehen sollte."

Eva presste die Lippen aufeinander. Sie schaute Nyoman Sedeng an, der seinen Kopf in seinen Händen verbarg. Er bemerkte ihren Blick und schaute auf. Nun war er an der Reihe.

„Eva, ich bin heute Nacht in die Asservaten-Kammer gegangen und habe das Päckchen Marihuana mit den Fingerabdrücken von Brian Seldridge und Wayan Satyawati entwendet."

Aus einem kleinen Rucksack holte er das in Folie verschweißte Beweisstück heraus.

Pan Satia ergriff das Wort.

„Wir drei Väter und der Superintendant sind uns einig: Wenn dieses Beweisstück verschwindet, muss Brian Seldridge freigelassen werden …"

„… und vermutlich auch Wayan Satyawati", unterbrach ihn die Detektivin. „Dann kommt er mit dem Mord an Ihrem Sohn doch davon."

„Ja, Eva. Das habe ich auch bedacht. Für den Fall, dass das aufgezeichnete Geständnis vor Gericht nicht anerkannt wird. Aber ich weiß, was es bedeutet, einen geliebten Sohn zu verlieren. Dieser Preis, um Brian zu retten, ist es mir wert."

„Sollte Brian freikommen, so verspreche ich hier öffentlich, dass er in Australien das Unrecht wieder gut machen muss. Ich habe bereits mit einem Bekannten gesprochen, der sich um verarmte Aborigines kümmert. Brian wird da für drei Jahre für Kost und Logis arbeiten."

„Für mich als Vater war das hier ein Albtraum. Das weißt du ja, Eva. Ich plädiere für Brian. Ich halte die Wiedergutmachung, die William vorgeschlagen hat, für angemessen. Allerdings werde ich noch darüber mit Carina und Charlotte sprechen. Aber wie ich sie kenne …"

Nun schauten alle erwartungsvoll Nyoman Sedeng an. Er hatte durch seine Tat viel zu verlieren. Ihm drohte nicht nur der Verlust seiner Arbeit, ihm drohte eine hohe Gefängnisstrafe.

„Ich habe gegen Asteya, eine der zehn Lebensregeln, verstoßen: ‚Nimm nichts, was dir nicht gehört'. Aber ich habe Ahimsa, die oberste Regel, für wichtiger erachtet: ‚Niemanden der Großen Schöpfung zu töten, zu verletzen oder zu zerstören'."

Die vier Männer standen auf und Eva tat ihnen gleich.

„Und was jetzt? Was erwarten Sie von mir?"

Nyoman Sedeng reichte das entwendete Beweisstück an Pan Satia weiter. Dieser gab es Alexander von Wolfsberg und schließlich hielt es William Seldridge in Händen.

„Eva, noch sind die Fingerabdrücke da. Noch kann das Päckchen wieder in die Asservaten-Kammer gebracht werden. Aber ich bitte Sie um das Leben meines Sohnes. Machen Sie damit, was Sie für richtig halten."

Eva Larson ging allein die Treppen in den Haupttempel zurück. In Händen hielt sie zwei Kilo Marihuana. Sie durchschritt das Tempeltor und den Vorhof, bevor sie durch das hohe, gespaltene Tor den inneren Tempelbereich betrat.

An der hinteren Mauer erhob sich der Schrein von Shiva.

Ohne nachzudenken durchquerte sie den Platz, das Päckchen wie eine Opfergabe tragend.

Sie verbeugte sich tief. Ihr fiel wieder ein, was ihr ein Priester hier vor Jahren über den Gott gesagt hatte. Sein Name bestand aus zwei Silben: 'Shi' und 'Va'. Im Sanskrit bedeutete die erste 'Erlöser von Sünden' und die zweite 'Befreier von Leiden'.

Sie trat an den Schrein heran und öffnete die kleine, goldene Tür. Vorsichtig legte sie ihre moralische Last zusammen mit dem Marihuana hinein.

„Shiva, gütiger Gott, ich bringe Dir Dein Ganja."

Christine Barbara Philipp
Der Wunsch

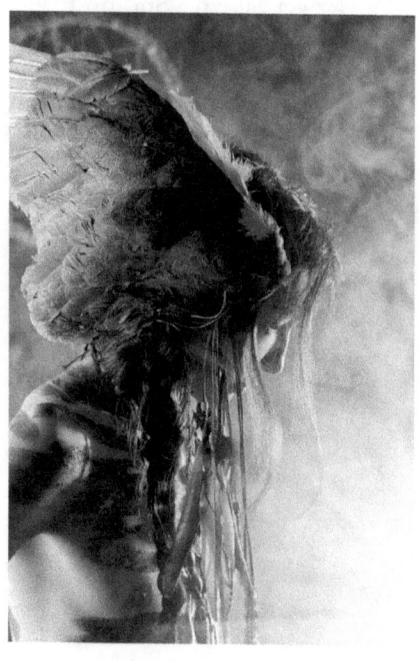

Der spannende Roman erzählt die Geschichte einer Reise in die menschliche Psyche.

Barbara, die Heldin des Romans, erlernt – trotz der Warnungen ihres indianischen Gefährten und Ausbilders Wayne – die schamanische Kunst der Transformation, mit deren Hilfe sie sich in einen Adler verwandeln kann.

Auf dem langen Weg der Selbstfindung und der Rückverwandlung in einen Menschen erkennt Barbara, welch verheerende Wirkung egoistische Ziele haben können, wenn man sie mit spirituellen Mitteln zu erreichen versucht.

ISBN 9781502917805

Christine Barbara Philipp

Löwenanteil

Krimi aus Südafrika

Ein grauenhafter Tod ereilt drei Menschen auf einer Lodge mitten im südafrikanischen Busch. Die Umstände sind mysteriös, alles deutet auf einen Angriff von Löwen hin. Ist es ein Unglücksfall? Oder ist es vielleicht doch ein Mord? Die deutsche Versicherungsdetektivin Eva Larson reist nach Südafrika, um das Rätsel der Todesfälle zu lösen. Bald entdeckt sie, dass die drei ein schreckliches Geheimnis miteinander verbindet.

ISBN: 9781502411266

Christine Barbara Philipp
Ljuba Arnautovic

Der Krieg sitzt mit am Mittagstisch

Barbara und Nina, zwei Schulfreundinnen, die sich ein halbes
Leben aus den Augen verloren hatten, begegnen sich wieder
auf einem Klassentreffen und beginnen einen Briefwechsel.
Einen Briefwechsel, der unter die Haut geht. In den Briefen
vertrauen sie sich Begebenheiten aus ihrer Kindheit und
Jugend an, die ein Bild einer ganzen Nachkriegsgeneration
widerspiegeln.
Ein eindrucksvolles Bekenntnis der Herzenslage zweier
Frauen, die nach dem Dritten Reich aufgewachsen sind – ein
Zeugnis davon, dass der Krieg noch heute nicht überwun-
den ist und in den Seelen der Menschen weiter Schaden an-
richtet – bis man den eigenen Frieden in sich findet.

ISBN 9781519742889

Mit einem Vorwort von
Max Mannheimer